FREIDA McFADDEN

Freida McFadden es médica en ejercicio y
está especializada en lesiones cerebrales. Ha
escrito varios *thrillers* psicológicos bestsellers
que han llegado al número uno de Amazon.
Vive con su familia y su gato negro en una
casa centenaria de tres pisos que mira hacia
el océano con escaleras que crujen y gimen a
cada paso y donde nadie podría oírte gritar.
A menos que grites muy fuerte..., tal vez.

The Housemaid
LA EMPLEADA

The Housemaid
LA EMPLEADA

Freida McFadden

Traducción de
Carlos Abreu

VINTAGE ESPAÑOL

Título original: *The Housemaid*

Primera edición: octubre de 2023

© 2022, Freida McFadden
Publicado por primera vez en Gran Bretaña en 2022
por Storyfire Ltd operando como Bookouture
© 2023, Carlos Abreu, por la traducción
© 2023, Penguin Random House Grupo Editorial, S.A.U.
Travessera de Gràcia, 47-49. 08021 Barcelona
© 2023, Penguin Random House Grupo Editorial USA, LLC
8950 SW 74th Court, Suite 2010
Miami, FL 33156

Impreso en Colombia - *Printed in Colombia*

ISBN: 978-1-64473-907-5

24 25 26 27   10 9 8 7 6 5 4 3 2

PRÓLOGO

Si salgo de esta casa, será esposada.

Debería haber puesto tierra de por medio mientras aún estaba a tiempo. Se me ha pasado la oportunidad. Ahora que los agentes de policía se encuentran en la casa y han descubierto lo que les aguardaba en la planta de arriba, no hay vuelta atrás.

Dentro de unos cinco segundos, me leerán mis derechos. No sé muy bien por qué no lo han hecho aún. A lo mejor intentan engañarme para que les cuente algo que no debería.

Ya pueden esperar sentados.

El poli de cabello negro entreverado de gris se ha acomodado junto a mí, en el sofá. Remueve su baja y robusta figura sobre la piel italiana de color caramelo quemado. Me pregunto qué tipo de sofá tendrá en casa. Seguro que no costó una suma de cinco cifras, como este. Apostaría a que es de algún color hortera como el naranja, está cubierto de pelos de mascota y tiene más de un descosido. Me pregunto si estará pensando en el sofá de su casa y lamentándose de no tener uno como este.

O, lo que es más probable, estará pensando en el cuerpo sin vida del desván.

—A ver, repasemos los hechos una vez más —dice el poli, arrastrando las palabras con su acento neoyorquino. Antes me ha dicho cómo se llama, pero se me ha ido de la cabeza. Los agentes

7

de policía deberían llevar chapas identificativas de color rojo chillón. ¿Cómo si no se supone que vas a acordarte de su nombre en una situación de alto estrés? Este es inspector, creo—. ¿Cuándo ha encontrado usted el cadáver?

Me quedo pensando un instante, no muy segura de si es el momento indicado para pedir un abogado. ¿No deberían ofrecerme uno? Ya casi no me acuerdo del protocolo.

—Hace como una hora —respondo.

—¿Con qué motivo ha subido ahí?

Aprieto los labios.

—Ya se lo he dicho. He oído algo.

—¿Y…?

El agente se inclina hacia delante, con los ojos muy abiertos. Tiene una áspera sombra de barba, como si se hubiera olvidado de afeitarse esta mañana. La lengua le asoma entre los labios. No soy idiota; sé exactamente lo que quiere que diga:

«He sido yo. Soy culpable. Llévenme presa».

En vez de eso, me reclino en el respaldo del sofá.

—Ya está. Es todo lo que sé.

La decepción se refleja en el rostro del inspector. Mueve la mandíbula adelante y atrás mientras rumia sobre los indicios encontrados en esta casa. Se pregunta si son suficientes para ceñirme las muñecas con esas esposas. No está seguro. De lo contrario, ya lo habría hecho.

—¡Eh, Connors!

Otro agente lo llama. Interrumpimos el contacto visual y dirijo la mirada hacia lo alto de las escaleras. El otro poli, mucho más joven, está ahí, de pie, con los largos dedos aferrados a la parte superior de la barandilla. Su rostro exento de arrugas está muy pálido.

—Connors —repite el policía más joven—. Deberías subir… enseguida. Tienes que ver esto. —Incluso desde la planta inferior, alcanzo a apreciar cómo le sube y le baja la nuez de la garganta—. No te lo vas a creer.

PRIMERA PARTE

TRES MESES ANTES

1

MILLIE

Háblame de ti, Millie.

Nina Winchester se inclina hacia delante en su sofá de piel color caramelo, con las piernas cruzadas para revelar lo justo las rodillas, que asoman bajo la sedosa falda blanca. No sé mucho de marcas, pero salta a la vista que toda la ropa que lleva Nina Winchester es brutalmente cara. Me dan ganas de alargar el brazo para sentir el tacto de la tela de su blusa color crema, aunque eso reduciría a cero mis posibilidades de ser contratada. En honor a la verdad, no tengo ninguna posibilidad, de todos modos.

—Bueno… —empiezo, eligiendo las palabras con cautela. A pesar de todas las veces que me han rechazado, lo sigo intentando—. Me crie en Brooklyn. He trabajado para muchas personas ocupándome de tareas domésticas, como puede ver en mi currículum. —Mi currículum cuidadosamente retocado—. Me encantan los niños. Y también… —Paseo la vista por el salón, en busca de algún juguete para perros o un arenero para gatos—. ¿Y también los animales?

La oferta de empleo en internet no decía nada sobre mascotas, pero más vale ir sobre seguro. ¿A quién no le caen bien los amantes de los animales?

—¡Brooklyn! —A la señora Winchester se le ilumina el rostro—. Yo también me crie ahí. ¡Casi somos vecinas!

—¡Exacto! —confirmo, aunque nada más lejos de la realidad. En Brooklyn hay un montón de zonas muy codiciadas donde la gente paga un riñón por una diminuta casa adosada. No me crie en ninguna de ellas. Nina Winchester y yo no podríamos ser más diferentes, pero si le hace ilusión considerarme su vecina, con gusto le seguiré el juego.

La señora Winchester se recoge detrás de la oreja un reluciente mechón de cabello rubio dorado. La melena, con un estiloso corte bob, le llega a la barbilla y le disimula la papada. Tiene treinta y muchos años y, si llevara un peinado y un atuendo distintos, su aspecto sería de lo más vulgar. Sin embargo, se vale de su considerable fortuna para sacarse todo el partido posible. Eso no deja de tener su mérito.

Yo he adoptado un enfoque totalmente contrario respecto a mi apariencia. Aunque la mujer sentada ante mí debe de llevarme unos diez años, no quiero que se sienta amenazada. Por eso, he elegido para la entrevista una falda larga de lana gruesa que adquirí en una tienda de ropa de segunda mano y una blusa blanca de poliéster con mangas abullonadas. Llevo la cabellera rubia trigueña recogida hacia atrás en un austero moño. Incluso me he comprado unas enormes e innecesarias gafas de concha que en este momento descansan sobre mi nariz. Me confieren un aspecto profesional y en absoluto atractivo.

—En cuanto al trabajo —dice ella—, consistiría sobre todo en limpiar y en preparar comidas sencillas, si te animas. ¿Eres buena cocinera, Millie?

—Sí, lo soy. —Mi soltura en la cocina constituye el único punto de mi currículum que no es mentira—. Una cocinera excelente.

Le brillan los ojos azul celeste.

—¡Eso es estupendo! De verdad, casi nunca comemos buenos platos preparados en casa. —Suelta una risita nerviosa—. ¿Quién tiene tiempo para eso?

Me muerdo la lengua para no soltar algún comentario borde. Nina Winchester no trabaja, tiene una única hija que se pasa todo el día en el cole y quiere contratar a alguien que limpie en vez de ella. Incluso he visto a un hombre que se encargaba de las labores de cuidado de las plantas en su enorme jardín delantero. ¿Cómo es posible que esta mujer no tenga tiempo para cocinarle algo a su pequeña familia?

No debería juzgarla. No sé nada acerca de su vida. Que sea rica no implica que sea una pija malcriada.

Pero si me obligaran a jugarme cien pavos, apostaría a que Nina Winchester es una pija malcriada de cuidado.

—Y también necesitaremos que nos ayudes de vez en cuando con Cecelia —añade la señora Winchester—. Llevarla a sus clases de la tarde, tal vez, o a casa de algún amiguito. Tienes coche, ¿verdad?

La pregunta por poco me arranca una carcajada. Sí, tengo coche; de hecho, es lo único que tengo en estos momentos. Mi Nissan de diez años, aparcado en la calle delante de su casa, es, además, mi residencia actual. He estado durmiendo en el asiento trasero durante el último mes.

Cuando llevas un mes viviendo en tu coche, tomas conciencia de lo importantes que son algunas de las pequeñas comodidades. Un retrete. Un lavabo. Poder estirar las piernas mientras duermes. Esto último es lo que más echo de menos.

—Sí, tengo coche —confirmo.

—¡Excelente! —La señora Winchester junta las manos con una palmada—. Te facilitaré un asiento para Cecelia, claro. Basta con ponerle un alzador. Todavía lo necesita, porque aún es bajita y pesa poco. La Academia de Pediatría recomienda…

Mientras Nina Winchester perora sobre los requisitos exactos de los asientos infantiles en función del peso y la estatura, aprovecho el momento para pasear la vista por el salón. El mobiliario es ultramoderno y el televisor de pantalla plana, sin duda de alta definición y con altavoces de sonido envolvente instalados en todos los recovecos de la estancia para una experiencia acústica óptima, es el más grande que he visto en mi vida. En un rincón de la sala hay una chimenea que parece utilizable, con la repisa cubierta de fotografías de los Winchester en sus viajes por todo el mundo. Alzo la vista hacia el techo, de una altura alucinante, que brilla a la luz de una centelleante araña.

—¿No crees, Millie? —dice la señora Winchester.

La miro, parpadeando. Intento rebobinar mis recuerdos para inferir qué acaba de preguntarme. Pero lo tengo borrado.

—¿Sí? —respondo.

Se pone muy contenta al ver que estoy de acuerdo con lo que sea que haya dicho.

—No sabes cuánto me alegra que opinemos igual.

—Faltaría más —digo, esta vez con más convicción.

Descruza y vuelve a cruzar sus un tanto fornidas piernas.

—Y, por supuesto, está el asunto de la remuneración —agrega—. Has visto el sueldo que ofrecemos en el anuncio, ¿no? ¿Te parece aceptable?

Trago saliva. La cifra que figura en la oferta de empleo me parece más que aceptable. Si yo fuera un personaje de dibujos animados, me habrían aparecido signos del dólar en los globos oculares cuando leí el anuncio. Pero la suma casi me disuadió de solicitar el trabajo. Nadie que tuviera tanto dinero y viviera en una casa como aquella se plantearía siquiera contratarme.

—Sí —contesto con la voz ahogada—. Está bien.

Ella arquea una ceja.

—Sabes que tendrías que vivir aquí, ¿verdad?

¿Me está preguntando si estoy dispuesta a abandonar el confort del asiento trasero de mi Nissan?

—Sí, lo sé.

—¡Fabuloso! —Se tira del dobladillo de la falda y se pone de pie—. Bueno, ¿qué tal una visita guiada, para que veas dónde te estás metiendo?

Yo también me levanto. Aunque ella lleva tacones y yo zapatos de suela plana, la señora Winchester solo me saca unos centímetros, pero da la impresión de ser mucho más alta.

—¡Me parece genial!

Me enseña hasta el último rincón, tan a conciencia que temo haber interpretado mal el anuncio y que en realidad ella sea una agente inmobiliaria que me quiere vender la finca. La verdad sea dicha, es una casa preciosa. Si yo tuviera cuatro o cinco millones de dólares quemándome en el bolsillo, se la quitaría de las manos. Además de la planta baja, que contiene el gigantesco salón y la cocina recién reformada, está el primer piso, que consta del dormitorio principal, donde duermen los Winchester; la habitación de su hija Cecelia; el despacho del señor Winchester y un cuarto de invitados que parece sacado del mejor hotel de Manhattan. La señora hace una pausa melodramática frente a la puerta siguiente.

—Y he aquí... —La abre de golpe—. ¡Nuestro cine particular!

Se trata de una auténtica sala de proyección dentro de casa, nada menos..., como si no bastara con el descomunal televisor de la planta baja. Contiene varias filas escalonadas de asientos dispuestos frente a una pantalla que ocupa una pared entera. Incluso hay una máquina de palomitas en un rincón.

Al cabo de un momento, me percato de que la señora Winchester me mira como esperando una reacción por mi parte.

—¡Guau! —exclamo con lo que espero que sea un grado apropiado de entusiasmo.

—¿A que es fantástico? —Se estremece de gusto—. Y tenemos una biblioteca entera de películas de donde elegir. Además de todos los canales y servicios de *streaming* habituales, claro.

—Claro —digo.

Tras salir de la sala, llegamos frente a una última puerta, al fondo del pasillo. Nina se detiene un momento, con la mano en el pomo.

—¿Esta sería mi habitación? —pregunto.

—Algo así... —Hace girar el tirador con un fuerte chirrido. No puedo evitar fijarme en que la madera de esa puerta es mucho más gruesa que la de las demás. Al otro lado del vano, hay una escalera en penumbra—. Tu habitación está arriba. También tenemos un desván habitable.

La escalera estrecha y oscura es algo menos glamurosa que el resto de la casa. ¿Tanto les costaría instalar una lámpara ahí?

Pero yo no soy más que la empleada doméstica. Lo raro sería que gastara tanto dinero en mi habitación como en su cine particular.

En lo alto de las escaleras hay un pasillo corto y angosto. A diferencia de lo que ocurre en la planta baja, aquí el techo es peligrosamente bajo. Aunque no soy una mujer alta ni mucho menos, casi siento la necesidad de agacharme.

—Tienes tu propio baño. —Señala con la cabeza una puerta a la izquierda—. Y esta de aquí sería tu habitación.

Abre de un empujón la última puerta. El interior está totalmente a oscuras hasta que tira de un cordón y el cuarto se ilumina.

Es diminuto. Lo mire por donde lo mire. Para colmo, el techo está inclinado, debido a la vertiente del tejado. En el otro extremo, me llega como a la cintura. A diferencia del dormitorio principal de los Winchester, que contiene una cama doble extragrande, amplios guardarropas y un tocador de castaño, en esta habitación no hay más que un catre, una estantería de media altura y una cómoda. La iluminación procede de dos bombillas desnudas que penden del techo.

Es un cuarto modesto, pero me va bien. Si fuera demasiado bonito, sabría con absoluta certeza que este empleo está fuera de mi alcance. El hecho de que sea tan cutre tal vez indique que su nivel de exigencia es lo bastante bajo para que exista una posibilidad minúscula, ínfima, de que lo consiga.

Pero hay algo más en esta habitación, algo que me da mal rollo.

—No es muy grande, lo siento. —La señora Winchester adopta una expresión ceñuda—. Pero aquí disfrutarás de mucha privacidad.

Me acerco a la única ventana. Al igual que la habitación, es pequeña. Apenas más grande que mi mano. Da al jardín trasero. Ahí, un paisajista —el mismo que vi en el jardín delantero— recorta un seto con unas podaderas enormes.

—Bueno, ¿qué me dices, Millie? ¿Te gusta?

Aparto la vista de la ventana y la poso en el sonriente rostro de la señora Winchester. Aún no consigo identificar la causa de mi desazón. Algo en este dormitorio me provoca un nudo de angustia en la boca del estómago.

Tal vez sea el ventanuco. Está orientado hacia la parte posterior de la casa. Si me encontrara en algún apuro y quisiera captar la atención de alguien, aquí detrás no se me vería. Por más que me desgañitara, nadie me oiría.

Pero ¿a quién pretendo engañar? Sería una suerte para mí alojarme en esta habitación, con baño propio y la posibilidad de estirar las piernas al máximo. El minúsculo catre parece tan acogedor en comparación con mi coche que me entran ganas de llorar.

—Es perfecto —digo.

La señora Winchester se muestra extasiada ante mi respuesta. Me guía de nuevo por la oscura escalera hasta el primer piso de la casa y, cuando salgo al pasillo, expulso el aire que no era consciente de estar conteniendo. Había algo aterrador en aquella habitación, pero, si me las apaño para conseguir este empleo, lo soportaré.

Por fin se me relajan los hombros y, cuando mis labios se disponen a formular otra pregunta, oigo una voz a nuestra espalda.

—¿Mami?

Me paro en seco y, al volverme, veo a una niñita de pie en el pasillo, detrás de nosotras. Tiene los ojos azul celeste, como Nina Winchester, pero aún más claros, y el cabello de un rubio casi platino. Lleva un vestido azul muy pálido ribeteado de encaje blanco. Me contempla con fijeza, y siento que su mirada penetra hasta el fondo de mi alma.

Me hace pensar en esas películas sobre sectas aterradoras formadas por niños que leen la mente, adoran al diablo y viven en campos de maíz o sitios por el estilo. Si estuvieran buscando actores para una de ellas, esta cría conseguiría un papel sin necesidad de presentarse a un casting. Con solo echarle un vistazo, dirían: «Sí, tú serás la niña siniestra número tres».

—¡Cece! —exclama la señora Winchester—. ¿Has vuelto ya de tu clase de ballet?

La chiquilla asiente despacio.

—Me ha traído la madre de Bella.

La señora Winchester la abraza por los estrechos hombros, pero la mocosa no cambia la expresión en ningún momento ni despega de mí sus ojos azul pálido. ¿Temer que esta niña de nueve años vaya a asesinarme es un síntoma de algo malo?

—Esta es Millie —le dice la señora Winchester a su hija—. Millie, te presento a mi hija Cecelia.

Los ojos de la pequeña Cecelia son como dos lagunas.

—Mucho gusto, Millie —saluda cortésmente.

Calculo que hay una probabilidad de al menos un veinticinco por ciento de que me liquide mientras duermo si consigo este trabajo. Aun así, lo quiero.

La señora Winchester le planta un beso en la rubia coronilla, y la cría se va corriendo a su habitación. Seguro que ahí dentro tiene una tétrica casa de muñecas que cobran vida por la noche. A lo mejor es una de ellas quien acaba por matarme.

De acuerdo, mi actitud resulta absurda. Sin duda se trata de una criatura adorable. No es culpa suya que la hayan vestido como a una espeluznante niña fantasma victoriana. Además, en general, me encantan los chiquillos, aunque tampoco es que haya interactuado con ellos en la última década.

En cuanto regresamos a la planta baja, la tensión abandona mi cuerpo. La señora Winchester se comporta de un modo bastante amable y normal —para ser una mujer tan rica—, y parlotea sobre la casa, su hija y cuáles serían mis responsabilidades, aunque apenas la escucho. Solo sé que me encantaría currar aquí. Daría el brazo derecho por conseguir el empleo.

—¿Hay algo que quieras preguntarme, Millie? —inquiere.

Niego con la cabeza.

—No, señora Winchester.

Chasquea la lengua.

—Por favor, llámame Nina. Si vas a trabajar aquí, me sentiré muy ridícula si me llamas «señora Winchester». —Se ríe—. Ni que fuera una señorona adinerada.

—Gracias…, Nina —digo.

Su rostro resplandece, aunque podría ser por las algas, la piel de pepino o lo que sea que los ricos se apliquen en la cara. Nina Winchester es el tipo de mujer que se hace tratamientos en spas con regularidad.

—Esto me da muy buenas vibraciones, Millie. De verdad.

Me cuesta no dejarme arrastrar por su entusiasmo, no albergar un rayo de esperanza cuando me estrecha la mano de palma áspera con la suya, tersa como la de un bebé. Quiero creer que, en los próximos días, Nina Winchester me llamará para ofrecerme la oportunidad de trabajar en su casa y abandonar por fin el Nissan Palace. Me muero de ganas de creerlo.

No obstante, Nina será muchas cosas, pero no es tonta. No va a contratar a una mujer para que se instale en su hogar, se ocupe de las tareas domésticas y cuide de su hija sin antes realizar una sencilla comprobación de antecedentes. Y en cuanto lo haga…

Trago saliva.

Nina Winchester se despide cordialmente de mí frente a la puerta principal.

—Muchas gracias por venir, Millie. —Alarga el brazo para otro apretón de manos—. Te prometo que pronto recibirás noticias mías.

No las recibiré. Es la última vez que pongo un pie en esta magnífica residencia. Ni siquiera debería haber venido. En vez de hacernos perder el tiempo a las dos, habría debido presentarme a una entrevista para un puesto que tuviera alguna posibilidad de obtener. A lo mejor algo en el sector de la comida rápida.

El paisajista que he visto desde la ventana del desván vuelve a estar en el jardín delantero. Aún empuña la podadera gigante, con la que le da forma a uno de los setos plantados justo enfrente de la casa. Es un tipo corpulento, con una camiseta que le resalta la impresionante musculatura y a duras penas oculta los tatuajes que le adornan la parte superior de los brazos. Se recoloca la gorra de béisbol y, por unos instantes, despega de la herramienta los ojos negros, negrísimos, para posarlos en mí, desde el otro extremo del jardín.

Levanta la mano a modo de saludo.

—Buenas —contesto.

El hombre se queda mirándome. No me responde. Tampoco me dice: «No me pises los arriates». Se limita a observarme en silencio.

—Yo también estoy encantada de conocerte —mascullo por lo bajo.

Salgo por la verja metálica electrónica que circunda la finca y me dirijo con paso cansino a mi coche-casa. Vuelvo la mirada por última vez hacia el paisajista, que no me quita los ojos de encima. Algo en su expresión me provoca un escalofrío. De pronto, sacude la cabeza de forma casi imperceptible, casi como si intentara advertirme de algo.

Pero no dice una palabra.

2

Cuando vives en tu coche, debes llevar una existencia lo más sencilla posible.

Para empezar, olvídate de organizar grandes veladas, cenas de picoteo o timbas de póquer. Esto no me afecta mucho, pues de todos modos no tengo a nadie a quien invitar. Mi mayor problema es dónde ducharme. Tres días después de que me desalojaran de mi estudio, cosa que ocurrió tres semanas después de que me despidieran del trabajo, descubrí un área de descanso con duchas. Por poco me eché a llorar de alegría cuando la vi. Sí, en esas duchas uno tiene muy poca privacidad y se respira un ligero olor a residuos humanos, pero en aquel momento estaba desesperada por lavarme.

En estos momentos, disfruto de mi almuerzo en el asiento posterior del vehículo. Aunque dispongo de un hornillo eléctrico que se enchufa al encendedor para las ocasiones especiales, por lo general me alimento a base de sándwiches. Sándwiches a mansalva. Tengo una nevera portátil en la que guardo los fiambres y el queso, así como un paquete de pan blanco que me costó noventa y nueve centavos en el súper. Y luego están los snacks, claro. Bolsas de patatas. Galletas saladas con mantequilla de cacahuete. Pastelitos industriales. Las opciones poco sanas son incontables.

Hoy toca jamón con queso amarillo y un poco de mayonesa. Con cada bocado, me esfuerzo por no pensar en lo harta que estoy de los sándwiches.

Cuando he conseguido deglutir a duras penas la mitad de este, me suena el móvil en el bolsillo. Tengo uno de esos prepago plegables que solo usan las personas que piensan cometer un delito o que han retrocedido quince años en el tiempo. Pero necesito un teléfono, y este es el único que he podido permitirme.

—¿Wilhelmina Calloway? —pregunta una voz femenina entrecortada al otro lado de la línea.

Tuerzo el gesto al oír mi nombre completo. Wilhelmina era mi abuela por parte de padre, fallecida hace muchos años. No sé qué clase de psicópatas son capaces de ponerle Wilhelmina a su hija, pero ya no me hablo con mis padres (ni ellos conmigo, por cierto), así que es un poco tarde para preguntárselo. De cualquier modo, casi todo el mundo me conoce como Millie, y procuro corregir de inmediato a quien me llama de otra manera. Sin embargo, en este caso tengo la sensación de que quien me ha telefoneado no es alguien que vaya a tratarme por mi nombre de pila en un futuro cercano.

—¿Sí…?

—Señorita Calloway —dice la mujer—. Soy Donna Stanton, de Munch Burgers.

Ah, ya. Munch Burgers, el garito de comida rápida grasienta donde me hicieron una entrevista hace unos días. La idea era que empezara preparando hamburguesas o cobrando los pedidos, pero, si me esforzaba, tenía posibilidades de ascender. Y, lo que era aún mejor, podría ganar lo suficiente para dejar de vivir en mi coche.

Para mí lo ideal sería trabajar para la familia Winchester, claro. Pero ya ha pasado una semana entera desde mi entrevista con Nina. Puedo decir sin temor a equivocarme que no he conseguido el empleo de mis sueños.

—Solo quería comunicarle —prosigue la señorita Stanton— que ya hemos cubierto la plaza vacante en Munch Burgers. Pero le deseamos suerte en su búsqueda de empleo.

El jamón y el queso amarillo se me revuelven en el estómago. Había leído en internet que Munch Burgers no tenía una política de contratación muy estricta, por lo que era posible que me dieran el trabajo aunque tuviera antecedentes. Es la última entrevista que he conseguido después de la que mantuve con la señora Winchester, quien no me ha vuelto a llamar…, y estoy desesperada. No puedo comerme un sándwich más en mi coche. Simplemente no puedo.

—Señorita Stanton —balbuceo—, me preguntaba si le sería posible colocarme en cualquier otro puesto. Soy muy trabajadora, de verdad. Y muy responsable. Siempre…

Me interrumpo. La señorita Stanton ha colgado.

Sostengo el sándwich con la mano derecha, y el móvil con la izquierda. No hay nada que hacer. Nadie quiere contratarme. Todos los que me entrevistan me miran con la misma cara. Lo único que pido es poder empezar de cero. Me dejaré el culo si hace falta. Estoy dispuesta a todo.

Pugno por contener las lágrimas, aunque en realidad no sé por qué me molesto. Nadie me verá llorar en el asiento trasero de mi Nissan. Ya no le importo a nadie. Mis padres se desentendieron de mí hace más de diez años.

El timbre del teléfono me arranca de mi orgía de autocompasión. Enjugándome los ojos con el dorso de la mano, pulso el botón verde para contestar.

—¿Sí? —digo con voz ronca.

—¿Hola? ¿Eres Millie?

La voz me suena de algo. Con el corazón brincándome en el pecho, me aprieto el móvil contra la oreja.

—Sí…

—Soy Nina Winchester. ¿Te acuerdas? Tuvimos una entrevista la semana pasada.

—Ah. —Me muerdo con fuerza el labio inferior. ¿Por qué me llama ahora? Ya daba por sentado que había encontrado a otra persona y había decidido no informarme al respecto—. Sí, claro.

—Pues, si estás interesada, nos gustaría ofrecerte el puesto.

Noto que me sube tanta sangre a la cabeza que casi me mareo. «Nos gustaría ofrecerte el puesto». ¿Lo dice en serio? Que me contrataran en Munch Burgers entraba dentro de lo creíble, pero me parecía de todo punto inverosímil que una mujer como Nina Winchester me invitara a su casa. Y a vivir, nada menos.

¿Es posible que no haya comprobado mis referencias? ¿Que no haya realizado una simple verificación de mis antecedentes? A lo mejor está tan ocupada que no ha encontrado el momento. Quizá sea una de esas mujeres que se precian de dejarse llevar por la intuición.

—¿Millie? ¿Sigues ahí?

Caigo en la cuenta de que llevo un rato en silencio. Así de pasmada estoy.

—Sí, sigo aquí.

—Entonces ¿te interesa el trabajo?

—Sí. —Intento no mostrar unas ansias desmedidas—. Pues claro que me interesa. Me encantaría trabajar para ti.

—Trabajar conmigo —me corrige Nina.

Se me escapa una carcajada ahogada.

—Eso. Claro.

—Bueno, ¿cuándo empiezas?

—Hum…, ¿cuándo te gustaría que empezara?

—¡Lo antes posible! —Me da envidia la risa desenfadada de Nina, tan distinta de la mía. Ojalá pudiera intercambiarme por ella con solo chasquear los dedos—. ¡Tenemos un montón de ropa por doblar!

Trago saliva.

—¿Qué tal mañana?

—¡Sería genial! Pero ¿no necesitas tiempo para preparar tu equipaje?

No quiero decirle que ya tengo todas mis pertenencias en el maletero.

—Soy muy rápida.

Se ríe de nuevo.

—Me encanta tu buena disposición, Millie. Estoy deseando que trabajes aquí.

Mientras concreto con Nina los planes para mañana, me pregunto si ella opinaría lo mismo sobre mí si supiera que me he pasado los últimos diez años de mi vida en la cárcel.

3

Llego a la residencia de los Winchester a la mañana siguiente, cuando Nina ya ha llevado a Cecelia a la escuela. Aparco frente a la verja de metal que rodea el terreno. Nunca antes había estado, y mucho menos vivido, en una casa protegida por una cerca como esa, pero, al parecer, en esta urbanización pija de Long Island todas las casas están valladas. Teniendo en cuenta los bajos índices de delincuencia de la zona, me parece una exageración, pero ¿quién soy yo para juzgar? Si me dieran a elegir entre una finca con verja y otra idéntica pero sin verja, también me inclinaría por la primera.

Cuando llegué ayer, la verja estaba abierta, pero hoy me la encuentro cerrada. Con llave, por lo visto. Me quedo ahí parada, con las dos bolsas de lona a mis pies, preguntándome cómo voy a entrar. No parece haber un timbre o un portero automático. Sin embargo, el paisajista vuelve a estar en el jardín, acuclillado sobre la tierra, pala en mano.

—¡Disculpa! —le grito.

El hombre echa un vistazo hacia mí por encima del hombro antes de continuar cavando. Qué majo.

—¡Disculpa! —vuelvo a decir, en voz lo bastante alta para que no pueda seguir pasando de mí.

Esta vez se endereza, despacio, muy despacio. Con toda la

pachorra del mundo, atraviesa el extenso jardín delantero hasta la entrada de la verja. Se quita los gruesos guantes de látex y me mira arqueando las cejas.

—¡Hola! —saludo, intentando disimular mi irritación—. Me llamo Millie Calloway, y es mi primer día de trabajo aquí. Estoy buscando el modo de entrar, porque la señora Winchester me espera.

Se queda callado. Desde el otro extremo del jardín, solo me había fijado en su corpulencia —me saca al menos una cabeza, y tiene los bíceps tan gruesos como mis muslos—, pero de cerca me percato de que está bastante bueno, en realidad. De unos treinta y pico años, tiene el cabello color azabache empapado de sudor, la tez olivácea y unas facciones duras pero atractivas. No obstante, su rasgo más llamativo son sus ojos, de un negro tan oscuro que no distingo la pupila del iris. Algo en su mirada me hace retroceder un paso.

—Bueno, eh…, ¿me ayudas? —pregunto.

El hombre abre la boca por fin. Temo que me pida que me largue o que le muestre una identificación, pero, en vez de ello, me suelta una parrafada en italiano. Al menos creo que es italiano. No sé una palabra de ese idioma, pero una vez vi una película italiana con subtítulos y sonaba más o menos así.

—Ah —digo cuando concluye su monólogo—. Así que… ¿no hablas mi idioma?

—¿Tu idioma? —contesta con un acento tan marcado que me queda claro lo que va a responder—. No, no hablo.

Genial. Me aclaro la garganta, buscando las palabras más indicadas para expresar lo que tengo que decirle.

—El caso es que yo… —Me señalo el pecho—. Trabajo para la señora Winchester. —Señalo la casa—. Y necesito… entrar. —Por último, señalo la cerradura de la puerta—. Entrar.

Se limita a contemplarme con el ceño fruncido. Estupendo.

Me dispongo a sacar el móvil para llamar a Nina cuando él se dirige hacia un lado, pulsa algún tipo de interruptor y las puertas empiezan a girar sobre sus bisagras, casi a cámara lenta.

Una vez que están abiertas, alzo la vista un momento hacia la casa que será mi hogar, al menos en el futuro inmediato. Consta de dos plantas además del desván y parece tan extensa como una manzana de casas de Brooklyn. Es de un blanco casi cegador —tal vez está recién pintada—, y diría que el estilo arquitectónico es contemporáneo, pero qué sabré yo. Solo sé que, al parecer, la gente que vive aquí no tiene idea de qué hacer con tanto dinero.

Me agacho para recoger una de mis bolsas, pero el tío se me adelanta, levanta las dos sin soltar ni un gruñido y las lleva hasta la puerta principal. Pesan mucho —contienen literalmente todo lo que poseo aparte de mi coche—, así que le estoy agradecida por ahorrarme el esfuerzo.

—*Merci* —digo.

Me mira con cara rara. Ahora que lo pienso, a lo mejor eso no era italiano. Bueno, mala suerte.

Me apunto otra vez al esternón con el dedo.

—Millie —digo.

—Millie. —Asintiendo en señal de comprensión, se señala el pecho a su vez—. Yo soy Enzo.

—Encantada de conocerte —añado, algo cohibida, aunque sé que no me entenderá. Pero, por Dios, si vive y trabaja aquí, algo de inglés tiene que haber aprendido.

—*Piacere di conoscerti* —contesta.

Por toda respuesta, muevo la cabeza afirmativamente. Hasta aquí llega mi intento de confraternizar con el paisajista.

—Millie —repite con su fuerte acento italiano. Parece querer decirme algo, pero tiene dificultades con el idioma—. Tú...

Enzo susurra una palabra en italiano, pero, en cuanto oímos que se descorre el pestillo de la puerta principal, regresa a toda prisa al lugar del jardín delantero donde estaba acuclillado y se pone a trabajar a destajo. A duras penas he pillado la palabra que ha dicho. *Pericolo*. Vete tú a saber qué significa. A lo mejor me estaba pidiendo un refresco. «Peri Cola..., ¡ahora con un toque de lima!».

—¡Millie! —Nina parece entusiasmada de verme. Tanto que

28

se me echa encima y me estruja en un abrazo—. No sabes cuánto me alegro de que hayas decidido aceptar el empleo. Es que me dio la sensación de que tú y yo habíamos conectado, no sé si me explico.

Eso me imaginaba. Tuvo una «corazonada» sobre mí, así que no se molestó en hacer indagaciones. Ahora solo falta que no le dé motivos para desconfiar de mí. Debo convertirme en la empleada perfecta.

—Sí, te entiendo. Yo siento lo mismo.

—¡Pues adelante, pasa!

Nina me toma del brazo y me guía al interior de la casa, ajena al esfuerzo que me supone cargar con mis dos piezas de equipaje. Aunque desde luego no esperaba que me ayudara con ellas, ni que se le pasara siquiera por la cabeza.

Cuando cruzo el umbral, no puedo evitar fijarme en que la casa presenta un aspecto distinto que cuando vine por primera vez, para la entrevista. Muy distinto. En aquella ocasión, la residencia de los Winchester estaba inmaculada; todas las superficies de la sala estaban tan limpias que se podía comer en ellas. Ahora, el sitio parece una pocilga. Sobre la mesa de centro, frente al sofá, hay seis vasos llenos hasta alturas diversas de líquidos pringosos, una decena de periódicos y revistas arrugados y una caja de pizza medio aplastada. Veo ropa y basura desperdigadas por todo el salón, y los restos de la cena de anoche aún descansan sobre la mesa del comedor.

—Como puedes comprobar —dice Nina—, era urgente que vinieras.

Así que Nina Winchester es una dejada; ese era su secreto. Me llevará horas adecentar mínimamente este lugar. Quizá días. Pero no pasa nada; estaba ansiosa por dejarme la piel en un trabajo honrado. Y me gusta que esta mujer me necesite. Si consigo volverme imprescindible para ella, será menos probable que me despida cuando descubra la verdad…, si algún día llega a descubrirla.

—Deja que guarde mis cosas —le respondo— y enseguida me pongo a recoger todo esto.

Nina exhala un suspiro de alegría.

—Eres un milagro, Millie. No sabes cuánto te lo agradezco. Ah… —Agarra su bolso, que está sobre la encimera, y, tras hurgar en él unos instantes, saca un iPhone último modelo—. Te he comprado esto. No he podido evitar fijarme en que tienes un teléfono muy anticuado. Quiero que cuentes con un móvil fiable por si necesito comunicarme contigo.

Con dedos vacilantes, cojo el flamante iPhone.

—Vaya. Es muy generoso por tu parte, pero no puedo permitirme contratar un…

Ella le resta importancia con un gesto.

—Te he añadido a nuestro plan familiar. Me ha salido casi gratis.

¿Casi gratis? Tengo la sensación de que su definición de estas dos palabras está muy alejada de la mía.

Cuando me dispongo a protestar de nuevo, unas pisadas resuenan en la escalera que tengo detrás. Al volverme, advierto que un hombre con un traje de oficina gris está bajando por ella. En el momento en que me ve aquí, de pie en el salón, se para en seco en el último peldaño, como sorprendido por mi presencia. Abre aún más los ojos cuando repara en mi equipaje.

—¡Andy! —lo llama Nina—. ¡Ven, que te presento a Millie!

Debe de tratarse de Andrew Winchester. Cuando busqué información sobre la familia Winchester en Google, por poco se me salieron los ojos de las órbitas al leer cuál era su patrimonio neto. Después de ver todos esos signos de dólar, me pareció más comprensible que tuviera una sala de cine en casa y la finca rodeada por una verja. Es un hombre de negocios que tomó las riendas de la próspera empresa de su padre y ha duplicado los beneficios desde entonces. Pero, a juzgar por su cara de sorpresa, deja buena parte de los asuntos domésticos en manos de su esposa, quien al parecer se ha olvidado por completo de avisarle de que ha contratado a una empleada interna.

—Hola… —El señor Winchester entra en el salón con el entrecejo fruncido—. Millie, ¿verdad? Perdona, no sabía que…

—¡Por Dios, Andy, pero si te había hablado de ella! —Nina ladea la cabeza—. Te dije que necesitábamos a alguien que nos ayudara con la limpieza, la cocina y Cecelia. ¡Estoy segura de que te lo comenté!

—Ya, bueno. —Por fin relaja el semblante—. Bienvenida, Millie. Un poco de ayuda no nos vendrá nada mal, desde luego.

Andrew Winchester me tiende la mano. Resultaría difícil pasar por alto lo asombrosamente guapo que es. Tiene unos ojos castaños de mirada penetrante, una abundante cabellera de color caoba y un hoyuelo muy sexy en la barbilla. También resultaría difícil pasar por alto que su nivel de atractivo es bastante superior al de su esposa, pese a que ella va arreglada de forma impecable. Después de todo, al hombre le salen los billetes por las orejas. Podría estar con cualquier mujer que descara. Me parece admirable que no haya elegido como pareja a una supermodelo de veinte años.

Me guardo el móvil nuevo en el bolsillo de los vaqueros y alargo el brazo para estrecharle la mano.

—Un placer conocerle, señor Winchester.

—Por favor, llámame Andrew —dice con una sonrisa cordial.

Cuando él pronuncia estas palabras, una expresión fugaz cruza el rostro de Nina Winchester. Frunce los labios y entorna los párpados. No entiendo muy bien por qué. Ella también me invitó a llamarla por el nombre de pila. Además, Andrew Winchester no me está devorando con los ojos ni nada por el estilo. Me mira respetuosamente a la cara sin bajar la vista más allá del cuello. Tampoco es que haya gran cosa que ver: aunque hoy he pasado de ponerme las gafas de concha sin graduación, llevo una blusa discreta y unos vaqueros cómodos, por ser mi primer día de trabajo.

—En fin —dice Nina—, ¿no tenías que irte a la oficina, Andy?

—Ah, sí. —Se endereza la corbata gris—. Tengo una reunión a las nueve y media en la ciudad. Más vale que me dé prisa.

Andrew le da un largo beso en los labios a Nina y un apretón en el hombro. Por lo poco que he visto, forman un matrimonio muy bien avenido. Además, Andrew parece bastante campechano para ser un tipo que posee una fortuna de ocho cifras. Me enternece el beso que le lanza desde el umbral. No cabe duda de que es un hombre que ama a su esposa.

—Tu marido parece simpático —le comento a Nina cuando la puerta se cierra tras él.

Vuelve a asomarle a los ojos una mirada sombría y suspicaz.

—¿Tú crees?

—Bueno, sí. —Titubeo—. O sea, me ha dado la impresión… ¿Cuánto tiempo lleváis casados?

Nina me observa con aire pensativo.

—¿Y tus gafas? —dice, en vez de responder a mi pregunta.

—¿Qué?

Levanta una ceja.

—Durante la entrevista llevabas gafas, ¿no?

—Ah. —Me encojo de vergüenza, reacia a reconocer que las gafas eran de pega, un intento de parecer más seria e inteligente y, sí, menos atractiva y amenazadora—. Es que…, esto…, llevo lentillas.

—¿De veras?

No sé por qué le he mentido. Debería haberle dicho que tengo muy poca miopía, pero, en lugar de ello, he tenido que rizar el rizo inventándome unas lentes de contacto que en realidad no existen. Noto que Nina me escruta las pupilas, como buscándolas.

—¿Supone eso… un problema? —inquiero al fin.

Le tiembla un músculo bajo el ojo derecho. Por un momento, temo que va a pedirme que me largue, pero entonces relaja el rostro.

—¡Claro que no! Solo estaba pensando que esas gafas te sentaban muy bien. Estabas fantástica con ellas, deberías lucirlas más a menudo.

—Ya, bueno… —Con la mano temblorosa, agarro la correa de una de mis bolsas de lona—. Será mejor que suba mis cosas para ponerme manos a la obra.

Nina da una palmada.

—¡Excelente idea!

Nina tampoco se ofrece esta vez a ayudarme con el equipaje mientras ascendemos los dos tramos de escalera hasta el desván. Cuando vamos por la mitad del segundo, siento como si se me fueran a desprender los brazos, pero ella no muestra la menor intención de parar un momento para dejar que me ajuste bien las correas en el hombro. Cuando por fin dejo caer las bolsas en el suelo de mi nueva habitación, suelto un jadeo de alivio. Nina tira del cordón para encender las dos bombillas que iluminan aquel diminuto espacio.

—Espero que estés cómoda —dice—. He supuesto que preferirías instalarte aquí arriba, donde contarás con privacidad, además de con baño propio.

A lo mejor se siente culpable por alojarme en un cuarto apenas más grande que un armario para escobas teniendo desocupada la gigantesca habitación de invitados. Pero no me importa. Para mí cualquier cosa más grande que el asiento trasero de mi coche es como un palacio. Me muero de ganas de dormir aquí esta noche. Me inunda una gratitud obscena.

—Es perfecto —declaro con sinceridad.

Además de la cama, la cómoda y la estantería, veo algo que había pasado por alto en la habitación en mi visita previa: una minineverа de unos treinta centímetros de alto. Está enchufada a la pared y emite un zumbido rítmico. Me agacho para abrirla. Dentro hay dos baldas. Sobre la superior descansan tres botellines de agua.

—Hidratarse bien es superimportante —asegura Nina, muy seria.

—Sí...

Sonríe al advertir mi expresión de perplejidad.

—Obviamente, es tu nevera, así que puedes guardar en ella lo que te plazca. Solo quería ahorrarte un poco de trabajo.

—Gracias. —No es tan raro. Algunas personas dejan pastillas de menta sobre las almohadas. Nina deja tres botellines de agua en el frigo.

33

—En fin… —Se frota las manos contra los muslos, aunque las tiene impolutas—. Te dejo para que deshagas las bolsas y luego te pongas a arreglar la casa. Voy a prepararme para la reunión de la AMPA de mañana.

—¿La AMPA?

—La Asociación de Madres y Padres de Alumnos. —Me dedica una sonrisa radiante—. Soy la vicepresidenta.

—Qué bien —comento, porque sé que es lo que Nina quiere oír. Es muy fácil de complacer—. Lo guardo todo en un momento y me pongo a ello.

—Te lo agradezco mucho. —Me roza un momento el brazo desnudo con los dedos, calientes y secos—. Me estás salvando la vida, Millie. Estoy muy contenta de que hayas venido.

Apoyo la mano en el pomo cuando Nina se dispone a salir de mi cuarto. Es entonces cuando caigo en ello. Por fin me percato de qué es lo que me ha dado mal rollo de esta habitación desde el momento en que entré. Me recorre una sensación de náuseas.

—Nina…

—¿Hummm?

—¿Por qué…? —Me aclaro la garganta—. ¿Por qué la cerradura de esta puerta está por fuera en vez de por dentro?

Nina baja la mirada hacia el pomo, como si reparara en ello por primera vez.

—¡Ah! Lo siento mucho. Antes usábamos este cuarto como trastero, así que, lógicamente, queríamos cerrarlo por fuera. Pero después lo acondicionamos como dormitorio para el servicio y supongo que no se nos ocurrió cambiar la cerradura de sitio.

Si alguien quisiera encerrarme aquí dentro, le resultaría muy fácil. Además, solo hay una ventana, que da al jardín trasero. La habitación podría convertirse en una trampa mortal.

Por otro lado, ¿por qué iba alguien a querer encerrarme aquí?

—¿Me facilitarás la llave de la habitación? —pregunto.

Ella se encoge de hombros.

—Ni siquiera sé muy bien dónde está.

—Me gustaría disponer de una copia.

Posa en mí los ojos azules entornados.

—¿Por qué? ¿Es que piensas guardar aquí algo que no quieres que veamos?

Me quedo boquiabierta.

—No…, nada, pero…

Nina echa la cabeza hacia atrás y suelta una carcajada.

—Estoy de guasa. ¡Es tu habitación, Millie! Si quieres una llave, te la conseguiré. Te lo prometo.

A veces me da la impresión de que Nina tiene doble personalidad. Pasa del calor al frío en un momento. Aunque afirme que era broma, no estoy tan segura. En el fondo, da igual. No tengo otras perspectivas de empleo, y este me ha venido como agua de mayo. Me aseguraré de que esto funcione, cueste lo que cueste. Conseguiré que Nina Winchester me adore.

En cuanto Nina sale de mi cuarto, cierro la puerta tras ella. Me gustaría echar la llave, pero no puedo, por razones obvias.

En ese momento, descubro unas marcas en la madera de la cara interior de la puerta; unas hendiduras largas y finas que van de arriba abajo, más o menos a la altura de mis hombros. Deslizo los dedos por las hendiduras. Casi parecen…

Arañazos. Como si alguien hubiera rayado la puerta con las uñas.

Como intentando salir.

No, eso es absurdo. Me estoy poniendo paranoica. A veces a la madera vieja le salen grietas sin ningún motivo siniestro.

De pronto, el ambiente en el cuarto me resulta insoportablemente caluroso y sofocante. En un rincón hay una caldera pequeña que sin duda mantiene una temperatura agradable en invierno, pero caldea demasiado el aire en los meses más cálidos. Tendré que comprarme un ventilador e instalarlo frente a la ventana. Aunque este espacio es mucho más amplio que el interior de mi coche, no deja de ser bastante reducido; de hecho, no me sorprende que lo utilizaran para almacenar trastos. Me paseo por la habitación, abriendo los cajones para comprobar su tamaño. Hay un diminuto armario exento en el que apenas cabrán los pocos vestidos que tengo. Está vacío, salvo por un par de perchas y un pequeño cubo de plástico azul en el rincón.

Intento abrir la pequeña ventana para que entre un poco de aire fresco, pero, por más que tiro de ella, no se mueve un milímetro. La inspecciono más de cerca con los ojos entrecerrados. Deslizo el dedo por el marco de la ventana. Al parecer, está pegada a él por la pintura.

Tengo una ventana, pero no se abre.

Le preguntaría a Nina al respecto, pero no quiero quedar como una quejica en mi primer día de trabajo. Quizá se lo comente la semana que viene. No creo que querer una ventana que se pueda utilizar sea demasiado pedir.

Enzo, el paisajista, está ahora mismo en el jardín trasero, pasando el cortacésped. Se detiene un momento para enjugarse el sudor de la frente con el musculoso antebrazo y alza la mirada. Al vislumbrarme a través del ventanuco sacude la cabeza, como en nuestro primer encuentro. Recuerdo la palabra que me susurró en italiano antes de que entrara en la casa. *Pericolo.*

Me saco el móvil nuevecito del bolsillo. La pantalla cobra vida en cuanto la toco y se llena de pequeños iconos relacionados con mensajes de texto, llamadas y el tiempo. En la época en que ingresé en la cárcel, los teléfonos de este tipo no eran tan habituales, y no he podido permitirme uno desde que salí. Sin embargo, un par de las chicas de los centros de reinserción en los que me alojé al principio tenían móviles parecidos, así que más o menos me defiendo con ellos. Sé qué icono hay que pulsar para abrir un navegador.

En el cuadro de búsqueda, escribo: «Traducir pericolo». Debe de haber poca cobertura aquí en el desván, porque el resultado tarda mucho en cargarse. Casi un minuto después, la traducción de *pericolo* aparece por fin en la pantalla:

«Peligro».

4

Me paso las siguientes siete horas limpiando.

La casa no estaría más cochambrosa si Nina la hubiera ensuciado aposta. Todas las habitaciones están hechas un asco. En la caja de encima de la mesa de centro aún hay dos porciones de pizza, y una sustancia pegajosa y hedionda se ha filtrado a través del fondo, de modo que el cartón se ha quedado pegado a la mesa. Tras una hora de remojo y treinta minutos de restregar a conciencia, consigo dejar la mesa limpia.

Lo que está peor es la cocina. Además de lo que sea que haya dentro del cubo de basura, hay dos bolsas rebosantes de desperdicios. Una de ellas tiene un desgarrón en la parte inferior, por lo que, cuando la levanto para llevarla fuera, el contenido se desparrama por el suelo. Y el olor no es repulsivo, sino lo siguiente. Me dan arcadas, pero por fortuna no devuelvo el almuerzo.

Al ver la enorme pila de platos sucios que se eleva en el fregadero, me pregunto qué le costaba a Nina meterlos en su lavavajillas de última generación, hasta que lo abro y descubro que también está abarrotado de cacharros grasientos. Salta a la vista que esa mujer no es partidaria de pasarle un papel o un cepillo a la vajilla antes de colocarla en la máquina. Por lo visto, tampoco es partidaria de encenderla. Al final hacen falta tres cargas para dejarlo todo limpio. Lavo a mano las ollas y sartenes, muchas de las cuales tienen comida incrustada desde hace días.

Hacia media tarde, he conseguido dejar la cocina más o menos presentable. Estoy orgullosa de mí misma. Es mi primera jornada de trabajo duro desde que me despidieron del bar (por motivos del todo injustos, pero así es mi vida actual), y me siento genial. Lo único que quiero es seguir trabajando aquí. Bueno, y tal vez contar con una ventana que se abra en mi habitación.

—¿Quién eres?

Una vocecita me sobresalta cuando estoy vaciando la última carga del lavavajillas. Me vuelvo de golpe, y Cecelia está de pie a mi espalda, con los ojos azul celeste clavados en mí y ataviada con un vestido blanco de volantes que la hace parecer una muñequita. Para ser más exactos, una muñeca terrorífica como la de *La dimensión desconocida*, que habla y mata gente.

Ni siquiera la he visto entrar. Y Nina no anda por aquí. ¿De dónde habrá salido? Como resulte que en realidad lleva diez años muerta y es un fantasma, dejo el curro ahora mismo.

Bueno, tal vez no lo deje. Pero quizá pida un aumento.

—¡Hola, Cecelia! —saludo en tono animado—. Me llamo Millie. Desde hoy voy a trabajar en tu casa, limpiando y cuidándote cuando tu madre me lo pida. Espero que lo pasemos bien juntas.

Cecelia fija en mí sus ojos claros, parpadeando.

—Tengo hambre.

Me obligo a recordar que no es más que una chiquilla normal que a veces tiene hambre y sed, se pone de mal humor y va al baño.

—¿Qué te apetece comer?

—No lo sé.

—Bueno, ¿qué tipo de comida te gusta?

—No lo sé.

Aprieto los dientes. Cecelia ha pasado de ser una muñequita siniestra a transformarse en una niña irritante. Pero acabamos de conocernos. Estoy segura de que dentro de unas semanas seremos las mejores amigas.

—Vale, pues te prepararé una merienda.

Asintiendo, se encarama a uno de los taburetes que rodean la isla de la cocina. Vuelvo a sentir como si me atravesara con la mirada y leyera todos mis secretos. Ojalá se marchara al salón a ver dibujos animados en su televisor gigante en vez de quedarse aquí… observándome.

—Bueno, ¿qué te gusta ver en la tele? —pregunto con la esperanza de que pille la indirecta.

Frunce el ceño, como si la hubiera ofendido.

—Prefiero leer.

—¡Qué guay! ¿Y qué te gusta leer?

—Libros.

—¿Como cuáles?

—Como los que tienen palabras.

Ah, conque esas tenemos, Cecelia. Muy bien; si no quiere hablar de libros, puedo cambiar de tema.

—¿Acabas de volver del cole? —le pregunto.

Me mira, pestañeando.

—¿De dónde iba a venir si no?

—Pero… ¿cómo has regresado desde allí?

Cecelia suelta un bufido de exasperación.

—La madre de Lucy me ha recogido de la clase de ballet y me ha traído.

Hace unos quince minutos he oído a Nina moviéndose en el piso de arriba, así que doy por sentado que está en casa. Me pregunto si debería avisarla de que Cecelia ha llegado. Por otro lado, no quiero molestarla, y ocuparme de Cecelia es una de mis obligaciones.

Gracias a Dios, esta parece haber perdido todo interés en mí y está rebuscando algo en su mochila rosa pálido. En la despensa encuentro un paquete de galletitas Ritz y un bote de mantequilla de cacahuete. Unto unas cuantas galletas con ella, como hacía mi madre. Repetir esta operación que ella realizó tantas veces por mí me pone un poco nostálgica. Y triste. Nunca me imaginé que se desentendería de mí. «Estoy harta, Millie. Es la gota que colma el vaso».

Cuando termino de untar, corto un plátano en rodajas y

coloco una sobre cada galleta. Me encanta la combinación de mantequilla de cacahuete y plátano.

—¡Tachán! —Deposito el plato sobre la encimera de la cocina para presentárselo a Cecelia—. ¡Galletas con crema de cacahuete y plátano!

Se le desorbitan los ojos.

—¿Crema de cacahuete y plátano?

—Está buenísimo, créeme.

—¡Soy alérgica a la crema de cacahuete! —Sus mejillas se tiñen de un rosa brillante—. ¡Si me como eso, podría morirme! ¿Estás intentando matarme?

Se me cae el alma a los pies. Nina no me había dicho una palabra sobre una alergia a la mantequilla de cacahuete. ¡Pero si tienen un tarro en su despensa! ¿Por qué guardan algo así en su casa si su hija padece una alergia mortal a los cacahuetes?

—¡Mamá! —chilla Cecelia, corriendo hacia las escaleras—. ¡La criada ha intentado hacerme daño con crema de cacahuete! ¡Socorro, mamá!

Cielo santo.

—¡Cecelia! —susurro—. ¡Ha sido sin querer! No sabía que fueras alérgica y...

Pero Nina ya está bajando los escalones a toda prisa. En contraste con el desorden que reina en su hogar, ella va impecable, con otro de sus conjuntos compuestos por falda y blusa blancas. El blanco es su color. Por lo visto, también el de Cecelia. Su atuendo hace juego con la casa.

—¿Qué pasa? —exclama Nina al llegar al pie de la escalera.

Me encojo de vergüenza cuando Cecelia se abalanza hacia su madre y le rodea el busto con los brazos.

—¡Quería darme crema de cacahuete, mami! Le he dicho que soy alérgica, pero no me ha hecho caso.

El pálido rostro de Nina se pone rojo.

—¿Es eso cierto, Millie?

—Yo... —Noto la garganta totalmente seca—. No sabía que fuera alérgica, te lo juro.

Nina arruga el entrecejo.

—Te comenté lo de sus alergias, Millie. Esto es intolerable.

No es verdad. En ningún momento me ha dicho que Cecelia sufra alergia a los cacahuetes. Me juego el pellejo a que no. Y, aunque me lo hubiera dicho, ¿por qué tiene un bote de mantequilla de cacahuete en la despensa, y para colmo en un lugar bien a la vista?

Pero ninguna de mis justificaciones la convencerá. En su cabeza, he estado a punto de matar a su hija. Veo cómo este empleo se me escurre entre los dedos.

—Lo siento muchísimo —consigo decir pese al nudo que tengo en la garganta—. Se me habrá pasado ese dato. Te prometo que no permitiré que vuelva a ocurrir.

Cecelia solloza mientras Nina la estrecha contra sí y le acaricia con delicadeza la rubia cabellera. El llanto acaba por remitir, pero la niña sigue aferrándose a su madre. Siento una terrible punzada de culpa. En el fondo, sé que no hay que darles de comer a los niños sin antes consultar a sus padres. He metido la pata y, si Cecelia no hubiera estado atenta, tal vez habría sucedido una desgracia.

Nina respira hondo. Cierra los ojos y deja pasar unos instantes antes de abrirlos de nuevo.

—Está bien. Pero, por favor, procura no volver a olvidar cosas tan importantes.

—Las tendré muy presentes. Te lo juro. —Me retuerzo los puños—. ¿Quieres que tire a la basura el tarro de crema de cacahuete que estaba en la despensa?

Se queda callada un momento.

—No, mejor no. Podría hacernos falta.

Me entran ganas de alzar las manos en un gesto de desesperación, pero, si quiere guardar en su casa un alimento que constituye un peligro para la vida de su hija, allá ella. Yo solo sé que por nada del mundo volveré a utilizarlo.

—Por cierto —añade Nina—, ¿a qué hora estará lista la cena?

¿La cena? ¿Se supone que debería estar preparándola? ¿Se ha imaginado Nina otra conversación entre las dos que jamás se ha producido? Pero no pienso alegar más excusas después de la debacle de la mantequilla de cacahuete. Algo encontraré en el frigorífico para salir del paso.

—¿A las siete? —respondo. Con tres horas tendré tiempo de sobra.

Ella asiente.

—No usarás crema de cacahuete para cocinar, ¿verdad?

—No, claro que no.

—Por favor, que no se repita, Millie.

—No se repetirá. ¿Hay en la familia alguna otra alergia o… intolerancia?

¿Es Cecelia alérgica al huevo, a las picaduras de abeja, a los deberes? Necesito saberlo. No puedo correr el riesgo de que vuelvan a pillarme en un error.

Nina niega con la cabeza al tiempo que Cecelia despega un momento la cara arrasada en lágrimas del pecho de su madre para fulminarme con la mirada. Ella y yo no hemos empezado con buen pie, pero encontraré el modo de arreglar las cosas. Le hornearé unos brownies o algo por el estilo. Con los adultos es más complicado, pero estoy decidida a ganarme también a Nina y a Andrew.

5

A las siete menos cuarto, la cena casi está lista. He encontrado en la nevera unas pechugas de pollo ya marinadas con instrucciones impresas en la bolsa, así que me he limitado a seguirlas y a meter la carne en el horno. Los Winchester deben de encargar la comida a algún tipo de servicio que les facilita indicaciones para prepararla.

Un olor delicioso empieza a inundar la cocina cuando oigo que la puerta del garaje se cierra de golpe. Un minuto después, Andrew Winchester entra con paso tranquilo, aflojándose el nudo de la corbata con el pulgar. Estoy removiendo la salsa que he puesto a calentar sobre un hornillo y, cuando lo veo, no puedo evitar girarme dos veces, pues no me acordaba de lo apuesto que es.

Me dedica una sonrisa de oreja a oreja; está aún más guapo cuando sonríe.

—Millie, ¿verdad?

—Sí.

Inspira profundamente.

—Vaya. Eso huele que alimenta.

Las mejillas se me ponen coloradas.

—Gracias.

Pasea la mirada por la cocina con un gesto de aprobación.

—Lo has dejado todo muy limpio.

—Es mi trabajo.

Suelta una risita.

—Supongo que sí. ¿Has tenido un buen primer día?

—Sí. —No pienso contarle lo de la debacle de la mantequilla de cacahuete. No tiene por qué saberlo, aunque sospecho que Nina lo pondrá al tanto. Estoy segura de que no le hará gracia que haya estado a punto de matar a su hija—. Tenéis una casa preciosa.

—Bueno, eso es gracias a Nina. Ella lleva la casa.

Como si hubiera estado esperando a que la invocaran, Nina aparece en ese momento, vestida con otro de sus conjuntos blancos, distinto del que llevaba hace solo unas horas. Su apariencia es irreprochable, como siempre. Sin embargo, hace un rato, mientras limpiaba, he dedicado unos minutos a cotillear las fotografías que tienen sobre la repisa de la chimenea. Hay una de Nina y Andrew juntos, hace muchos años, y ella presentaba un aspecto muy diferente. Tenía el cabello menos rubio, no iba tan maquillada, vestía ropa más informal… y pesaba como mínimo veinte kilos menos. Apenas la he reconocido en la foto, mientras que Andrew estaba idéntico.

—Nina. —A Andrew se le ilumina la mirada al ver a su esposa—. Estás preciosa…, como siempre.

La atrae hacia sí y le da un beso profundo en los labios. Ella se derrite entre sus brazos, aferrándole los hombros con ademán posesivo. Cuando se separan, alza la vista hacia él.

—Te he echado de menos hoy.

—Yo a ti más.

—No, yo más.

Madre mía. ¿Cuánto rato seguirán debatiendo sobre quién ha echado más de menos a quién? Desvío la mirada y encuentro algo en lo que ocuparme. Me incomoda estar tan cerca de semejante exhibición de afecto.

—Bueno. —Nina es la primera en apartarse—. ¿Os estáis conociendo mejor vosotros dos?

—Ajá —dice Andrew—. Y no sé qué está preparando Millie, pero huele de maravilla, ¿no?

Echo un vistazo hacia atrás. Nina me observa trabajar frente a los fogones con aquella expresión siniestra en los ojos azules. No le gusta que su marido me haga cumplidos. Pero no entiendo cuál es el problema; resulta evidente que está loco por ella.

—Sí —responde.

—Nina es una negada para la cocina. —Con una carcajada, Andrew le echa el brazo a la cintura—. Si dependiéramos de sus dotes culinarias, nos moriríamos de hambre. Antes mi madre nos traía platos que preparaban ella o su chef personal, pero desde que ella y mi padre se jubilaron y se mudaron a Florida, nos alimentamos sobre todo a base de comida para llevar. Así que eres nuestra salvadora, Millie.

Nina esboza una sonrisa tensa. Él solo lo dice para chincharla, pero a ninguna mujer le gusta que la comparen desfavorablemente con otra. Si Andrew no lo sabe, es idiota. Por otro lado, muchos hombres son idiotas.

—La cena estará a punto en unos diez minutos —anuncio—. ¿Qué tal si vais al salón a relajaros y os aviso cuando esté lista?

Él arquea las cejas.

—¿Te gustaría cenar con nosotros, Millie?

La brusca inspiración de Nina resuena en la cocina. Antes de que ella diga nada, niego con la cabeza de forma enérgica.

—No, subiré a mi cuarto a descansar un poco. Pero gracias por la invitación.

—¿De verdad? ¿Estás segura?

Nina le propina un manotazo en el brazo.

—Lleva todo el día trabajando, Andy. Lo que menos le apetece ahora mismo es cenar con sus jefes. Está deseando irse arriba y chatear con sus amigos, ¿a que sí, Millie?

—Sí —digo, aunque no tengo amigos, por lo menos en el mundo exterior.

Me da la impresión de que a Andrew no le preocupa que yo acepte o no. Solo estaba siendo amable, ajeno al hecho de que Nina no tenía ganas de compartir mesa conmigo. Y me parece perfecto. No quiero hacer nada que la lleve a sentirse amenazada. Solo quiero mantener un perfil bajo y cumplir con mi trabajo.

6

Había olvidado lo estupendo que es dormir con las piernas estiradas.

Vale, la camita no es nada del otro mundo. El colchón está lleno de bultos, y el somier chirría cada vez que me muevo, aunque solo sea un poco. Aun así, resulta infinitamente más confortable que dormir en el coche. Y, lo que es aún más alucinante: si necesito ir al baño por la noche, ¡lo tengo justo al lado! No me hace falta conducir hasta encontrar un área de descanso y sujetar un bote de espray de defensa personal mientras vacío la vejiga. Ya ni siquiera necesito el espray.

Resulta tan agradable estar tendida en una cama normal que, a los pocos segundos de apoyar la cabeza en la almohada, me quedo frita.

Aún está oscuro cuando vuelvo a abrir los ojos. Me incorporo, presa del pánico, intentando recordar dónde estoy. Solo sé que no estoy en mi coche. Tardo varios segundos en rememorar los acontecimientos de los últimos días: la oferta de empleo de Nina, la mudanza de mi coche a esta casa, haber dormido en una cama de verdad.

Mi respiración recupera poco a poco su ritmo normal.

Busco a tientas sobre la cómoda que está junto a la cama el móvil que me compró Nina. Son las 3.46 de la madrugada. Aún

46

es demasiado temprano para levantarme. Me quito las mantas de las piernas, que me pican, y bajo los pies al suelo mientras mis ojos se acostumbran a la luz de la luna que se filtra por el ventanuco. Iré al lavabo y luego intentaré conciliar el sueño otra vez.

Las tablas del suelo de la diminuta habitación crujen bajo mis pasos. Bostezando, dedico unos segundos a desperezarme hasta que casi toco las bombillas que cuelgan del techo con las yemas de los dedos. Este cuarto me hace sentir como una giganta.

Llego a la puerta, agarro el pomo y…

No gira.

El pánico, que ha remitido cuando he cobrado conciencia de dónde me encontraba, se reaviva. La puerta está cerrada con llave. Los Winchester me han encerrado aquí. Más concretamente, Nina me ha encerrado aquí. Pero ¿por qué? ¿Se trata de algún tipo de juego morboso? ¿Estaban buscando a una expresidiaria, alguien a quien nadie echaría en falta, para tenderle una trampa? Rozo con los dedos los arañazos de la puerta, preguntándome quién sería la desdichada a quien confinaron aquí antes que a mí.

Sabía que era demasiado bonito para ser cierto. Incluso a pesar de la suciedad extrema de la cocina, esto parecía un trabajo de ensueño. Sabía que Nina había investigado mis antecedentes. Seguramente me ha recluido aquí pensando que nadie notará mi ausencia.

Mi mente retrocede diez años, a la primera noche en que la puerta de mi celda se cerró con un golpe metálico y supe que aquel sería mi hogar durante mucho tiempo. Me juré a mí misma que, si algún día salía de allí, no volvería a quedar atrapada en una situación sin salida, fuera la que fuese. Sin embargo, cuando aún no llevo ni un año en la calle, aquí estoy otra vez.

Pero tengo mi teléfono. Puedo llamar a la policía.

Cojo el móvil de encima de la cómoda, donde lo había dejado. Hace unas horas tenía cobertura, pero ahora no. Ni una raya. No hay señal.

Estoy aislada en este cuarto donde no hay más que una ventana minúscula que no se abre y da al jardín de atrás.

¿Qué voy a hacer?

Llevo de nuevo la mano al pomo de la puerta, preguntándome si podría echarla abajo de alguna manera. No obstante, esta vez, cuando tuerzo la muñeca con decisión, el pomo gira también.

Y la puerta se abre de golpe.

Salgo tambaleándome al pasillo, con la respiración acelerada. Me quedo ahí de pie unos instantes, hasta que mi corazón vuelve a latir a una velocidad normal. Resulta que no estaba encerrada en la habitación. Nina no había urdido un plan demencial para recluirme ahí. La puerta simplemente se había atascado.

Pero no consigo desterrar de mi mente la inquietante sensación de que debería largarme de aquí mientras pueda.

7

Cuando bajo las escaleras por la mañana, me encuentro a Nina enfrascada en una destrucción sistemática de la cocina.

Ha sacado todos los cazos y sartenes del armario de debajo de la encimera. Ha tirado al suelo la mitad de los platos que se guardan encima del fregadero, y varios se han hecho añicos. Ahora mismo está revolviendo en la nevera, lanzando comida en todas direcciones. Observo atónita como extrae una botella de plástico del frigorífico y la arroja contra el suelo. La leche que contiene se derrama de inmediato y forma un río blanco en torno a los cazos, las sartenes y los platos rotos.

—¿Nina? —digo con timidez.

Ella se queda inmóvil, con las manos crispadas sobre un bagel. Vuelve la cabeza de golpe hacia mí.

—¿Dónde están?

—¿De..., de qué hablas?

—¡De mis notas! —Profiere un grito de angustia—. ¡He dejado todas mis notas para la reunión de la AMPA de esta tarde sobre la encimera! ¡Y ya no están! ¿Qué has hecho con ellas?

En primer lugar, ¿por qué cree que sus notas están en la nevera? En segundo, estoy segura de que no me he deshecho de ellas. Bueno, segura al novena y nueve por ciento. ¿Existe una pequeña posibilidad de que me encontrara un papelito arrugado sobre la encimera y lo tirara creyendo que era basura? Sí. No puedo descartarlo. Por otro lado, he andado con ojo para no tirar nada que no fueran desperdicios. En honor a la verdad, casi todo lo era.

—No las he tocado —aseguro.

Nina pone los brazos en jarras.

—¿Me estás diciendo que mis notas se han ido andando, sin más?

—No, no estoy diciendo eso. —Doy un paso hacia ella con cautela, y los restos de plato crujen bajo mi zapatilla. Debo recordar no pasearme nunca descalza por la cocina—. Pero ¿no las habrás dejado en otro sitio?

—¡Claro que no! —contesta airada—. Las dejé aquí mismo. —Asesta a la encimera una fuerte palmada que me sobresalta—. ¡Justo en esta superficie! ¡Y ya no están! ¡Han desaparecido!

El alboroto ha captado la atención de Andrew Winchester. Entra con paso tranquilo en la cocina, enfundado en un traje oscuro que realza aún más su atractivo, si tal cosa es posible. Está anudándose la corbata, pero los dedos se le paralizan cuando ve el estropicio en el suelo.

—¿Nina?

Ella dirige la mirada hacia su esposo, con los ojos empañados en lágrimas.

—¡Millie ha tirado mis notas para la reunión de esta tarde!

Abro la boca para protestar, pero sé que es inútil. Nina está convencida de que he tirado sus notas, y es muy posible que tenga razón. Pero, bueno, si tan importantes eran, ¿por qué las dejó ahí, en la encimera? Tal como estaba la cocina ayer, lo raro habría sido que no acabaran en la basura.

—Eso es terrible. —Andrew abre los brazos y Nina se abalanza hacia él—. Pero ¿no habías guardado las notas en el ordenador?

Nina se sorbe la nariz contra el traje caro de su marido. Debe de estar manchándolo de mocos, pero a él no parece importarle.

—Una parte. Pero tendré que reescribirlas casi todas.

Se vuelve hacia mí con expresión acusadora.

Renuncio a seguir defendiendo mi inocencia. Si ella está segura de que he tirado sus notas, lo mejor será pedir disculpas.

—Lo siento mucho, Nina —digo—. Si hay algo que pueda hacer...

Ella baja los ojos hacia el desastre del suelo.

—Puedes limpiar toda esta porquería que has dejado en mi cocina mientras yo soluciono el problema.

Dicho esto, se aleja con zancadas furiosas. Mientras sus pasos se apagan en lo alto de las escaleras, me pregunto cómo voy a recoger todos esos platos rotos, mezclados ahora con leche derramada y una veintena de uvas que ruedan por el suelo. He pisado una y la tengo espachurrada por toda la suela de la zapatilla.

Andrew se queda en la cocina, moviendo la cabeza de un lado a otro. Ahora que Nina se ha ido, siento que debería decir algo.

—Oye —murmuro—, no he sido yo quien...

—Lo sé —ataja antes de que pueda terminar de exculparme—. Nina es una persona... muy nerviosa. Pero tiene buen corazón.

—Ya...

Se quita la americana oscura y empieza a remangarse la camisa de vestir blanca y almidonada.

—Deja que te ayude a limpiar esto.

—No tienes por qué.

—Acabaremos antes si lo hacemos juntos.

Entra en el cuarto de escobas contiguo a la cocina y saca una fregona; me asombra que sepa exactamente dónde está. De hecho, parece que sabe muy bien dónde encontrar todo el material de limpieza. Entonces caigo en la cuenta: no es la primera vez que Nina hace algo así. Andrew se ha acostumbrado a recoger sus destrozos.

Aun así, la empleada doméstica soy yo. Esta tarea no le corresponde a él.

—Ya lo limpio yo. —Alargo la mano hacia el palo de la fregona e intento quitárselo de las manos—. Vas muy elegante, y yo estoy aquí para eso.

Aferra el palo un momento antes de dejar que lo coja.

—Está bien. Gracias, Millie. Valoro tus esfuerzos.

Menos mal que alguien los valora.

Mientras me pongo manos a la obra para ordenar la cocina, me viene a la memoria la fotografía en la repisa de cuando Andrew y Nina eran novios, antes de casarse y de tener a Cecelia. Se les ve tan jóvenes, tan felices de estar juntos… Resulta evidente que Andrew sigue colado por Nina, pero algo ha cambiado. Ella ya no es la misma de antes.

Pero qué más da. No es asunto mío.

8

Nina debe de haber tirado al suelo la mitad de las cosas que había en la nevera, así que me acerco un momento al súper. Como al parecer también tendré que cocinar para ellos, cojo algo de carne fresca y condimentos que me servirán para preparar unas cuantas comidas. Nina ha vinculado su tarjeta de crédito a mi móvil. Todo lo que compre se cargará en su cuenta de forma automática.

En la cárcel, el menú no era para echar cohetes. Según el día, tocaba pollo, hamburguesas, perritos calientes, lasaña, burritos o unas misteriosas tortitas de pescado que siempre me provocaban arcadas. Como guarnición ponían unas verduras tan cocidas que casi se desintegraban solas. Yo solía fantasear con lo que comería cuando saliera, pero, dado mi presupuesto, las opciones no eran mucho mejores. Solo podía permitirme lo que estaba de oferta y, cuando pasé a vivir en mi coche, mi dieta se volvió aún menos variada.

Hacer la compra para los Winchester es harina de otro costal. Voy directa a por los mejores cortes de ternera; ya averiguaré en YouTube cómo cocinarlos. A veces le preparaba filetes a mi padre, pero de eso hace ya mucho tiempo. Si compro ingredientes caros, los platos saldrán bien, haga lo que haga.

Regreso a la residencia de los Winchester con cuatro bolsas

rebosantes de comestibles en el maletero. Los automóviles de Nina y Andrew ocupan las dos plazas del garaje y ella me ha indicado que no aparque en el camino de entrada, así que tengo que dejar mi coche en la calle. Cuando estoy pugnando por sacar las bolsas del maletero, Enzo, el paisajista, sale de la casa de al lado con una espeluznante herramienta de jardinería en la mano derecha.

Se percata de que me las estoy viendo negras y, tras un momento de vacilación, se acerca trotando. Me mira con el ceño fruncido.

—Déjame a mí —dice con su marcado acento italiano.

Me dispongo a agarrar una de las bolsas, pero él recoge las cuatro entre sus voluminosos brazos y las lleva hasta la entrada principal. Inclina la cabeza hacia la puerta y espera pacientemente a que introduzca la llave y la abra. Lo hago lo más deprisa posible, consciente de que el hombre está sosteniendo casi cuarenta kilos de comestibles. Tras limpiarse las botas sobre el felpudo, carga con la compra hasta la cocina y la deposita sobre la encimera.

—*Merci* —digo.

Crispa los labios.

—No. *Grazie.*

—*Grazie* —repito.

Se queda en la cocina unos instantes, con las cejas juntas. Vuelvo a reparar en lo guapo que es, a su manera oscura y aterradora. Tiene unos tatuajes en la parte superior de los brazos, medio ocultos bajo las mangas de la camiseta. Alcanzo a distinguir en el bíceps derecho el nombre «Antonia» inscrito en un corazón. Si se le metiera en la cabeza acabar conmigo, podría matarme con esos musculosos brazos sin apenas esfuerzo. Pero no me da la sensación de que quiera hacerme ningún daño. Al contrario, parece preocupado por mí.

Recuerdo lo que me murmuró el otro día antes de que Nina nos interrumpiera. *Pericolo.* Peligro. ¿Qué intentaba decirme? ¿Cree que corro peligro aquí?

Tal vez debería instalar una aplicación de traducciones en mi teléfono. Entonces él podría teclear lo que intenta decirme y...

Un ruido procedente de arriba me arranca de mis pensamientos. Enzo inspira con brusquedad.

—Me voy —dice, girando sobre los talones y alejándose con grandes zancadas hacia la puerta.

—Pero... —Lo sigo a paso veloz, pero es mucho más rápido que yo. Cuando sale por la puerta principal, yo ni siquiera he acabado de cruzar la cocina.

Me quedo de pie en el salón unos momentos, debatiéndome entre guardar la compra o ir tras él. Pero entonces Nina toma la decisión por mí al bajar las escalcras con un traje pantalón blanco. Creo que nunca la he visto vestir de otro color; es verdad que el blanco combina bien con su pelo, pero yo me volvería loca intentando evitar que se me manchara la ropa. Por otro lado, a partir de ahora seré yo quien se encargue de la colada, claro. Tomo nota mental de comprar más lejía la próxima vez que vaya al supermercado.

Al verme ahí, de pie, Nina sube las cejas casi hasta la línea de nacimiento del cabello.

—¿Millie?

—¿Sí? —respondo con una sonrisa forzada.

—He oído voces aquí abajo. ¿Tenías visita?

—No, para nada.

—No puedcs tracr a desconocidos a nuestra casa. —Me mira con expresión ceñuda—. Si quieres recibir invitados, debes pedir permiso y avisarnos al menos con dos días de antelación. Y te agradecería que os quedarais en tu habitación.

—Solo era el paisajista —explico—. Me ha ayudado a cargar con la compra desde el coche. Eso es todo.

Yo esperaba que Nina se diera por satisfecha con esta explicación, pero, por el contrario, la mirada se le oscurece. Le tiembla un músculo debajo del ojo derecho.

—¿El paisajista? ¿Enzo? ¡¿Ha estado aquí?!

—Pues... —Me froto el cogote—. ¿Así se llama? No sé. Solo ha traído la compra.

Nina me escudriña el rostro, como intentando detectar en él una mentira.

—No lo quiero más aquí dentro. Está sucio de trabajar en el jardín. Mantener limpia esta casa cuesta mucho esfuerzo.

No sé qué responderle. Enzo se ha limpiado las botas antes de entrar y no ha dejado huellas de tierra ni nada por el estilo. Además, no he visto nada comparable al desorden que me encontré en esta casa ayer, cuando llegué.

—¿Me entiendes, Millie? —insiste.

—Sí —me apresuro a decir—. Lo entiendo.

Me recorre rápidamente con la vista de un modo que me hace sentir muy incómoda. Cambio el peso de un pie al otro.

—Por cierto, ¿cómo es que ya nunca llevas las gafas?

Me llevo los dedos a la cara. ¿Por qué me habré puesto esas dichosas gafas el primer día? No debería haberlo hecho, y ayer, cuando me preguntó por ellas, no debería haber mentido.

—Pues…

Enarca una ceja.

—He estado arriba, en el baño del desván, y no he visto líquidos de lentillas. No era mi intención fisgonear, pero, por si algún día llevas a mi hija a algún sitio en coche, es importante para mí que tengas buena vista.

—Ya… —Me seco el sudor de las manos en los tejanos. Será mejor que le cuente la verdad—. Lo cierto es que en realidad no… —Me aclaro la garganta—. En realidad, no necesito gafas. Las que llevaba durante la entrevista eran más bien… de adorno, ¿sabes?

Se humedece los labios con la lengua.

—Ya veo. Así que me mentiste.

—No mentía. Eran más una decisión estética.

—Ya. —Sus ojos azules me miran, fríos como el hielo—. Pero cuando más tarde te hice una pregunta al respecto, dijiste que llevabas lentes de contacto, ¿o no?

—Ah —titubeo, retorciéndome las manos—. Bueno, supongo que… Sí, en esa ocasión sí que mentí. Supongo que estaba avergonzada por lo de las gafas… Lo siento mucho.

Curva hacia abajo las comisuras de los labios.

—Por favor, no vuelvas a mentirme.

—No lo haré. Perdóname.

Después de contemplarme un momento con expresión inescrutable, desplaza la vista por el salón, inspeccionando cada superficie.

—Y haz el favor de limpiar esta sala. No te pago para que flirtees con el paisajista.

Dicho esto, sale con paso airado por la puerta principal y da un portazo.

9

Nina asiste esta tarde a la reunión de la AMPA (la que yo he «echado a perder» al tirar sus notas a la basura). Como pillará algo de comer por ahí con algunos otros padres, me ha encomendado la tarea de prepararles la cena a Andrew y Cecelia.

La casa está mucho más tranquila en ausencia de Nina. No sé muy bien por qué, pero ella irradia una energía que lo inunda todo. Ahora mismo estoy sola en la cocina, marcando un solomillo en la sartén antes de meterlo en el horno, y reina un silencio celestial en la residencia Winchester. Resulta agradable. Sería un trabajo estupendo de no ser por mi jefa.

Andrew llega a casa en el momento más oportuno, justo cuando estoy sacando la carne del horno y dejándola reposar sobre la encimera. Asoma la cabeza por la puerta de la cocina.

—Huele muy bien... otra vez.

—Gracias. —Echo un poco más de sal a las patatas para el puré, que ya están empapadas en mantequilla y nata—. ¿Puedes pedirle a Cecelia que baje? La he llamado dos veces, pero... —En realidad, la he llamado tres veces y aún espero respuesta.

Andrew asiente.

—Oído.

Se aleja hacia el comedor y grita el nombre de su hija, y poco después suenan unos pasitos rápidos en las escaleras. De modo que así van a ser las cosas.

Reparto en dos platos el solomillo, el puré de patatas y una guarnición de brócoli. Las raciones para Cecelia son más pequeñas, y no pienso preocuparme de que se coma el brócoli. Si su padre se empeña, que la obligue él. Pero sería irresponsable por mi parte no servirle algo verde. Cuando yo era pequeña, mi madre siempre procuraba preparar una fuente con verdura.

Estoy segura de que aún se pregunta en qué se equivocó al criarme.

Cecelia luce otro de sus vestiditos recargados de un color claro y poco sufrido. Nunca la he visto llevar ropa infantil normal, lo que me da algo de pena. Es imposible jugar con esos vestidos; son demasiado incómodos y se les nota hasta la última mota de suciedad. Se sienta en una de las sillas del comedor, coge la servilleta que he dispuesto junto a su plato y se la extiende sobre el regazo con delicadeza. La contemplo embelesada unos instantes. Hasta que abre la boca.

—¿Por qué me has puesto agua? —Mira el vaso de agua filtrada arrugando la nariz—. Odio el agua. Quiero zumo de manzana.

Si yo le hubiera hablado así a un adulto cuando era niña, mi madre me habría asestado una palmada en la mano y me habría indicado que dijera «por favor». Pero Cecelia no es hija mía y durante el tiempo que llevo aquí no he conseguido granjearme aún su afecto, así que, con una sonrisa cortés, retiro el agua y le sirvo un vaso de zumo de manzana.

Cuando lo coloco frente a ella, lo examina con detenimiento. Lo sujeta contra la luz y entrecierra los ojos.

—Este vaso está sucio. Tráeme otro.

—No está sucio —replico—. Está recién salido del lavavajillas.

—Tiene manchas. —Hace una mueca—. No lo quiero. Tráeme otro.

Respiro hondo para tranquilizarme. No pienso ponerme a

discutir con una niña pequeña. Si quiere otro vaso para el zumo de manzana, le conseguiré otro vaso.

Mientras voy a buscárselo, Andrew se acerca a la mesa del comedor. Se ha quitado la corbata y desabrochado el botón superior de su camisa blanca de vestir. Alcanzo a entrever el vello del pecho que asoma por el cuello. Me obligo a apartar la vista.

Aún estoy aprendiendo a desenvolverme con los hombres en mi vida poscarcelaria. Y con «aprender» quiero decir «evitar por completo», claro. En mi trabajo como camarera en aquel bar —el único que he tenido desde que salí de la prisión—, era inevitable que algún cliente me invitara a salir. Yo siempre les decía que no. Ahora mismo no tengo espacio para esas cosas en mi desastre de vida. Por otra parte, los que me tiraban los tejos eran hombres con los que no habría querido salir jamás, claro.

Entré en la cárcel cuando tenía diecisiete años. Aunque no era virgen, mi experiencia sexual se limitaba a algunos polvos mal echados con compañeros de instituto. Durante mis años de condena, en ocasiones me sentía atraída por los vigilantes de buen ver. A veces esa atracción resultaba casi dolorosa. Y una de las cosas que más ilusión me hacía era la posibilidad de iniciar una relación con un hombre cuando saliera de allí. O por lo menos sentir los labios de un hombre contra los míos. Tengo ganas. Claro que las tengo.

Pero todavía no. Algún día.

Por otro lado, cuando miro a un hombre como Andrew Winchester, me acuerdo de que hace más de una década que no toco siquiera a un hombre…, al menos de esa forma. No se parece en nada a los tíos asquerosos que me abordaban en el bar de mala muerte donde servía mesas. Cuando vuelva a tener ánimos para ello, me buscaré un hombre como este. Pero que no esté casado, claro.

Se me ocurre una idea: si alguna vez me apetece descargar un poco de tensión, Enzo podría ser un buen candidato. No, no habla mi idioma, pero, para un rollo de una noche, ni falta que hace. Me da la impresión de que sabría lo que hay que hacer sin necesidad de muchas explicaciones. Y, a diferencia de Andrew, no lleva una alianza…, aunque no puedo evitar preguntarme quién será la tal Antonia, cuyo nombre tiene tatuado en el brazo.

Con cierto esfuerzo, dejo a un lado mis fantasías sobre el paisajista sexy y vuelvo a la cocina en busca de los dos platos. A Andrew se le iluminan los ojos al ver el jugoso solomillo, marcado al punto perfecto. Estoy muy orgullosa de cómo me ha quedado.

—¡Tiene una pinta tremenda, Millie! —exclama.

—Gracias —digo.

Me vuelvo hacia Cecelia, que reacciona con la actitud opuesta.

—¡Puaj! Esto es filete. —Por lo visto es la hora de las obviedades.

—El filete es bueno, Cece —le asegura Andrew—. Deberías probarlo.

La cría sube la mirada hacia su padre antes de bajarla de nuevo hacia su plato. Pincha la carne con el tenedor cautelosamente, como si temiera que fuera a saltarle del plato a la boca. Su expresión es de sufrimiento.

—Cece… —la reconviene Andrew.

Alterno la vista entre los dos, sin saber qué hacer. De pronto caigo en la cuenta de que seguramente no debería haber cocinado un solomillo para una niña de nueve años. Había dado por sentado que sería una sibarita por vivir en un lugar como ese.

—Hum… —digo—. ¿Crees que mejor…?

Andrew echa su silla hacia atrás y recoge de la mesa el plato de Cecelia.

—Vale, te prepararé unos nuggets de pollo.

Lo sigo hasta la cocina, deshaciéndome en disculpas. Él se ríe.

—No te preocupes. Cecelia está obsesionada con el pollo, sobre todo con los nuggets. Aunque estuviéramos cenando en el restaurante más finolis de Long Island, ella pediría nuggets de pollo.

Relajo un poco los hombros.

—Pero no te molestes. Ya haré yo los nuggets.

Tras depositar el plato de la niña sobre la encimera, Andrew menea el dedo en un gesto de reprimenda.

—De eso, nada. Si vas a trabajar aquí, necesitarás una clase magistral.

—Vale...

Abre el frigorífico y saca un paquete tamaño familiar de nuggets de pollo.

—¿Ves? Estos son los que le gustan a Cecelia. No se te ocurra comprar otra marca. Todas las demás son inaceptables. —Después de forcejear con el autocierre de la bolsa, saca un nugget congelado—. Además, deben tener forma de dinosaurio. ¿Está claro?

Se me escapa una sonrisa.

—Clarísimo.

—Aparte de eso... —sujeta en alto el nugget— tienes que examinarlo en busca de deformaciones, como, por ejemplo, que le falte la cabeza, una pata o la cola. Si el nugget presenta cualquiera de estos defectos, será rechazado. —Saca un plato del armario situado encima del microondas y dispone sobre él cinco nuggets perfectos—. Le gusta comerse cinco nuggets. Hay que calentarlos en el microondas durante noventa segundos, ni uno más, ni uno menos. Si te quedas corta, no se descongelan. Si te pasas, quedan recocidos. Conseguir este equilibrio requiere mucha precisión.

Asiento con solemnidad.

—Entiendo.

Mientras los nuggets de pollo dan vueltas en el microondas, pasea la mirada por la cocina, que es casi el doble de grande que el piso del que me desahuciaron.

—Ni te imaginas cuánto dinero nos costó reformar esta cocina, y todo para que Cecelia se niegue a comer nada que no salga del microondas.

Las palabras «mocosa mimada» me vienen a la punta de la lengua, pero me abstengo de pronunciarlas.

—Sabe lo que le gusta.

—Ya lo creo. —El microondas emite unos pitidos, y él extrae el plato de nuggets humeantes—. Por cierto, ¿tú ya has cenado?

—Subiré algo para comérmelo en mi habitación.

Arquea una ceja.

—¿No quieres acompañarnos?

A una parte de mí le gustaría acompañarlo. Hay algo de lo más cautivador en Andrew Winchester que me impulsa a querer conocerlo mejor. Por otro lado, sería un error. Si Nina llegara y nos pillara echando unas risas frente a la mesa del comedor, no le gustaría un pelo. Además, algo me dice que Cecelia no contribuiría a un ambiente agradable.

—Prefiero cenar en mi cuarto —contesto.

Hace ademán de protestar, pero se lo piensa mejor.

—Perdona —dice—. Nunca habíamos tenido una empleada interna, así que no sé muy bien cuál es la etiqueta adecuada.

—Yo tampoco —reconozco—, pero creo que a Nina no le haría gracia encontrarme cenando contigo.

Contengo la respiración, temerosa de haberme pasado de la raya al señalar lo obvio.

Pero Andrew se limita a hacer un gesto afirmativo.

—Seguramente tienes razón.

—En fin. —Alzo la barbilla para mirarlo a los ojos—. Gracias por la clase magistral sobre los nuggets de pollo.

Me dedica una gran sonrisa.

—No hay de qué.

Se lleva al comedor el plato con el pollo. De pie frente al fregadero, engullo lo que Cecelia no ha querido comerse y regreso a mi habitación.

10

Una semana después, cuando bajo al salón, me encuentro a Nina sujetando una bolsa llena de basura. Lo primero que pienso es: «Ay, madre, ¿y ahora qué?».

Aunque solo hace una semana que vivo con los Winchester, siento como si llevara aquí años. No, siglos. Los cambios de humor de Nina son impredecibles en extremo. Tan pronto me abraza y me dice cuánto me agradece que esté aquí, como me riñe por no haber cumplido con alguna tarea que nunca me ha encargado. Es una persona voluble, por decirlo con suavidad. Y Cecelia es una malcriada de cuidado que está claramente molesta con mi presencia en esta casa. Si tuviera alguna otra opción, dejaría este trabajo.

Pero no la tengo, así que sigo aquí.

El único miembro de la familia que no me resulta del todo insoportable es Andrew. Aunque no está mucho por casa, mis pocas interacciones con él han sido… inocuas. Y, a estas alturas, lo inocuo me entusiasma. A decir verdad, en ocasiones siento pena por Andrew. No debe de ser nada fácil estar casado con Nina.

Me detengo frente a la entrada del salón, indecisa, intentando dilucidar qué demonios estará haciendo Nina con una bolsa de basura. ¿Querrá que clasifique los residuos de ahora en adelante en orden alfabético, por colores y por olores? ¿Habré comprado un tipo de bolsa inaceptable y me obligará a vaciar los desechos en otra más adecuada? No me atrevo a intentar adivinarlo.

—¡Millie! —chilla.

Se me forma un nudo en el estómago. Tengo la sensación de que está a punto de decirme qué quiere que haga con la basura.

—¿Sí?

Me indica con señas que me acerque. Me aproximo a ella intentando no caminar como si fuera una condenada a muerte. No resulta fácil.

—¿Ocurre algo? —pregunto.

Nina levanta la pesada bolsa y la deja caer sobre su precioso sofá de piel. Tuerzo el gesto, aguantándome las ganas de rogarle que no ensucie aquella tapicería tan cara con la basura.

—He estado revisando mi guardarropa —anuncia— y, por desgracia, algunos de mis vestidos me vienen ahora un poco pequeños, así que los he metido todos en esta bolsa. ¿Me harías el gran favor de llevarlos a un contenedor de recogida de ropa?

¿Eso es todo? Podría haber sido peor.

—Claro. No hay problema.

—Pensándolo bien… —Nina retrocede un paso y me escudriña con la mirada—. ¿Qué talla usas?

—Pues… ¿Una treinta y seis?

Se le ilumina el rostro.

—¡Oye, eso es perfecto! Todos estos vestidos son talla treinta y seis o treinta y ocho.

¿Treinta y seis o treinta y ocho? Nina tiene pinta de gastar por lo menos una cuarenta y cuatro. Debe de hacer tiempo que no hace limpieza en el armario.

—Ah…

—Deberías quedártelos —dice—. No tienes ropa bonita.

Su comentario me sienta como una patada en el estómago, pero no va desencaminado. No tengo ropa bonita.

—No sé si…

—¡Ni te lo pienses! —Me tiende la bolsa—. Te quedarían geniales. ¡Insisto!

Acepto la bolsa y la abro. Arriba de todo hay un vestido blanco. Lo saco. Parece extraordinariamente caro, y la tela es tan suave que me entran ganas de bañarme en ella. Tiene razón: me quedaría genial… a mí y a cualquiera.

Si al final decido salir ahí fuera y empezar a quedar de nuevo con hombres, no estaría mal contar con un vestuario decente. Aunque sea todo blanco.

—Vale —accedo—. Muchas gracias. Es muy generoso de tu parte.

—¡Mujer, no hay de qué! ¡Espero que los disfrutes!

—Si algún día decides que quieres recuperarlos, solo tienes que decírmelo.

Cuando echa la cabeza hacia atrás y suelta una carcajada, le tiembla la papada.

—Dudo que vaya a bajar de talla en un futuro próximo. Más que nada porque Andy y yo vamos a tener un bebé.

Me quedo boquiabierta.

—¿Estás embarazada?

No estoy segura de si es una buena o mala noticia, aunque explicaría sus cambios de humor. Pero ella niega con un gesto.

—Todavía no. Llevamos un tiempo intentándolo, pero no ha habido suerte. Sin embargo, los dos estamos ansiosos por tener un bebé, y dentro de pocos días iremos a ver a un especialista, así que supongo que el año que viene más o menos habrá otro pequeñín en casa.

No sé muy bien cómo reaccionar.

—Hum…, ¿enhorabuena?

—Gracias. —Me dedica una sonrisa radiante—. En fin, que te aproveche la ropa, Millie. Ah, y tengo algo más para ti. —Hurga en su bolso blanco hasta que saca una llave—. Querías una llave para tu habitación, ¿verdad?

—Gracias. —Después de aquella primera noche en la que desperté aterrorizada creyendo que me habían encerrado en el cuarto, apenas he pensado en la cerradura. Me he percatado de que la puerta se atasca un poco, pero nadie sube a hurtadillas hasta mi habitación para recluirme en ella…, aunque la llave tampoco me serviría de mucho estando dentro. Aun así, me la guardo en el bolsillo. Tal vez no sería mala idea cerrar con llave cada vez que salga del cuarto. Nina parece bastante dada a fisgonear. Por otra parte, se me ocurre que es un buen momento para plantearle otra de mis preocupaciones—. Quería comentarte otra cosa. La ventana de la habitación no se abre. Me parece que está pegada al marco, por la pintura.

—Ah, ¿sí? —dice Nina, en un tono que denota que esta información le suscita una especial falta de interés.

—Eso supondría un peligro en caso de incendio, seguramente.

Baja la vista hacia sus uñas y mira con el ceño fruncido una en la que se le ha descascarillado el esmalte blanco.

—No lo creo.

—Bueno, no estoy segura, pero… Es decir, el cuarto debería poder ventilarse, ¿no? El ambiente se carga bastante ahí arriba.

Esto no es verdad; en todo caso el problema del desván es que hay demasiada corriente. Sin embargo, estoy dispuesta a decir lo que haga falta para que me arreglen la ventana. Detesto pensar que la única ventana de la habitación esté trabada a causa de la pintura.

—Llamaré a alguien para que le eche un vistazo —contesta al fin de una manera que me hace pensar que jamás llamará a nadie para que le eche un vistazo y yo nunca tendré una ventana que se pueda abrir. Baja la mirada hacia la bolsa de plástico—. Millie, estoy encantada de regalarte mi ropa, pero, por favor, no dejes esa bolsa de basura en nuestro salón. Es de mala educación.

—Ay, perdón —balbuceo.

Y ella suspira como si no supiera qué hacer conmigo.

11

Millie! —clama Nina, desesperada, desde el otro lado de la línea—. ¡Necesito que recojas a Cecelia del colegio!

Haciendo equilibrios con una pila de ropa sucia, sujeto el móvil entre el hombro y la oreja. Siempre que Nina me llama, contesto de inmediato sin importar lo que esté haciendo, pues, de lo contrario, insistiría una y otra vez hasta que yo cogiera el teléfono.

—Claro, no hay problema —digo.

—¡Ay, gracias! —responde Nina con efusividad—. ¡Eres un cielo! ¡Recógela en la academia Winter a las tres menos cuarto! ¡Eres la mejor, Millie!

Antes de que yo pueda preguntarle dónde se supone que debo ver a Cecelia o cuál es la dirección de la academia Winter, Nina cuelga. Cuando me quito el móvil de debajo de la oreja, me entra el pánico al ver la hora que es. Dispongo de menos de quince minutos para averiguar dónde está esa escuela e ir a buscar a la hija de mi jefa. La colada tendrá que esperar.

Introduzco en Google el nombre del centro mientras subo a toda prisa las escaleras. No me sale nada. El colegio más cercano con ese nombre está en Wisconsin, y, aunque Nina me pide cosas raras a veces, dudo que cuente con que recoja a su hija en Wisconsin dentro de quince minutos. Llamo a Nina, que, por supuesto, no contesta. Tampoco Andy cuando intento contactar con él.

Genial.

Camino de un lado a otro de la cocina, intentando pensar qué hacer, cuando reparo en un papel pegado a la nevera con un imán. Es un calendario de actividades para las vacaciones. De la academia Windsor.

Ella me ha dicho Winter. Academia Winter. Estoy convencida de ello. ¿O tal vez no?

No tengo tiempo para especular sobre si Nina se ha equivocado de nombre o no sabe cómo se llama el colegio al que asiste su hija y de cuya AMPA ella es vicepresidenta. Por fortuna, en el folleto aparece una dirección, así que sé exactamente adónde debo ir. Y solo me quedan diez minutos para llegar.

Los Winchester viven en una ciudad que presume de contar con las mejores escuelas públicas del país, pero llevan a Cecelia a un colegio privado, porque adónde si no. La academia Windsor es una estructura enorme y elegante con un montón de columnas de marfil, ladrillos marrón oscuro y paredes cubiertas de hiedra que me dan la sensación de que he venido a recoger a Cecelia a Hogwarts o algún otro lugar imaginario. También me habría gustado que Nina me advirtiera sobre el tema del aparcamiento a la hora de la salida. Es una auténtica pesadilla. He tenido que dar vueltas durante varios minutos hasta encontrar un hueco y encajonar el coche entre un Mercedes y un Rolls-Royce. Temo que la grúa se lleve mi abollado Nissan solo por principios.

Dado el poco tiempo que me queda para llegar a la escuela, me marco un esprint hasta el edificio entre jadeos y resoplidos. Como no podía ser de otra manera, hay cinco entradas distintas. ¿Por cuál de ellas saldrá Cecelia? No hay nada que indique hacia dónde debo dirigirme. Pruebo a llamar a Nina de nuevo, pero me salta el buzón de voz. ¿Dónde se habrá metido? No es asunto mío, pero si no tiene trabajo y yo me encargo de todas las tareas domésticas, ¿qué demonios estará haciendo?

Después de interrogar a varios padres irritables, llego a la conclusión de que Cecelia saldrá por la última puerta a la derecha.

Pero, como estoy resuelta a no cagarla esta vez, abordo a dos mujeres de atuendo inmaculado que charlan junto a la entrada.

—¿Es la salida de los niños de cuarto?

—Sí, esta es. —La más delgada de las dos, una morena con las cejas mejor perfiladas que he visto en la vida, me da un repaso de arriba abajo—. ¿A quién busca?

Me encojo ante su minuciosa inspección.

—A Cecelia Winchester.

Intercambian una mirada de complicidad.

—Tú debes de ser la nueva criada de Nina —dice la más baja de las dos, una pelirroja.

—Empleada interna —la corrijo, aunque no sé por qué. Nina puede llamarme como le dé la gana.

Mi comentario le arranca una risita a la morena, pero no dice nada al respecto.

—¿Y qué tal la experiencia hasta ahora?

Está buscando trapos sucios. Ha pinchado en hueso. No pienso darle ninguno.

—Genial.

Las mujeres vuelven a mirarse.

—¿O sea que Nina no te saca de quicio? —quiere saber la pelirroja.

—¿A qué se refiere? —pregunto con cautela. No quiero cotillear con estas arpías, pero al mismo tiempo me pica la curiosidad respecto a Nina.

—Nina es un poco… excitable —dice la morena.

—Nina está como una cabra —precisa la pelirroja—. Literal.

Inspiro con brusquedad.

—¿Qué?

La morena le propina a la pelirroja un codazo lo bastante fuerte para que suelte un grito ahogado.

—Nada. Está de guasa.

En ese momento, las puertas de la escuela se abren y brota un torrente de niños de cuarto. Si había alguna posibilidad de extraerles más información a esas dos, se disipa por completo cuando se alejan en busca de sus hijos. Sin embargo, no dejo de rumiar sobre lo que han dicho.

Vislumbro la cabellera rubia platino de Cecelia cerca de la entrada. Aunque la mayoría de los otros niños va en vaqueros y camiseta, ella lleva otro de sus vestiditos de encaje, esta vez de un color verde mar claro. Canta como una almeja. Gracias a eso, no la pierdo de vista en ningún momento mientras me acerco.

—¡Cecelia! —Agito el brazo de forma frenética cuando me encuentro a pocos metros de ella—. ¡He venido a recogerte!

La chiquilla me mira como si prefiriera subirse a la parte de atrás de la furgoneta de un sin techo barbudo que volver a casa conmigo.

—¡Cecelia! —grito con más fuerza—. Vamos. Tu madre me ha enviado a buscarte.

Se vuelve de nuevo hacia mí, con una expresión que delata que me considera una idiota.

—No es verdad. La madre de Sophia viene a recogerme y me llevará a kárate.

Antes de que pueda protestar, una cuarentona con pantalón de yoga y jersey se acerca y le posa la mano en el hombro a Cecelia.

—¿Listas para la clase de kárate, chicas?

Observo a la mujer, pestañeando. No tiene pinta de secuestradora, pero resulta evidente que ha habido algún malentendido. Nina me ha llamado para indicarme que recoja a Cecelia. Ha sido muy clara al respecto. Bueno, me ha dicho mal el nombre de la escuela, pero, por lo demás, ha sido muy clara.

—Disculpe —le digo—. Trabajo para los Winchester, y Nina me ha pedido que venga a por Cecelia hoy.

Arqueando una ceja, la mujer se apoya en la cadera la mano con una manicura recién hecha.

—Me parece que no. Recojo a Cecelia todos los miércoles y llevo a las niñas a kárate. Nina no ha mencionado un cambio de planes. A lo mejor te has equivocado.

—No, no me he equivocado —replico, aunque me tiembla la voz.

La mujer escarba en su bolso de Gucci y saca su teléfono.

—Mejor aclaramos el asunto con Nina, ¿no?

Veo que pulsa un botón en su móvil. Da golpecitos en el bolso con las largas uñas mientras aguarda a que Nina conteste.

—Hola, ¿Nina? Soy Rachel. —Hace una pausa—. Sí, verás, es que hay una chica que dice que le has encargado que venga a buscar a Cecelia, pero yo le he explicado que llevo a Cecelia a kárate todos los miércoles. —Se produce otro largo silencio mientras la mujer, Rachel, asiente—. Claro, eso es justo lo que le he señalado. Menos mal que te he llamado. —Tras otra pausa, Rachel suelta una carcajada—. No sabes cómo te entiendo. Cuesta tanto encontrar a alguien competente…

No me cuesta imaginar las palabras de Nina a lo largo de la conversación.

—En fin —concluye Rachel—. Es justo lo que pensaba. Nina dice que te has confundido, así que, con tu permiso, me llevo a Cecelia a kárate.

Como colofón, la cría me saca la lengua. La parte positiva es que no tendré que volver a casa en coche con ella.

Extraigo mi móvil para comprobar si Nina me ha enviado algún mensaje desdiciéndose de su encargo de que recoja a Cecelia. No hay nada. Le escribo:

Una tal Rachel acaba de hablar contigo y dice que le has pedido que lleve a Cecelia a kárate. ¿Me voy a casa, entonces?

Recibo la respuesta de Nina al cabo de un segundo:

Sí. ¿Por qué narices has pensado que quería que recogieras a Cecelia?

«¡Porque tú me lo has pedido!». Se me tensa la mandíbula, pero no puedo permitir que esto me afecte. Nina es así, no hay más. Y tiene muchas ventajas trabajar para ella (o «con» ella; ¡ja!). Simplemente es un poco caprichosa. Un poco excéntrica.

«Nina está como una cabra. Literal».

No puedo evitar recordar lo que me ha dicho la pelirroja cotilla. ¿A qué se refería? ¿Nina no es solo una jefa extraña y exigente? ¿Le pasa algo más?

Quizá sea mejor que no lo sepa.

12

Aunque me he resignado a no obsesionarme con el historial psiquiátrico de Nina, no dejo de darle vueltas al tema. Al fin y al cabo, trabajo para esa mujer. Es más, vivo con ella.

Y he notado otras rarezas en Nina. Esta mañana, por ejemplo, mientras limpio el baño principal, no puedo evitar pensar que nadie en su sano juicio dejaría un desorden así en un baño: las toallas en el suelo, pegotes de pasta de dientes en la superficie del lavabo… Sé que a veces la depresión les arrebata a algunas personas la motivación para mantener la limpieza. Sin embargo, Nina está lo bastante motivada para salir por ahí todos los días, vaya adonde vaya.

Lo peor fue encontrarme un tampón usado en el suelo, hace unos días. Un tampón usado y ensangrentado. Me entraron ganas de vomitar.

Mientras friego el lavabo para eliminar los pegotes de pasta de dientes y maquillaje, la vista se me va hacia el botiquín. Si es verdad que Nina está «como una cabra», seguro que se medica, ¿no? Pero no puedo fisgonear su botiquín. Eso supondría un grave abuso de confianza.

Por otro lado, nadie se enteraría si echara un vistazo. Solo un vistazo rápido. Dirijo la mirada al dormitorio a través de la puerta. No hay nadie. Me asomo a la esquina solo para asegurarme del todo. Estoy sola. Regreso al baño y, tras un momento de vacilación, le doy un empujoncito a la puerta del botiquín para abrirla.

Guau. Ahí dentro hay un montón de medicamentos.

Cojo uno de los botes anaranjados de pastillas. Lleva una etiqueta con el nombre de Nina Winchester y el del fármaco: haloperidol. A saber qué es eso.

Cuando voy a agarrar otro bote, me llega flotando una voz desde el pasillo:

—¿Millie? ¿Estás ahí?

Oh, no.

Me apresuro a guardar de nuevo el bote en el botiquín y lo cierro de un portazo. Tengo el corazón desbocado, y un sudor frío me cubre la palma de las manos. Consigo desplegar una sonrisa forzada justo en el momento en que Nina irrumpe en la habitación. Lleva una blusa blanca sin mangas y unos vaqueros del mismo color. Se para en seco al verme en el baño.

—¿Qué haces? —me pregunta.

—Estoy limpiando el baño. —Para nada estaba curioseando entre tus medicamentos.

Nina me observa con los ojos entornados unos instantes, y estoy convencida de que me acusará de haber registrado su botiquín. Además, miento fatal así que seguramente se dará cuenta de todo. Pero de pronto posa los ojos en la pila.

—¿Cómo limpias el lavabo? —pregunta.

—Hum… —Alzo la mano en la que sujeto el espray—. Con este limpiador de baño.

—¿Es ecológico?

—Pues… —Echo una ojeada a la botella que compré en el supermercado la semana pasada—. No. No es ecológico.

Nina pone cara larga.

—Prefiero mil veces los productos de limpieza ecológicos, Millie. No contienen tantas sustancias químicas. Lo entiendes, ¿no?

—Ya… —Me muerdo la lengua para no decir que me parece alucinante que a una mujer que se medica tanto le preocupe que un producto de limpieza contenga unas pocas sustancias químicas. A ver, sí, el lavabo es suyo, pero no está ingiriendo el producto. No pasa a su torrente sanguíneo.

—No sé por qué... —dice, frunciendo el ceño—, pero tengo la impresión de que hay algo que no estás haciendo bien. ¿Te importa si te observo mientras limpias el lavabo? Quiero descubrir dónde está el fallo.

¿Quiere mirarme mientras limpio el lavabo de su baño?

—Bueno...

Lo rocío de nuevo con el producto y restriego la porcelana hasta que los restos de dentífrico desaparecen. Vuelvo la vista hacia Nina, que asiente con aire pensativo.

—Así está bien —declara—. Supongo que la pregunta de verdad es cómo limpias el lavabo cuando no estoy delante.

—Pues... ¿igual?

—Hummm. Lo dudo mucho. —Pone cara de impaciencia—. Sea como sea, no tengo tiempo para pasarme el día supervisando tus labores de limpieza. Procura ser más concienzuda esta vez.

—Ya —murmuro—. Vale, así lo haré.

Nina sale del dormitorio para ir al balneario, a almorzar con sus amigas o a donde coño vaya para matar el tiempo, ya que no trabaja. Fijo de nuevo los ojos en la pila, que ahora está impecable. Me entran unas ganas irrefrenables de remojar su cepillo de dientes en el retrete.

No remojo su cepillo en el retrete, pero saco mi teléfono y busco la palabra «haloperidol».

Los resultados llenan la pantalla. El haloperidol es un fármaco antipsicótico que se emplea en el tratamiento de la esquizofrenia, el trastorno bipolar, el delirio, la agitación y la psicosis aguda.

Y ese es solo uno entre por lo menos una decena de botes de pastillas. Dios sabe qué más habrá ahí. Una parte de mí se muere de vergüenza por haber husmeado en el botiquín. Otra parte tiene miedo de las otras cosas que podría encontrar.

13

Estoy atareada aspirando el salón cuando la sombra pasa por delante de la ventana.

Me acerco despacio al cristal y, en efecto, Enzo está trabajando en el jardín trasero hoy. Por lo que he visto, acude en días alternos a casas distintas, donde realiza diversas tareas de jardinería y paisajismo. En este momento, está cavando en el arriate.

Cojo un vaso limpio en la cocina, lo lleno de agua fría y me dirijo hacia fuera.

No sé muy bien qué pretendo conseguir, pero, desde que aquellas dos mujeres comentaron que Nina estaba loca («literal»), no puedo dejar de pensar en ello. Para colmo, luego descubrí aquel antipsicótico en su botiquín. No soy nadie para juzgarla por padecer problemas psicológicos —en la cárcel conocí a unas cuantas mujeres aquejadas de enfermedades mentales—, pero saberlo sería útil para mí. Tal vez incluso podría ayudarla si la comprendiera mejor.

Me acuerdo de la advertencia que Enzo parecía querer hacerme en mi primer día. Nina ha salido, Andrew está en la oficina y Cecelia en la escuela, así que se me antoja una ocasión ideal para interrogarlo. Solo hay un pequeño inconveniente: prácticamente no habla una palabra de mi idioma.

Pero no pierdo nada con intentarlo. Además, seguro que tiene sed y agradecerá el agua.

Al salir, me encuentro a Enzo excavando un hoyo en el suelo. Parece muy concentrado en su trabajo, tanto que ni se inmuta cuando carraspeo con fuerza. Dos veces. Al final, agito la mano y exclamo:

—*Bonjour!*

Creo que le he vuelto a hablar en francés.

Enzo alza la mirada de la fosa. Se le dibuja una expresión divertida en los labios.

—*Ciao* —dice.

—*Ciao* —me corrijo, decidida a no meter la pata la próxima vez.

Se le ha formado una uve de sudor en la camiseta, que se le pega a la piel, de modo que se le marcan todos los músculos. Y no son músculos de culturista, sino la musculatura firme de un hombre que se gana la vida con sus manos.

Sí, vale, me lo estoy comiendo con los ojos, qué pasa.

Me aclaro la garganta de nuevo.

—Te he traído…, esto…, agua. ¿Cómo se dice…?

—*Acqua* —me aclara.

Asiento enérgicamente.

—Sí. Eso.

¿Lo ves? Lo hemos conseguido. Estamos comunicándonos. La cosa marcha.

Enzo se acerca a mí con grandes zancadas y acepta el vaso de agua, agradecido. Se bebe la mitad, aparentemente de un solo trago. Exhala un suspiro y se enjuga los labios con el dorso de la mano.

—*Grazie.*

—De nada. —Le sonrío—. Y, en fin…, ¿hace mucho que trabajas para los Winchester? —Me mira con cara de incomprensión—. Es decir, ¿has… trabajado aquí… muchos años?

Toma otro trago de agua. Solo queda una cuarta parte. Cuando se la termine, reanudará su labor, por lo que no dispongo de mucho tiempo.

—*Tre anni* —dice al fin, y añade con su pronunciado acento—: Tres *año.*

—Y, esto… —Me retuerzo las manos—. Nina Winchester… ¿Te…?

Frunce el ceño, pero esta vez no con cara de no comprender, sino como a la expectativa de lo que voy a decir. Tal vez entiende mejor de lo que habla.

—¿Crees…? —vuelvo a empezar—. ¿Crees que Nina está…? O sea, ¿te cae bien?

Enzo me observa con los ojos entornados. Apura el vaso de agua antes de devolvérmelo con brusquedad. Sin una palabra más, regresa al hoyo que estaba cavando, recoge la pala y vuelve al trabajo.

Abro la boca para intentarlo de nuevo, pero la cierro otra vez. Cuando llegué a esta casa, Enzo intentó advertirme de algo, pero Nina abrió la puerta antes de que pudiera decirme nada. Y resulta evidente que se lo ha pensado mejor. No tengo idea de qué sabe o qué piensa, pero no me lo va a revelar. Al menos por el momento.

14

Llevo unas tres semanas viviendo con los Winchester cuando tengo mi primera reunión con la agente de la condicional. La programé para mi día libre. No quiero que sepan adónde voy.

Se han reducido a una vez al mes mis entrevistas con Pam, mi agente, una mujer baja y fornida de mediana edad con una mandíbula prominente. Al salir de la cárcel, me alojé en un centro subvencionado por la autoridad penitenciaria, pero, en cuanto Pam me ayudó a conseguir ese empleo como camarera, me mudé a un piso para mí sola. Luego, cuando perdí el trabajo, no se lo comuniqué tal cual a Pam. Tampoco le comenté lo de mi desahucio. En nuestro último encuentro, celebrado hace poco más de un mes, le mentí como una bellaca.

Mentirle a un agente constituye una violación de la libertad condicional. También lo es carecer de domicilio y vivir en tu coche. No me gusta decir mentiras, pero no quería que me revocaran la condicional ni volver a la cárcel para cumplir los últimos cinco años de mi condena. No podía permitir que eso ocurriera.

Sin embargo, la situación ha cambiado. Hoy puedo ser sincera con Pam. Bueno, casi.

Aunque es un día de primavera y sopla una brisa agradable, dentro del pequeño despacho de Pam la temperatura es como de treinta y ocho grados. Durante seis meses, su oficina es una sauna, y durante los otros seis hace un frío que pela. No hay término medio. Su pequeña ventana está abierta de par en par, y el aire del ventilador levanta los numerosos papeles que hay desperdigados sobre la mesa. Pam tiene que colocarles las manos encima para evitar que se vuelen.

—Millie. —Me sonríe cuando entro. Es buena persona y parece realmente interesada en ayudarme, lo que me hace sentir aún más culpable por haberle mentido—. ¡Qué gusto verte! ¿Cómo va todo?

Me siento en una de las sillas de madera que hay frente a su escritorio.

—¡Genial! —Es una mentirijilla, pero no me va mal. No del todo—. Sin novedad en el frente.

Pam busca entre los papeles de encima de su mesa.

—Recibí tu mensaje sobre el cambio de dirección. ¿Trabajas como empleada interna para una familia de Long Island?

—Así es.

—¿No te gustaba trabajar en Charlie's?

Me mordisqueo el labio.

—No mucho.

Ese fue uno de los detalles sobre los que le mentí. Le conté que había dejado mi curro en Charlie's, cuando en realidad me pusieron de patitas en la calle. Pero fue un despido totalmente improcedente.

Al menos tuve la suerte de que me echaran de forma fulminante sin involucrar a la policía. Eso formaba parte del acuerdo: yo me marcharía con discreción y ellos no llamarían a la pasma. No me quedaba mucha opción. Si ellos me hubieran denunciado, habría vuelto derechita a la trena.

Por eso no le dije a Pam que me había quedado sin trabajo, pues ella habría telefoneado al bar para averiguar por qué. Tampoco podía contarle que me habían echado del piso.

Pero las cosas han mejorado. Tengo un empleo y un sitio donde vivir. No hay peligro de que me vuelvan a encerrar. Durante mi última entrevista con Pam, estaba hecha un manojo de nervios, pero hoy me siento más tranquila.

—Estoy orgullosa de ti, Millie —dice Pam—. A algunas personas les cuesta adaptarse cuando han estado presas desde la adolescencia, pero a ti te está yendo de maravilla.

—Gracias. —No, definitivamente es mejor que no sepa que me pasé un mes viviendo en mi coche.

—Bueno, ¿y qué tal el empleo nuevo? —pregunta—. ¿Cómo te tratan?

—Pues… —Me froto las rodillas—. No está mal. La mujer para la que trabajo es un poco… excéntrica, pero yo solo tengo que limpiar. No es tan terrible.

Otra mentirijilla. No quiero confesarle que Nina Winchester me da cada vez peor rollo. La he buscado en internet para ver si ella también tiene antecedentes de algún tipo. No he encontrado nada, pero no he pagado por un historial completo. De todos modos, Nina es lo bastante rica para borrar su rastro en caso necesario.

—Vaya, qué bien —dice Pam—. ¿Y qué tal va tu vida social?

Aunque en teoría un agente de la condicional no tiene por qué preguntar sobre estas cuestiones, Pam y yo nos llevamos bien, así que no me importa responder.

—Es inexistente.

Echa la cabeza hacia atrás y se ríe, de modo que alcanzo a verle un empaste en la parte posterior de la dentadura.

—Si aún no te sientes preparada para salir con alguien, lo entiendo, pero deberías intentar hacer amigos, Millie.

—Ya —digo, aunque en el fondo no estoy de acuerdo.

—Y cuando empieces a salir con hombres —prosigue—, no te conformes con el primero que pase. No te líes con un imbécil solo porque seas expresidiaria. Te mereces a alguien que te trate bien.

—Hummm…

Por un momento, fantaseo con la idea de salir con un hombre más adelante. Cierro los ojos e intento imaginar su aspecto.

De improviso, me viene a la cabeza la imagen de Andrew Winchester, con su encanto desenfadado y su seductora sonrisa.

Abro los ojos de golpe. Huy, no. Ni hablar. Eso ni pensarlo.

—Además, eres preciosa —añade Pam—. Tienes que hacerte valer.

Casi se me escapa una carcajada. He hecho cuanto estaba en mi mano por verme lo menos atractiva posible. Llevo ropa ancha, me recojo siempre el cabello en un moño o una cola de caballo y no me aplico ni gota de maquillaje. Y, aun así, Nina me considera una especie de vampiresa.

—Aún no estoy preparada para pensar en eso —contesto.

—No pasa nada —dice Pam—, pero recuerda que, si tener un trabajo y un techo es importante, el contacto humano lo es todavía más.

Tal vez no le falte razón, pero aún no estoy lista para eso. Tengo que concentrarme en no meterme en líos. Lo último que quiero es acabar de nuevo en la cárcel. Eso es lo único que me preocupa.

Me cuesta conciliar el sueño por las noches.

Cuando estás en prisión, siempre duermes con un ojo abierto. No te interesa que pasen cosas a tu alrededor sin que te enteres. Y, ahora que estoy fuera, conservo ese instinto. Cuando por fin dispuse de una cama de verdad, dormí a pierna suelta durante un tiempo, pero mi antiguo insomnio ha vuelto con fuerza, sobre todo porque el sofocante ambiente de mi cuarto me resulta insoportable.

He ingresado mi primera paga en mi cuenta corriente, y, en cuanto se me presente la oportunidad, iré a comprar un televisor para mi habitación. Tal vez consiga quedarme dormida si lo dejo encendido. El sonido me recordará los ruidos nocturnos de la cárcel.

Hasta hoy, no me había atrevido a usar el televisor de los Winchester. No me refiero a la enorme sala de cine doméstica, claro, sino al aparato «normal» que tienen en el salón. No creo que me caiga una bronca, pues Nina y Andrew se van a la cama temprano. Siguen una rutina muy precisa todas las noches. Ella sube para acostar a Cecelia a las ocho y media en punto. Oigo que le lee un cuento y luego le canta. Siempre es la misma canción: *Somewhere Over the Rainbow*, de *El mago de Oz*. Aunque no parece que Nina haya recibido clases de canto, la forma en que arrulla a Cecelia resulta hermosa, de un modo extraño e inquietante.

Una vez que la niña se ha dormido, Nina lee o ve la tele en el dormitorio. Andrew sube a la habitación poco después. Cuando bajo después de las diez, nunca hay nadie en la planta inferior.

Así que esta noche decido aprovechar las circunstancias.

Por eso estoy repantigada en el sofá, viendo *Family Feud*. Como es casi la una de la madrugada, el entusiasmo de los concursantes se me antoja fuera de lugar. El presentador Steve Harvey bromea con ellos y, aunque estoy cansada, suelto una risotada cuando uno de los participantes se levanta para demostrar sus habilidades como bailarín de claqué. Veía el programa cuando era pequeña y siempre me imaginaba que yo misma acudía a concursar; no recuerdo bien a quiénes quería llevar como acompañantes. Mis padres y yo sumaríamos tres. ¿A quién más habría podido invitar?

—¿Eso es *Family Feud*?

Yergo la cabeza de golpe. Pese a la hora que es, Andrew Winchester está de pie detrás de mí, tan despierto como las personas de la pantalla.

Mierda. Sabía que debería haberme quedado en mi cuarto.

—¡Ah! —exclamo—. Yo, esto…, lo siento. No quería…

Arquea una ceja.

—¿Por qué lo sientes? También vives aquí. Tienes todo el derecho a ver la televisión.

Agarro un cojín del sofá para tapar el vaporoso pantalón corto de gimnasia con el que he estado durmiendo. Para colmo, no llevo sujetador.

—Iba a comprarme una para mi cuarto.

—No hay problema si usas la nuestra, Millie. De todos modos, no creo que la recepción sea muy buena ahí arriba. —El brillo del televisor se refleja en el blanco de sus ojos—. No te molesto más. Solo he venido a por un vaso de agua.

Me incorporo en el sofá, con el cojín apretado contra el pecho, preguntándome si debería subir a mi habitación. Sé que no podré pegar ojo, pues el corazón me late a mil por hora. Según él, solo ha bajado a servirse un poco de agua, así que quizá no pase nada si me quedo. Lo veo entrar en la cocina arrastrando los pies y oigo que abre el grifo.

Regresa al salón, tomando sorbos de su vaso de agua. En ese momento caigo en la cuenta de que solo lleva una camiseta y un bóxer blancos. Por lo menos no va con el torso desnudo.

—¿Cómo es que te has servido agua del grifo? —pregunto, incapaz de contenerme.

Se deja caer en el sofá, a mi lado, aunque yo preferiría que no lo hiciera.

—¿A qué te refieres?

Levantarme de un salto sería una grosería, así que me corro hacia un lado para apartarme lo máximo posible de él. Ya solo me faltaría que Nina nos pillara a los dos juntitos en el sofá en ropa interior.

—Bueno, que por qué no has usado el filtro de agua del frigorífico.

Se ríe.

—No lo sé. Siempre bebo agua del grifo. ¿Qué pasa, que es tóxica o algo?

—Ni idea. Creo que lleva sustancias químicas.

Se pasa los dedos por el oscuro cabello hasta que se le queda un poco de punta.

—Por alguna razón, tengo hambre. ¿Quedan sobras de la cena en la nevera?

—No, lo siento.

—Hummm. —Se frota la barriga—. ¿Sería de muy mala educación que comiera un poco de mantequilla de cacahuate directamente del tarro?

Me estremezco al oírle mencionar la mantequilla de cacahuete.

—Bueno, mientras no te la comas delante de Cecelia...

Él ladea la cabeza.

—¿Y eso por qué?

—Ya sabes. Porque es alérgica. —Desde luego, esta familia no parece tomarse muy en serio la alergia mortal de Cecelia a los cacahuetes.

Para mi mayor sorpresa, Andrew se ríe.

—No es alérgica.

—Sí que lo es. Me lo dijo en mi primer día aquí.

—Pues me parece que, si mi hija fuera alérgica a los cacahuetes, yo lo sabría. —Suelta un resoplido—. Además, ¿crees que si fuera cierto tendríamos un bote grande de crema de cacahuete en la despensa?

Eso fue justo lo que pensé cuando Cecelia me habló de su alergia. ¿Se lo había inventado solo para atormentarme? No me extrañaría, tratándose de ella. Por otro lado, Nina también me aseguró que la cría padecía una alergia a los cacahuetes. ¿Qué está pasando aquí? Pero Andrew ha aportado el argumento más convincente: el hecho de que haya un tarro grande de mantequilla de cacahuete en la despensa indica que aquí nadie sufre una alergia grave a los cacahuetes.

—Arándano —dice Andrew.

Frunzo el ceño.

—Me parece que no hay arándanos en el frigorífico.

—No. —Señala con la cabeza la pantalla del televisor, donde ha comenzado la segunda ronda de *Family Feud*—. En una encuesta realizada a cien personas, les pidieron que nombraran una fruta que quepa entera en la boca. —El concursante contesta que el arándano, y esa resulta ser la respuesta más popular. Andrew cierra los puños en un gesto triunfal—. ¿Ves? Lo sabía. Lo petaría en este concurso.

—La respuesta más popular es muy fácil de acertar —replico—. Lo complicado es pensar respuestas menos obvias.

—A ver, listilla. —Me sonríe—. Dime una fruta que te quepa entera en la boca.

—Pues… —Me doy golpecitos en el mentón con el dedo—. Una uva.

En efecto, la concursante siguiente responde «uva» y se lo dan por bueno.

—Vale, tú ganas —comenta—. También eres buena en esto. ¿Y qué me dices de la fresa?

—Seguro que está entre las respuestas —contesto—, aunque no molaría meterse una fresa entera en la boca, por el rabito y todo eso.

Los concursantes nombran las fresas y las cerezas, pero se les resiste la última respuesta. Andrew se parte el pecho cuando uno de ellos menciona el melocotón.

—¡Un melocotón! —exclama—. ¿Quién puede meterse un melocotón en la boca? ¡Tendría que descoyuntarse la mandíbula!

Suelto una risita.

—Mejor eso que una sandía.

—¡Seguro que esa es la respuesta! ¡Apostaría lo que fuera! —La última fruta del tablero resulta ser la ciruela. Andrew sacude la cabeza—. No sé yo. Ya me gustaría ver una foto de los concursantes que afirman que les cabe una ciruela entera en la boca.

—Deberían incluir eso en el programa —digo—. Enseñar las opiniones de los cien encuestados y los razonamientos detrás de sus respuestas.

—Escribe a *Family Feud* y propónselo —sugiere, muy serio—. Revolucionarías el programa.

Se me escapa otra risita. Cuando conocí a Andrew, di por sentado que era un ricachón estirado, pero ahora veo que me equivocaba por completo. Nina está de atar, pero Andrew es muy majo. Tiene los pies en la tierra y un gran sentido del humor. Además, me parece que es un padrazo para Cecelia.

A decir verdad, a veces siento un poco de lástima por él.

No debería pensar así. Nina es mi jefa. Me da un sueldo y un lugar donde vivir. Le debo lealtad a ella. Pero, por otro lado, es un horror de persona: es perezosa y desordenada, me proporciona información contradictoria todo el rato y en ocasiones demuestra una crueldad extrema. Incluso Enzo, que debe de pesar unos noventa kilos de puro músculo, parece tenerle miedo.

No pensaría así si Andrew no fuera tan increíblemente atractivo, claro está. Aunque me he sentado lo más lejos de él que he podido sin caerme del sofá, no logro sacarme de la cabeza que está en ropa interior. Va en gayumbos, joder. Además, la tela de su camiseta es tan fina que alcanzo a ver el contorno de unos músculos muy sexis. Podría conseguir a alguien mucho mejor que Nina.

Me pregunto si él lo sabe.

Justo cuando empiezo a relajarme y a alegrarme de que Andrew se haya sentado conmigo aquí, una voz estridente me arranca de mis pensamientos.

—Madre mía, ¿qué es lo que os hace tanta gracia?

Vuelvo la cabeza de golpe. Nina nos contempla desde el pie de la escalera. Cuando lleva tacones, la oigo venir desde un kilómetro de distancia, pero descalza resulta sorprendentemente silenciosa. Viste un camisón blanco que le llega a los tobillos, tiene los brazos cruzados sobre el pecho.

—Hombre, Nina. —Andrew se levanta del sofá, bostezando—. ¿Qué haces despierta?

Nina nos mira con cara de pocos amigos. No entiendo que Andrew no haya entrado en pánico. Yo estoy en un tris de orinarme encima. A él, en cambio, no parece importarle lo más mínimo que su esposa nos haya pillado a los dos solos en el salón a la una de la madrugada, ambos en ropa interior. No estábamos haciendo nada, pero aun así...

—Yo podría preguntarte lo mismo —replica Nina—. Parece que lo estáis pasando bomba. ¿Me contáis el chiste?

Andrew se encoge de hombros.

—He bajado a por un poco de agua, y Millie estaba aquí, viendo la tele. Me he quedado enganchado con *Family Feud*.

—Millie. —Nina centra su atención en mí—. ¿Por qué no

te consigues un televisor para tu cuarto? Esta es la sala de estar de la familia.

—Lo siento —me apresuro a decir—. Me compraré una tele en cuanto pueda.

—Oye. —Andrew arquea las cejas—. ¿Qué tiene de malo que Millie vea un poco de televisión aquí abajo si no hay nadie más?

—Bueno, estás tú.

—Pero no me molestaba.

—¿No tenías una reunión a primera hora de la mañana? —Nina clava los ojos en él—. ¿De verdad crees que deberías estar viendo la televisión a la una de la madrugada?

Él inspira a fondo. Yo contengo la respiración, esperando por un momento que él le plante cara. Pero entonces encorva la espalda.

—Tienes razón, Nina. Será mejor que me vaya a acostar.

Ella se queda ahí de pie, con los brazos cruzados frente a su amplio busto, observando a Andrew mientras sube los peldaños con paso cansino, como un niño al que han mandado a la cama sin cenar. Me inquieta que se haya puesto tan celosa.

Me levanto también del sofá y apago el televisor. Nina no se ha movido de la base de la escalera. Estudia con detenimiento mi pantalón corto de gimnasia y mi camiseta de tirantes. Mi falta de sujetador. Me percato otra vez de lo sospechoso que debe de parecerle todo esto. Pero yo había pensado que estaría sola aquí abajo.

—Millie —dice—. A partir de ahora, espero que lleves un atuendo decente por casa.

—Lo siento mucho —me disculpo por segunda vez—. No creía que hubiera nadie despierto.

—¿De veras? —resopla—. ¿Te colarías en la casa de un desconocido en plena noche solo porque creas que no habrá nadie?

No sé qué responder a eso. No estoy en la casa de un desconocido. Vivo aquí, aunque duerma en el desván.

—No...

—Haz el favor de quedarte en el desván después de la hora de dormir —zanja—. El resto de la casa es para mi familia. ¿Queda claro?

—Muy claro.

Menea la cabeza.

—En serio, ni siquiera sé hasta qué punto nos hace falta una criada. Tal vez esto ha sido un error.

Oh, no. ¿Está despidiéndome a la una de la madrugada por ver la tele en su salón? Esto pinta muy mal. Y ni por casualidad me dará buenas referencias para otro empleo. Más bien parece el tipo de persona que llamaría a todos mis jefes potenciales para contarles lo nefasta que soy.

Tengo que arreglar esto.

Me clavo las uñas en la palma de la mano.

—Oye, Nina —empiezo—, entre Andrew y yo no ha pasado nada...

Echa la cabeza hacia atrás y rompe a reír. Es un sonido perturbador, a medio camino entre una carcajada y un alarido.

—¿Crees que eso es lo que me preocupa? Andrew y yo somos almas gemelas. Tenemos una hija en común y pronto tendremos otro bebé. ¿Crees que me da miedo que mi marido arriesgue todo lo que ha logrado en la vida por una sirvienta muerta de hambre que vive en el desván?

Trago saliva. Me temo que acabo de empeorar aún más las cosas.

—No, él no haría eso.

—Claro que no, ni de coña. —Me mira a los ojos—. Que no se te olvide.

Me quedo ahí de pie, sin saber muy bien qué decir. Al final, vuelve la cabeza con brusquedad hacia la mesa de centro.

—Recoge esa porquería..., ahora mismo.

Dicho esto, gira sobre los talones y vuelve a subir las escaleras.

En realidad, no hay ninguna porquería. Solo está el vaso que ha dejado Andrew. Con las mejillas ardiendo de humillación, me acerco a la mesa y lo agarro. Oigo que Nina da un portazo arriba, y bajo la vista al vaso que sujeto en la mano.

Incapaz de contenerme, lo lanzo con fuerza contra el suelo.

Se hace añicos con un estallido espectacular. Los trozos de vidrio se dispersan por todas partes. Al retroceder un paso, me clavo una esquirla en la planta del pie.

Vaya, menuda estupidez acabo de hacer.

Parpadeando, contemplo el estropicio que he causado. Tengo que limpiarlo, no sin antes calzarme para no pisar más cristales. Inspiro profundamente para intentar normalizar el ritmo de mi respiración. Recogeré los trozos de vidrio, y será como si no hubiera pasado nada. Nina no se enterará.

Pero tendré que ser más cuidadosa en adelante.

15

El próximo sábado por la tarde, Nina celebrará una pequeña reunión de la AMPA en su jardín trasero. Quieren planear lo que ellos llaman «día de campo», una salida en la que los
niños juegan en el campo durante unas horas. Por algún motivo,
esto requiere meses de preparación. Nina, que no habla de otra
cosa últimamente, me ha mandado más de una decena de mensajes de texto diciéndome que no me olvide de ir a buscar los aperitivos.

Empiezo a estresarme porque, como de costumbre, la casa
estaba hecha un desastre cuando me he levantado esta mañana.
No entiendo por qué se desordena con tanta facilidad. ¿La medicación de Nina servirá para tratar algún tipo de trastorno que la
impulsa a levantarse a horas intempestivas y poner la casa patas
arriba? ¿Existirá algo así?

No sé por qué los baños se ensucian tanto durante la noche,
por ejemplo. Cuando entro en su lavabo por la mañana para limpiarlo, por lo general hay tres o cuatro toallas empapadas tiradas
por el suelo. Casi siempre tengo que frotar para eliminar la pasta
de dientes incrustada en la pila. Por algún motivo, Nina tiene aver-
sión a tirar la ropa sucia en el cesto correspondiente, por lo que
tardo diez minutos largos en recoger su sujetador, bragas, pantalones, pantis y demás. Menos mal que a Andrew se le da mejor

echar su ropa en el cesto. Por otro lado, hay un montón de prendas que se deben llevar a la tintorería. Nina no sabe distinguirlas de las otras, pero pobre de mí si me equivoco al decidir si algo debe lavarse en la lavadora o en la tintorería. Sería un crimen merecedor de la horca.

Luego están los envoltorios de chuches. Me los encuentro en casi todos los recovecos de su dormitorio y su baño. Supongo que eso explica por qué Nina pesa veinte kilos más que en las fotografías de cuando empezó a salir con Andrew.

Después de limpiar la casa de arriba abajo, llevar la ropa a la tintorería, hacer la colada y planchar, voy muy justa de tiempo. Las mujeres de la AMPA llegarán en menos de una hora, y aún no he terminado todas las tareas que Nina me ha encomendado, como ir a buscar los aperitivos. Si intento explicárselo, no lo entenderá. Considerando que estuvo a punto de darme la patada la semana pasada cuando me pilló viendo *Family Feud* con Andrew, no puedo permitirme cometer un solo error. Tengo que asegurarme de que todo vaya como la seda esta tarde.

Salgo al jardín de atrás. El jardín trasero de los Winchester es uno de los más bellos del barrio. Enzo ha hecho muy bien su trabajo: los setos están recortados con precisión milimétrica, como si hubiera utilizado una regla. El borde del jardín está salpicado de flores, que aportan un toque de color. En cuanto al césped, está tan verde y exuberante que me vienen ganas de tumbarme sobre él boca arriba y agitar los brazos para dejar una huella en forma de ángel.

Pero, al parecer, no pasan mucho tiempo aquí fuera, pues todos los muebles del patio están cubiertos por una gruesa capa de polvo.

Ay, Señor, no tengo tiempo para ocuparme de todo.

—Millie, ¿te encuentras bien?

Andrew está de pie detrás de mí, vestido de manera informal para variar, con un polo azul y un pantalón caqui. Por alguna razón, está aún más guapo así que con sus trajes caros.

—Sí, bien —murmuro. Ni siquiera debería dirigirle la palabra.

—Pareces al borde del llanto —señala.

Cohibida, me seco los ojos con el dorso de la mano.

—No pasa nada. Es que tengo que preparar tantas cosas para la reunión de la AMPA…

—Oh, no vale la pena llorar por eso. —Arruga la frente—. A esas tías de la AMPA les parecerá todo mal, hagas lo que hagas. Son lo peor.

Esto no me consuela en absoluto.

—Oye, creo que tengo un… —Se hurga en el bolsillo y saca un pañuelo de papel engurruñado—. No sé por qué llevo un clínex en el bolsillo, pero toma.

Consigo sonreír mientras acepto el pañuelo. Al limpiarme la nariz con él, aspiro el tenue olor de la loción para después del afeitado de Andrew.

—Bueno —dice—, ¿cómo puedo ayudarte?

Sacudo la cabeza.

—No te preocupes. Yo me ocupo.

—Estás llorando. —Apoya un pie sobre la polvorienta silla—. De verdad, no soy un inútil integral. Tú solo dime qué necesitas que haga. —Como vacilo en responder, agrega—: Oye, los dos queremos que Nina esté contenta, ¿verdad? Esta es tu manera de contribuir a ello. Y no se pondrá contenta si dejo que la cagues.

—De acuerdo —gruño—. Me ayudaría mucho que fueras a recoger los aperitivos.

—Eso está hecho.

Siento como si me quitaran un enorme peso de encima. Iba a tardar veinte minutos en acercarme al establecimiento de catering y otros veinte en regresar, con lo que solo me habrían quedado quince minutos para limpiar los mugrientos muebles de jardín. No quiero ni imaginar qué pasaría si Nina se sentara en una de esas sillas con uno de sus conjuntos blancos.

—Gracias —digo—. De verdad que te lo agradezco muchísimo. De verdad.

Me dedica una gran sonrisa.

—¿De verdad?

—De verdad de la buena.

En ese momento, Cecelia sale corriendo al jardín, con un vestido rosa ribeteado de blanco. Al igual que su madre, no tiene un solo pelo fuera de lugar.

—Papi —dice.

Él vuelve la vista hacia la niña.

—¿Qué pasa, Cece?

—El ordenador no funciona —contesta ella—. No puedo hacer los deberes. ¿Me lo arreglas?

—Por supuesto. —Le posa la mano en el hombro—. Pero primero vamos a dar un paseo corto en coche y será muy díver.

La cría lo mira con aire incrédulo.

Él hace caso omiso de su escepticismo.

—Ve a ponerte los zapatos.

A mí me habría llevado horas convencer a Cecelia de que se calzara, pero en cambio entra en casa, muy obediente, para hacer lo que le ha indicado su padre. Es bastante buena chica. Menos cuando está a mi cargo.

—Te manejas bien con ella —comento.

—Gracias.

—Se te parece un montón.

Andrew niega con la cabeza.

—No mucho. Se parece a Nina.

—Sí. Tiene la tez y el cabello de ella, pero ha sacado tu nariz —insisto.

Juguetea con el dobladillo de su polo.

—Cecelia no es mi hija biológica, así que cualquier parecido entre los dos es…, ya sabes, pura coincidencia.

Madre mía, no dejo de meter la pata.

—Ah, no sabía…

—No tiene importancia. —Mantiene los ojos castaños fijos en la puerta trasera, aguardando a que Cecelia regrese—. Conocí a Nina cuando Cecelia era muy pequeña, así que soy el único padre que ha conocido. La considero mi hija. Viene a ser lo mismo.

—Por supuesto. —Andrew Winchester sube varios puntos

en mi valoración. No solo no se buscó una pareja con tipo de supermodelo, sino que se casó con una mujer que ya tenía una hija y la crio como si fuera suya—. Como te decía, te manejas bien con ella.

—Me encantan los niños… Ojalá tuviéramos una docena.

Andrew hace ademán de añadir algo, pero en vez de ello aprieta los labios. Recuerdo que, hace unas semanas, Nina me contó que estaban intentando que se quedara embarazada. Me viene a la memoria el tampón que encontré en el suelo del baño. Me pregunto si sus intentos han dado fruto desde entonces. A juzgar por la triste expresión en los ojos de Andrew, me huele que no.

Pero no me cabe duda de que conseguirán que Nina conciba, si eso es lo que quieren. Al fin y al cabo, cuentan con todos los recursos del mundo. De cualquier manera, no es asunto mío.

16

Puedo afirmar sin temor a equivocarme que detesto a todas y cada una de las participantes en esta reunión de la AMPA.

Son cuatro, contando a Nina. Me he aprendido sus nombres: Jillianne (se pronuncia «Yilián»), Patrice y Suzanne (a quien no hay que confundir con Jillianne). Si he memorizado sus nombres es porque Nina no me deja salir del jardín. Me ha obligado a quedarme de pie en un rincón en posición de firmes, por si necesitan algo.

Por lo menos los aperitivos han sido todo un éxito. Y Nina no sospecha que Andrew fue a buscarlos en mi lugar.

—No me acaba de convencer el menú del día de campo. —Suzanne se da unos golpecitos en el mentón con su bolígrafo. Hace un rato, Nina se ha referido a ella como su «mejor amiga», pero, por lo que he visto, no está muy unida a ninguna de sus supuestas amigas—. Creo que debería haber más de una opción sin gluten.

—Estoy de acuerdo —dice Jillianne—, y, aunque hay una opción vegana, no es sin gluten. ¿Qué se supone que van a comer las personas que siguen dietas veganas y sin gluten a la vez?

Yo qué sé. ¿Hierba? De verdad que nunca había conocido a nadie tan obsesionado con el gluten como estas mujeres. Cada vez que les llevaba algo para picar, cada una de ellas me interrogaba sobre la cantidad de gluten que contenía. Como si yo tuviera la más remota idea. Ni siquiera sé qué es el gluten.

Hoy hace un calor sofocante, y daría lo que fuera por estar dentro de la casa, bajo el aire acondicionado. Joder, daría lo que fuera por un trago de la limonada rosa con gas que están bebiendo las mujeres. No dejo de enjugarme sudor de la frente cuando sé que no me miran. Tengo miedo de que me hayan salido manchas de humedad en las axilas.

—Este pan de pita con queso de cabra y arándanos estaría mejor caliente —comenta Patrice mientras mastica un bocado—. Apenas está tibio.

—Tienes razón —dice Nina, como disculpándose—. Le he pedido a la empleada que se encargara de ello, pero ya sabes cómo es esto. Es tan difícil encontrar un buen servicio doméstico…

Me quedo boquiabierta. No me ha pedido eso en ningún momento. Además, ¿no se da cuenta de que estoy justo aquí delante?

—Ya lo creo que es difícil. —Jillianne asiente en señal de conformidad—. Ya no se puede contratar personal competente. La ética laboral en este país es penosa. Una se pregunta por qué esa gente no es capaz de encontrar un empleo mejor, ¿no? Pues por pura y simple gandulería.

—La alternativa es emplear a extranjeros —agrega Suzanne—. Pero entonces apenas hablan el idioma, como Enzo.

—¡Al menos resulta agradable a la vista! —dice Patrice con una carcajada.

Las demás prorrumpen en gritos agudos y risitas, salvo Nina, que mantiene un curioso silencio. Supongo que no le hace falta comerse con los ojos al paisajista cañón estando casada con Andrew…, y no la culpo por ello. Por otro lado, parece guardarle un extraño rencor a Enzo.

Me muero de ganas de decirles algo por el modo en que han estado poniéndome verde a mis espaldas… Bueno, a mis espaldas no, puesto que me tienen aquí delante, como ya he comentado. Pero tengo que demostrarles que no soy una americana gandula. Me he dejado el culo en este trabajo, sin quejarme una sola vez.

—Nina —digo tras carraspear—, ¿quieres que caliente los aperitivos?

Ella se vuelve hacia mí, con un relampagueo en la mirada que me hace recular.

—Millie —responde con serenidad—, estamos en medio de una conversación. Haz el favor de no interrumpir. Es de mala educación.

—Ah, es que…

—Además —prosigue—, te agradecería que no te dirigieras a mí como «Nina». No soy tu colega de copas. —Se ríe con desprecio, volviéndose hacia las otras mujeres—. Para ti soy la señora Winchester. Espero no tener que volver a recordártelo.

Me quedo mirándola, estupefacta. El día que la conocí, me pidió que me dirigiera a ella como Nina. Llevo llamándola así desde que empecé a trabajar aquí, y jamás se había quejado. Ahora se comporta como si me estuviera tomando demasiadas confianzas.

Lo peor es que las otras la tratan como a una heroína por reprenderme. Patrice se pone a contar que su señora de la limpieza tuvo el descaro de hablarle de la muerte de su perro.

—No es por ser cruel —asegura Patrice—, pero ¿a mí qué me importa que el perro de Juanita haya muerto? Por favor, no había forma de que dejara el tema.

—Pero la verdad es que necesitamos a alguien que trabaje aquí. —Nina se lleva a la boca uno de los inaceptables aperitivos. He estado observándola, y se ha zampado casi la mitad de ellos mientras las demás comen como pajaritos—. Sobre todo cuando Andrew y yo tengamos otro bebé.

A las demás se les escapan grititos de sorpresa.

—¿Estás embarazada, Nina? —exclama Suzanne.

—¡Ya sabía yo que estabas comiendo cinco veces más que nosotras por algo! —dice Jillianne en tono triunfal.

Nina le lanza una mirada que me obliga a aguantarme la risa.

—No estoy embarazada… aún. Pero Andy y yo estamos yendo a un especialista en fertilidad que se supone que es el no va más. Os garantizo que antes de que acabe el año tendré un bebé.

—Eso es genial. —Patrice le posa una mano en el hombro—. Sé que hace tiempo que buscáis un niño. Además, Andrew es un padrazo.

Nina asiente, y, por unos instantes, parece que se le humedecen los ojos. Se aclara la garganta.

—Disculpadme un momento, señoras. Enseguida vuelvo.

Nina entra a toda prisa en la casa, y no sé si se supone que debo seguirla. Seguramente va al baño o algo así. Por otra parte, tal vez ahora figure entre mis obligaciones acompañarla al lavabo para secarle las manos con una toalla, tirar de la cadena o vete tú a saber qué.

En cuanto se marcha, las demás se echan a reír por lo bajo.

—¡Madre mía! —suelta Jillianne, sin contener la risa—, ¡Menudo corte! He quedado fatal. ¡Había pensado que estaba embarazada de verdad! A ver, no me digáis que no lo parece.

—Se está poniendo como una vaca —se muestra de acuerdo Patrice—. Le hacen mucha falta un nutricionista y un entrenador personal. ¿Y os habéis fijado en cómo se le notan las raíces?

Las otras mujeres mueven la cabeza afirmativamente. Aunque no participo en la conversación, también me he fijado en las raíces de Nina. El día que me entrevisté con ella, llevaba el cabello impecable. Ahora las raíces oscuras le han crecido por lo menos un centímetro. Me sorprende que se haya descuidado hasta ese punto.

—O sea, antes muerta que andar por ahí con esas pintas —dice Patrice—. ¿Y así espera conservar a ese marido buenorro que tiene?

—Y más teniendo en cuenta que, según he oído, firmaron un acuerdo prematrimonial a prueba de balas —tercia Suzanne—. Si se divorciaran, ella no se llevaría casi nada. Ni siquiera una pensión alimenticia para Cecelia, porque, como sabéis, él nunca la adoptó.

—¡Un acuerdo prematrimonial! —exclama Patrice—. Pero ¿en qué estaría pensando Nina? ¿Por qué habrá firmado una cosa así? Más le vale esforzarse por tenerlo contento.

—¡Pues no seré yo quien le diga que debería ponerse a régimen! —asegura Jillianne, subiendo la voz—. No quiero volver a enviarla a esa clínica de salud mental. Ya sabéis que Nina no está muy allá.

Reprimo un grito ahogado. Cuando aquellas otras mujeres en el colegio insinuaron que Nina estaba loca, quise creer que se referían a la típica locura de los que viven en barrios residenciales. A que iba al psicólogo y se tomaba algún sedante de vez en cuando. Si lo que dicen estas brujas chismosas es cierto, ha estado ingresada en un hospital psiquiátrico. Padece un trastorno grave.

Siento una punzada de culpa por desesperarme cuando me proporciona información incorrecta o cambia de humor de repente. No es culpa suya. Tiene problemas importantes. Todo parece cobrar un poco más de sentido.

—Una cosa os digo. —Patrice baja bastante la voz con la intención de que no la oiga, lo que solo demuestra que no tiene ni idea de lo fuerte que habla—. Si yo estuviera en su lugar, lo último que haría sería contratar a una criada guapa y joven para que viviera en mi casa. Los celos deben de estar comiéndosela viva.

Desvío la vista para que no se note que no me estoy perdiendo una palabra. He hecho todo lo posible por evitar que Nina se ponga celosa. No quiero darle el menor motivo para sospechar que estoy interesada en su marido. No quiero que sepa que lo encuentro atractivo o que piense que existe la más mínima posibilidad de que pase algo entre él y yo.

A ver, sí: si Andrew estuviera soltero, me interesaría. Pero no lo está. Pienso mantenerme alejada de ese hombre. Nina no tiene por qué preocuparse.

17

Andrew y Nina tienen cita con ese especialista en fertilidad hoy.

Llevan toda la semana nerviosos e ilusionados por la visita. Anoche oí fragmentos de su conversación durante la cena. Al parecer, le han realizado a Nina un montón de pruebas y hoy les explicarán los resultados. Ella cree que le recomendarán la fecundación in vitro, que es muy cara, pero les sale la pasta por las orejas.

A pesar de que Nina me saca de quicio a veces, me enternece verlos hacer planes sobre el futuro bebé. Ayer hablaban de acondicionar la habitación de invitados como cuarto para el niño. No sé quién está más ilusionado, si Nina o Andrew. Por el bien de los dos, espero que ella se quede embarazada pronto.

Mientras ellos están en la consulta, se supone que yo debo cuidar a Cecelia. Vigilar a una cría de nueve años no debe de ser complicado. Pero Cecelia parece empeñada en demostrar lo contrario. Cuando la madre de una amiga la trae a casa de su clase de hoy (no sé si de kárate, ballet, piano, fútbol o gimnasia...; voy muy perdida con su calendario de actividades), se quita un zapato y lo lanza en una dirección, el segundo en otra y su mochila en una tercera. Por suerte, hace demasiado calor para llevar chaqueta, pues de lo contrario tendría que encontrar un cuarto lugar donde tirarla.

—Cecelia —digo, armándome de paciencia—. ¿Puedes colocar tus zapatos en el zapatero?

—Luego —contesta, dejándose caer en el sofá con aire distraído y alisándose el vestido amarillo claro. Agarra el mando a distancia y pone en la tele unos dibujos animados ruidosos que dan dentera. Una naranja y una pera discuten en la pantalla—. Tengo hambre.

Respiro hondo para intentar calmarme.

—¿Qué te apetece comer?

Supongo que me pedirá que le prepare alguna cosa absurda solo para hacérmelas pasar canutas, así que su respuesta me sorprende.

—¿Un sándwich de salchichón?

Me alivia tanto que tengamos todos los ingredientes necesarios en casa que ni siquiera le insisto en que diga «por favor». Si Nina quiere que su hija sea una mocosa malcriada, allá ella. No me corresponde a mí educarla.

Me dirijo a la cocina, saco el pan y un paquete de salchichón de ternera del abarrotado frigorífico. No sé si Cecelia quiere que unte mayonesa en su sándwich y, lo que es más, estoy segura de que le parecería demasiada o demasiado poca, así que decido darle el tarro para que se ponga la cantidad exacta. ¡Ja! ¿A que esa no te la esperabas, Cecelia?

Regreso al comedor y deposito el sándwich y la mayonesa sobre la mesa de centro, delante de ella. Baja la vista hacia el plato, frunciendo el ceño. Coge el bocadillo con manos vacilantes y al instante crispa el rostro, asqueada.

—¡Puaj! —grita—. No lo quiero.

Juro que estoy a punto de estrangular a esta niña con mis propias manos.

—Me has pedido un sándwich de salchichón, y eso es lo que te he hecho.

—¡No te he pedido un sándwich de salchichón —gimotea—, sino un sándwich de salpicón!

Me quedo mirándola con la boca abierta de par en par.

—¿Un sándwich de salpicón? ¿Y eso qué es?

Con un gruñido de enfado, Cecelia tira el sándwich al suelo. La carne y el pan se separan y caen en tres montones distintos sobre la moqueta. Lo único bueno es que no se ha manchado de mayonesa, porque no le he puesto.

Vale, estoy hasta las narices de esta mocosa. No soy quién para juzgarla, pero ya es lo bastante mayorcita para saber que no se tira la comida al suelo. Debería aprender a comportarse como una niña de su edad, sobre todo teniendo en cuenta que en un futuro próximo habrá un bebé en casa.

—Cecelia —digo con los dientes apretados.

Ella alza su mentón ligeramente afilado.

—Qué.

No sé qué habría pasado entre ella y yo, pero nuestro cara a cara se ve interrumpido por el ruido de la puerta principal al abrirse. Deben de ser Andrew y Nina, que vuelven de su cita con el especialista. Aparto la mirada de Cecelia y despliego una sonrisa forzada. Sin duda Nina estará eufórica por la visita.

Sin embargo, cuando entran en el salón, ninguno de los dos sonríe.

Y eso no es nada. Nina lleva la rubia cabellera desgreñada y la blusa blanca arrugada. Tiene los ojos inyectados en sangre. Andrew tampoco presenta muy buen aspecto. Lleva la corbata medio desanudada, como si algo lo hubiera distraído cuando estaba quitándosela. De hecho, también tiene los ojos enrojecidos.

Me retuerzo las manos.

—¿Todo bien?

Debería haber mantenido la boca cerrada. Habría sido la opción más inteligente. Nina clava la vista en mí, y la pálida tez se le pone colorada.

—Por Dios santo, Millie —exclama—. ¿Por qué tienes que ser tan entrometida? No es asunto tuyo, joder.

Trago saliva.

—Lo siento mucho, Nina.

Baja los ojos hacia las cosas que hay desparramadas por el suelo: los zapatos de Cecelia, el pan y el salchichón cerca de la mesa de centro. En algún momento del último minuto, Cecelia se ha escabullido del comedor y ha desaparecido de escena. A Nina se le contraen las facciones.

—¿De verdad tengo que encontrarme con esto cuando vuelvo a casa? ¿Con esta porquería? No sé para qué te pago. Tal vez deberías empezar a buscarte otro trabajo.

Se me hace un nudo en la garganta.

—Iba..., iba a recogerlo ahora...

—Por mí no hace falta que muevas un dedo. —Le lanza una mirada fulminante a Andrew—. Me voy a acostar. Me duele una barbaridad la cabeza.

Nina sube la escalera con paso furioso, aporreando los peldaños con taconazos que suenan como tiros, y, como colofón, da un portazo tras entrar en su dormitorio. Resulta evidente que algo no ha ido bien en la consulta. Sería inútil intentar hablar con ella en este momento.

Andrew se hunde en el sofá de piel y echa la cabeza hacia atrás.

—Pues vaya mierda.

Mordiéndome el labio, me siento a su lado, aunque intuyo que tal vez no debería.

—¿Estás bien?

Se frota los ojos con las yemas de los dedos.

—No mucho.

—¿Te..., te apetece hablar de ello?

—La verdad es que no. —Cierra los ojos con fuerza por unos instantes y exhala un suspiro—. No va a poder ser. Nina no se quedará embarazada.

Mi primera reacción es de sorpresa. No sé mucho sobre el tema, pero me cuesta creer que Nina y Andrew no puedan resolver este problema a golpe de talonario. Vi en las noticias que una mujer de sesenta años se había quedado encinta, lo juro.

Pero no puedo decírselo a Andrew. Acaban de estar con una eminencia en el campo de la fertilidad. Si ha dicho que Nina no puede concebir, no hay más que hablar. No tendrán otro bebé.

—Lo siento mucho, Andrew.

—Ya... —Se pasa la mano por el pelo—. Intento llevarlo bien, pero mentiría si dijera que no ha sido una desilusión para mí. A ver, quiero a Cecelia como si fuera mi hija, pero... deseaba... Es decir, siempre había soñado con...

Es la conversación más profunda que hemos mantenido. En cierto modo me halaga que se abra a mí.

—Te entiendo —murmuro—. Debe de ser muy duro... para los dos.

Baja la vista hacia su regazo.

—Tengo que ser fuerte por Nina. Esto la ha destrozado.

Se queda callado un momento, deslizando el dedo por un pliegue en la piel del sofá.

—Hay un espectáculo en la ciudad que Nina quiere ir a ver... No para de hablar de él. *Showdown*. Sé que la animaría que compráramos entradas. Sería genial que le preguntaras por la fecha y nos consiguieras asientos de platea.

—Eso está hecho —respondo. Aunque no soporto a Nina por muchos motivos, no quiero ni imaginar el palo que supone recibir una noticia así. Siento lástima por ella.

Se vuelve a restregar los enrojecidos ojos.

—Gracias, Millie. Créeme que no sé qué haríamos sin ti. Me sabe mal que Nina no te trate muy bien a veces. Es un poco temperamental, pero te aprecia de verdad y te está muy agradecida por tu ayuda.

Esto me parece un poco dudoso, pero no pienso discutir con él. Tendré que seguir trabajando aquí hasta que ahorre una cantidad razonable de dinero. Y tendré que esforzarme al máximo por complacer a Nina.

18

Esa noche, me despiertan unos gritos.

El desván está tan bien aislado que no alcanzo a distinguir las palabras, pero me llegan unas voces estentóreas desde abajo, una voz masculina y una femenina. Las de Andrew y Nina.

De pronto, suena un estrépito.

Me levanto de la cama de forma instintiva. Tal vez no sea asunto mío, pero ahí abajo está pasando algo. Lo mínimo que puedo hacer es cerciorarme de que no necesitan ayuda.

Llevo la mano al pomo de mi puerta. No gira. Estoy bastante acostumbrada a que la puerta se atasque, pero, de vez en cuando, me entra una punzada de pánico. Sin embargo, de pronto, el pomo cede bajo mis dedos. Estoy fuera.

Bajo los chirriantes escalones hasta la primera planta. Ahora que no estoy en el desván, los gritos suenan mucho más altos. Proceden del dormitorio principal. Nina le grita a Andrew. Parece al borde de la histeria.

—¡No es justo! —chilla—. He hecho todo lo que he podido y...

—Nina —dice él—, no es culpa tuya.

—¡Sí que lo es! ¡Si estuvieras con una mujer más joven, podrías tener el hijo que quieres! ¡Es culpa mía!

—Nina...

—¡Estarías mejor sin mí!

—Vamos, no digas eso...

—¡Es la verdad! —No obstante, su tono no es de tristeza, sino de rabia—. ¡Desearías que yo desapareciera!

—¡Basta, Nina!

Suena otro ruido fuerte dentro de la habitación, seguido de un tercero. Retrocedo un paso, debatiéndome entre llamar a la puerta para preguntarles si va todo bien y el impulso de correr a esconderme en mi cuarto. Me quedo ahí parada unos segundos, paralizada por la indecisión. De pronto, la puerta se abre con brusquedad.

Nina está en el vano, con el mismo camisón blanquísimo que llevaba la noche que nos sorprendió a Andrew y a mí en el salón. Pero ahora reparo en un reguero carmesí que baja por la pálida tela desde la cadera.

—Millie —dice, traspasándome con la mirada—, ¿qué haces aquí?

Cuando le miro las manos, veo que también tiene la palma derecha embadurnada de rojo.

—Pues...

—¿Nos estabas espiando? —Arquea una ceja—. ¿Has estado escuchando nuestra conversación?

—¡No! —Retrocedo un paso—. Es solo que he oído un ruido como de algo que se rompía y me preocupaba que... Quería comprobar que no os hubierais hecho daño.

Se da cuenta de que tengo la vista fija en lo que estoy casi segura de que es una mancha de sangre en su camisón. Reacciona casi como si esto le hiciera gracia.

—Me he hecho un cortecito de nada en la mano. Nada por lo que preocuparse. No necesito tu ayuda.

Pero ¿qué ha sucedido en realidad ahí dentro? ¿Es esa la verdadera razón por la que tiene todo el camisón ensangrentado? ¿Y dónde está Andrew?

¿Y si Nina lo ha matado? ¿Y si yace muerto en medio del dormitorio? O, peor aún, ¿y si está desangrándose en este preciso momento y aún estoy a tiempo de salvarlo? No puedo dar media vuelta sin más. He hecho cosas malas en la vida, pero no pienso permitir que Nina se vaya de rositas tras cometer un asesinato.

—¿Dónde está Andrew? —pregunto.

Le aparecen unos círculos rosados en las mejillas.

—¿Perdona?

—Es que... —Me remuevo inquieta sobre mis pies descalzos—. He oído un estrépito. ¿Se encuentra bien?

Nina clava los ojos en mí.

—¡Cómo te atreves! ¿De qué me acusas?

De pronto recuerdo que Andrew es un hombre corpulento y fuerte. Si Nina ha podido con él, ¿qué posibilidades tengo yo de reducirla? Pero estoy petrificada. He de asegurarme de que él está bien.

—Vuelve a tu cuarto —me ordena.

Trago a pesar del nudo que se me ha formado en la garganta.

—No.

—O vuelves a tu cuarto o te vas a la calle.

Lo dice en serio. Se lo noto en la mirada. Pero no puedo moverme. Me dispongo a protestar de nuevo cuando oigo algo que me lleva a relajar los hombros, aliviada.

El sonido del grifo de la habitación principal al abrirse.

Andrew está bien. Solo ha ido al baño.

Menos mal.

—¿Contenta? —Una expresión gélida asoma a sus ojos azules, pero hay algo más ahí. Una chispa de ironía. Le divierte asustarme—. Mi marido está vivito y coleando.

Agacho la cabeza.

—Bueno, yo solo quería... Siento haberte molestado.

Giro sobre los talones y me alejo con paso pesado por el pasillo. Noto la mirada de Nina fija en mi espalda. Cuando estoy a punto de llegar a la escalera, su voz resuena detrás de mí.

—Millie.

Me vuelvo. Su camisón blanco resplandece bajo la luz de la luna que se cuela en el pasillo, lo que le confiere el aspecto de un ángel. Salvo por la sangre. Veo también un pequeño charco carmesí en el suelo, que se extiende justo debajo de su mano derecha.

—¿Sí?

—No salgas del desván por las noches. —Parpadea, sin apartar los ojos de mí—. ¿Me has entendido?

No hace falta que me lo pida dos veces. Quiero encerrarme en el desván para siempre.

19

A la mañana siguiente, Nina se ha transformado de nuevo en su versión más agradable y al parecer ha olvidado lo que sucedió anoche. Yo misma pensaría que no fue más que una pesadilla aterradora de no ser por la venda que le envuelve la mano derecha. La gasa blanca está salpicada de puntos color carmesí.

Aunque no me trata de un modo extraño, Nina parece más cansada y nerviosa que de costumbre. Cuando arranca para llevar a Cecelia al colegio, los neumáticos chirrían contra el asfalto. Cuando regresa, se queda un momento de pie en medio del salón, contemplando las paredes, hasta que salgo de la cocina y le pregunto si va todo bien.

—Sí, todo bien. —Se tira del cuello de la blusa blanca. Lo tiene arrugado, aunque estoy segura de haberlo planchado—. ¿Serías tan amable de prepararme algo de desayunar, Millie? Lo de siempre.

—Claro —respondo.

Para Nina, «lo de siempre» son tres huevos revueltos con mucha mantequilla y queso parmesano, cuatro lonchas de beicon y un muffin inglés, también con mantequilla. No puedo evitar pensar en los comentarios que hicieron las otras mujeres de la AMPA sobre el peso de Nina mientras ella estaba en otra parte de la casa, aunque me parece muy bien que, a diferencia de ellas, no controle cada caloría que se mete en el cuerpo. Nina no sigue una dieta vegana ni sin gluten. Por lo que he visto, come todo lo que le apetece y más. Incluso toma tentempiés a altas horas de la noche, como atestiguan los platos sucios que deja sobre la encimera para que yo los lave por la mañana. Ni uno solo de esos platos ha acabado en el lavavajillas.

Le sirvo el desayuno en la mesa del comedor con un vaso de zumo de naranja al lado. Se pone a examinar la comida, y temo encontrarme frente a la versión de Nina que me dirá que todo está mal cocinado o que en ningún momento me ha indicado que le prepare nada. Sin embargo, en vez de ello me dedica una cálida sonrisa.

—Gracias, Millie.

—De nada. —Titubeo, sin saber si quedarme o marcharme—. Por cierto, Andrew me ha pedido que os consiga dos entradas para *Showdown*, en Broadway.

Se le ilumina el rostro.

—Qué detallista es. Sí, sería estupendo.

—¿Qué días te vendrían bien?

Toma un bocado de huevos revueltos y mastica, pensativa.

—Tengo libre el domingo de la próxima semana. A ver si encuentras algo para ese día.

—Claro. Y puedo quedarme con Cecelia, por supuesto.

Se lleva más huevo a la boca. Un trocito se le escapa de los labios y cae sobre su blusa blanca. Ella no parece percatarse de ello y continúa comiendo como si nada.

—Te lo agradezco de verdad, Millie. —Me guiña un ojo—. Te juro que no sé qué haríamos sin ti.

Le gusta decirme eso. O que me va a despedir. Cuando no es una cosa, es la otra.

Pero supongo que no es culpa suya. No cabe duda de que Nina tiene problemas emocionales, como afirmaban sus amigas. No dejo de pensar en su supuesta estancia en un hospital psiquiátrico. A uno no lo encierran en un sitio así sin un buen motivo.

Tuvo que suceder algo malo, y una parte de mí se muere de ganas de averiguar qué fue. Pero no se lo puedo preguntar, por razones obvias, y mis intentos por sonsacarle la historia a Enzo no han rendido fruto.

El plato de Nina está casi limpio, pues ha engullido los huevos, el beicon y el muffin inglés en menos de cinco minutos, cuando Andrew baja trotando las escaleras. Estaba un poco preocupada por él por lo de anoche, aunque oí correr el agua. No era un escenario muy probable, pero, yo qué sé, tal vez Nina había acoplado una especie de temporizador al grifo para que yo creyera que él estaba en el baño, sano y salvo. Como digo, no me parecía probable, pero tampoco imposible. En cualquier caso, me alivia ver que está indemne. Se me corta un poco la respiración al ver su traje gris marengo combinado con una camisa de vestir azul claro.

Justo antes de que Andrew entre en el comedor, Nina aparta su plato a un lado. Se pone de pie y se atusa la rubia cabellera, desprovista de su lustre habitual y con las raíces oscuras aún más visibles que antes.

—Hola, Andy. —Le ofrece una sonrisa radiante—. ¿Cómo hemos amanecido hoy?

Él se dispone a responderle, pero entonces su mirada se posa en el trocito de huevo que aún lleva pegado a la blusa. Una comisura de los labios se le curva hacia arriba.

—Nina, tienes un poco de huevo aquí.

—¡Ah! —Con las mejillas sonrosadas, intenta limpiarse la blusa. Sin embargo, el huevo lleva varios minutos ahí, por lo que queda una mancha en la delicada tela blanca—. ¡Perdona!

—No pasa nada…, sigues estando preciosa. —La agarra por los hombros y la atrae hacia sí para besarla. No hago caso de la punzada de celos que siento en el pecho al verla derretirse en sus brazos—. Tengo que irme pitando a la oficina, pero nos vemos esta noche.

—Te acompaño hasta la puerta, cariño.

Esta Nina nació con una flor en el culo. Lo tiene todo. Sí, se pasó una temporada en una institución psiquiátrica, pero al menos no estuvo en la cárcel. Y hela aquí, con una casa alucinante, carretadas de dinero y un marido atento, gracioso, rico, considerado y…, bueno, increíblemente guapo.

Cierro los ojos un instante y me imagino cómo sería estar en el lugar de Nina. Ser la señora de esta casa. Tener ropa cara, zapatos de marca y un coche de alta gama. Tener una criada con la que ponerme en plan mandona; obligarla a cocinar y lavar para mí, y a vivir en un cuartucho en el desván mientras yo duermo en una amplia habitación con una cama extragrande y sábanas de tropecientos mil hilos. Y, sobre todo, tener un marido como Andrew, que apriete los labios contra los míos como ha hecho con ella. Sentir en mi pecho la calidez de su cuerpo…

Ay, madre. Tengo que dejar de pensar en eso de una vez. En mi defensa, he de decir que llevo mucho tiempo a dos velas. Me pasé diez años en prisión, fantaseando sobre el tío ideal que conocería cuando saliera y que me salvaría de todo. Y ahora…

Bueno, podría ocurrir. Es posible.

Subo las escaleras y me pongo a hacer las camas y limpiar las habitaciones. Justo cuando he terminado y me dirijo de nuevo a la planta baja, suena el timbre. Me apresuro a abrir y me sorprendo al ver a Enzo frente a la puerta, cargado con una enorme caja de cartón.

—*Ciao* —digo, recordando el saludo que me enseñó.

Una expresión divertida le cruza el rostro.

—*Ciao*. Esto… para ti.

Me imagino de inmediato lo que ha ocurrido. A veces los mensajeros no caen en la cuenta de que pueden entrar por la verja, así que dejan los paquetes pesados fuera, y yo tengo que arrastrarlos hasta el interior de la casa. Enzo debe de haber visto al repartidor depositar la caja frente a la entrada y me ha hecho el favor de traérmela.

—*Grazie* —digo.

Arquea las cejas.

—¿Quieres que yo…?

Tardo un segundo en comprender qué está preguntando.

—Ah... Sí, déjala sobre la mesa del comedor.

Señalo la mesa, y él lleva el paquete hasta ahí. Recuerdo aquella ocasión en que Nina se puso histérica porque Enzo había entrado en casa, pero ahora mismo no está, y esa caja parece demasiado pesada para mí. Cuando él la coloca sobre la mesa, echo un vistazo al remitente: Evelyn Winchester. Será algún familiar de Andrew.

—*Grazie* —digo otra vez.

Enzo asiente. Lleva una camiseta blanca y unos vaqueros. Le sientan muy bien. Siempre está sudando la gota gorda en algún jardín del barrio, y a muchas de las ricachonas del vecindario les encanta comérselo con los ojos. A decir verdad, yo prefiero el físico de Andrew, y además está el tema de la barrera idiomática, claro. Pero tal vez me haría bien divertirme un poco con Enzo. Me ayudaría a descargar toda esa energía acumulada, y quizá dejaría de tener fantasías de todo punto inapropiadas con el esposo de mi jefa.

No sé muy bien cómo abordar el tema, dado que no hablamos el mismo idioma. Por otro lado, estoy segura de que el lenguaje del amor es universal.

—¿Agua? —le ofrezco mientras intento pensar cómo proceder en este asunto.

Mueve la cabeza afirmativamente.

—*Si.*

Corro a la cocina y saco un vaso del armario. Lo lleno de agua hasta la mitad y se lo llevo. Lo acepta, agradecido.

—*Grazie.*

Se le marca el bíceps cuando se lleva el vaso a los labios. La verdad es que tiene un cuerpazo. Me pregunto qué tal será en la cama. Seguramente una máquina.

Me retuerzo las manos mientras él bebe.

—Y, en fin..., ¿estás... ocupado?

Baja el vaso y me mira, sin comprender.

—¿Eh?

—Hum. —Me aclaro la garganta—. O sea, ¿tienes mucho... trabajo?

—Trabajo. —Asiente al oír una palabra que entiende. De verdad, no me cabe en la cabeza que lleve tres años trabajando aquí y no comprenda el idioma—. *Si. Molto occupato.*

—Vaya.

La cosa no marcha bien. Tal vez debería ir al grano.

—Oye. —Doy un paso hacia él—. He pensado que a lo mejor te apetecería tomarte… un pequeño descanso.

Me escudriña el rostro con los negros ojos. Unos ojos bonitos, por cierto.

—Yo… no entiendo.

No debo desfallecer. Cuento con el lenguaje del amor y todo eso.

—Un descanso. —Tiendo la mano, se la poso sobre el pecho y levanto la ceja en un gesto sugerente—. Ya sabes.

Esperaba que, llegados a este punto, él me sonriera, me levantara en brazos y me subiera al desván para empotrarme durante horas. Lo que no me esperaba era que se le ensombreciera la mirada de ese modo. Se aparta de mí de un salto como si mi mano le quemara y me suelta una parrafada en italiano, enfadado. No tengo idea de qué me está hablando. Solo me queda claro que no está diciendo «hola» o «gracias».

—Lo…, lo siento mucho —digo, sin saber qué hacer.

—*Sei pazza!* —me grita. Se pasa la mano por el negro cabello—. *Che cavolo!*

Se me cae la cara de vergüenza. Estoy deseando que me trague la tierra. A ver, sabía que existía la posibilidad de que me rechazara, pero no imaginaba que lo haría con tanta vehemencia.

—No…, no era mi intención…

Alza la vista hacia la escalera, casi con miedo, antes de posarla de nuevo en mí.

—Ahora me…, me voy.

—Claro. —Asiento con la cabeza—. Por supuesto. Lo…, lo siento mucho. Solo quería ser amable. No pretendía…

Me mira como si supiera que lo que acabo de decir es una chorrada. Supongo que hay cosas que sí son universales.

—Lo siento —digo por tercera vez mientras él se dirige hacia la puerta con grandes zancadas—. Y... gracias por el paquete. *Grazie.*

Se para un momento en el umbral y se vuelve para clavar los negros ojos en mí.

—Vete... lejos, Millie —dice en su inglés macarrónico—. Es... —Aprieta los labios y consigue articular la palabra que pronunció el día que nos conocimos, pero esta vez en mi idioma—: Peligroso.

Lanza otra mirada escaleras arriba, con expresión preocupada. Luego sacude la cabeza y, antes de que yo pueda detenerlo para intentar aclarar a qué se refiere, sale a toda prisa por la puerta principal.

20

Madre mía, qué momento tan vergonzoso.

Aún me atormenta el bochorno por el rechazo de Enzo mientras espero a que termine la clase de claqué de Cecelia. Siento como si la cabeza me fuera a estallar, y el repiqueteo simultáneo de varios piececitos procedente del aula de baile no me hace sentir mejor. Desplazo la vista por la sala, preguntándome si hay alguien a quien le irrite tanto como a mí. ¿No? ¿Soy la única?

La mujer sentada junto a mí me dirige al fin una mirada de solidaridad. A juzgar por la tersura natural de su tez, sin rastro de bótox o estiramiento facial, calculo que tiene más o menos mi edad, lo que me lleva a pensar que tampoco ha venido a recoger a un hijo suyo. Forma parte del «servicio», como yo.

—¿Quieres un ibuprofeno? —me pregunta. Debe de estar dotada de un sexto sentido, pues ha percibido mi malestar. O eso, o mis suspiros me han delatado.

Tras vacilar unos instantes, hago un gesto afirmativo. Un analgésico no me curará de la humillación de las calabazas que me ha dado el paisajista italiano cañón, pero al menos me aliviará el dolor de cabeza.

Ella hurga en su bolso grande y negro, y saca un frasco de ibuprofeno. Me mira alzando las cejas, extiendo la mano, y ella deja caer dos pastillas rojas sobre la palma. Me las echo en la boca, hasta el fondo, y me las trago sin agua. Me pregunto cuánto tardarán en hacer efecto.

—Por cierto, me llamo Amanda —dice—. Soy tu camello oficial de la sala de espera de la academia de claqué.

Me río, a mi pesar.

—¿A quién has venido a buscar?

Se quita la cola de caballo del hombro con la mano.

—A las gemelas Bernstein. Deberías verlas bailar claqué al unísono. Es un espectáculo digno de admirarse…, ya que hablamos de dolores de cabeza brutales. ¿Y tú?

—A Cecelia Winchester.

Amanda suelta un silbido por lo bajo.

—¿Trabajas para los Winchester? Que no te pase nada.

Me aprieto las rodillas.

—¿Y eso por qué?

Se encoge de hombros.

—Ya sabes, por Nina Winchester. Está… —Hace el gesto universal para la chaladura con el dedo índice—. ¿No?

—¿Cómo lo sabes?

—Oh, todo el mundo lo sabe. —Me lanza una mirada elocuente—. Además, tengo la sensación de que Nina debe de ser muy celosa. Y su marido está como un tren…, ¿no crees?

Desvío la vista.

—No está mal, supongo.

Me humedezco los labios con la lengua mientras Amanda rebusca en su bolso. Es la oportunidad que esperaba. He topado con alguien a quien le puedo sonsacar información sobre Nina.

—En fin —digo—, ¿por qué cree la gente que Nina está loca?

Alza los ojos y, por un momento, temo que vaya a ofenderse por mi fisgoneo descarado, pero ella solo sonríe.

—Sabes que estuvo encerrada en una loquería, ¿no? Es la comidilla de todos.

Me estremezco un poco al oír lo de «loquería». Seguro que utiliza expresiones igual de pintorescas para designar el sitio donde pasé la última década de mi vida. Pero tengo que averiguarlo. Se me acelera el pulso hasta acompasarse con el repiqueteo de piececitos procedente de la sala contigua.

—Algo había oído al respecto...

Amanda chasquea la lengua.

—Cecelia era muy pequeña por aquel entonces. Pobrecilla. Si la poli hubiera llegado un segundo más tarde...

—¿Qué?

Mira en torno a sí y baja la voz.

—Sabes lo que hizo Nina, ¿no?

Por toda respuesta, niego con la cabeza.

—Fue terrible... —Amanda inspira con brusquedad—. Intentó ahogar a Cecelia en la bañera.

Me llevo la mano a la boca.

—¿Que ella... qué?

Amanda asiente con aire solemne.

—Nina la drogó, la tiró en la bañera con el grifo abierto y se tomó unas cuantas pastillas también.

Abro los labios, pero no me salen las palabras. Me esperaba más bien algo como, yo qué sé, que había discutido con otra madre de la clase de ballet sobre cuál era el mejor color para los tutús, y le había dado un ataque porque no se habían puesto de acuerdo; o que su manicuro favorito había decidido jubilarse y Nina no había sido capaz de soportarlo. Esto es totalmente distinto. La mujer trató de asesinar a su propia hija. No se me ocurre nada más espantoso que eso.

—Al parecer, Andrew Winchester estaba en su oficina, en la ciudad —prosigue—, pero se preocupó porque no conseguía comunicarse con ella. Menos mal que llamó a la policía.

El dolor de cabeza ha empeorado, a pesar del ibuprofeno. De verdad que tengo ganas de vomitar. Nina intentó matar a su hija y luego suicidarse. Dios santo, no me extraña que tome antipsicóticos.

Me parece incomprensible. Pueden decirse muchas cosas sobre Nina, pero salta a la vista que quiere mucho a Cecelia. Eso es imposible de fingir. Y, a pesar de todo, confío en Amanda; he oído rumores en boca de demasiadas personas. Cuesta creer que todo el mundo esté equivocado.

Es cierto que Nina se propuso quitarle la vida a su hija.

Por otro lado, desconozco el contexto. He oído hablar de la depresión posparto y de que te llena la cabeza de pensamientos oscuros. A lo mejor no se enteraba de lo que hacía. Nadie dice que haya planeado matar a la niña. De ser así, habría acabado con sus huesos en la cárcel. Para siempre.

Aun así, aunque no las tenía todas conmigo respecto al estado mental de Nina, no la consideraba capaz de ejercer una violencia real. Por lo visto, su capacidad va mucho más allá de lo que yo imaginaba.

Por primera vez desde que Enzo me rechazó, me viene a la memoria su expresión de pánico mientras se alejaba a paso veloz hacia la puerta principal. «Vete lejos, Millie. Es… peligroso». Teme que me pase algo. Teme a Nina Winchester. Ojalá hablara mejor mi idioma. Tengo la sensación de que, si lo hablara, tal vez a estas alturas ya me habría mudado a otra parte.

Pero, siendo realistas, ¿qué puedo hacer? Los Winchester me pagan bien, pero no lo suficiente para que me busque la vida por mi cuenta sin antes cobrar unos cuantos meses de sueldo. Si renuncio, no darán referencias decentes de mí. Tendré que volver a revisar a diario las ofertas de empleo y enfrentarme a un rechazo tras otro cada vez que salga a la luz mi pasado carcelario.

Más vale que aguante un poco más en esta situación y me esfuerce al máximo por no cabrear a Nina Winchester. Quizá mi futuro dependa de ello.

21

Cuando llega la hora de la cena, la caja de cartón sigue sobre la mesa del comedor, donde la dejó Enzo. Intento moverla para poder poner la mesa, pero pesa mucho, aunque parecía más liviana por lo poco que le costaba a él cargar con ella. Tengo miedo de que se me caiga si intento cambiarla de sitio. Seguramente contiene un jarrón Ming de valor incalculable o alguna otra cosa igual de frágil y cara.

Vuelvo a examinar el remite. Evelyn Winchester… Me pregunto quién será. Está escrito a mano con letra grande y sinuosa. Cuando alargo el brazo con vacilación para darle un empujoncito, algo cascabelea en su interior.

—¿Un regalo de Navidad adelantado?

Levanto la vista del paquete; Andrew está en casa. Debe de haber entrado por la puerta del garaje. Me dedica una sonrisa torcida, con la corbata aflojada en torno al cuello. Me alegra verlo más animado que ayer. Creía de verdad que iba a perder los papeles después de aquella visita al especialista. Y luego se produjo la terrible discusión de anoche, que me llevó a estar medio convencida de que Nina lo había asesinado. Ahora que sé por qué la ingresaron en un psiquiátrico, no me parece una posibilidad tan descabellada, claro.

—Estamos en junio —le recuerdo.

Chasquea la lengua.

—Nunca es demasiado pronto para celebrar la Navidad. —Rodea la mesa para examinar la etiqueta con los datos del remitente. Está a solo unos palmos de mí, y percibo el aroma de su loción para después del afeitado. Huele… bien. Debe de ser cara.

«Basta, Millie. Deja de olisquear a tu jefe».

—Es de mi madre —observa.

Le sonrío.

—¿Tu madre aún te envía paquetes de comida?

Suelta una carcajada.

—La verdad es que hubo un tiempo en que me los enviaba, sobre todo en la época en que Nina estaba… enferma.

Enferma. Bonito eufemismo para referirse a lo que hizo Nina. No me cabe en la cabeza.

—Será algo para Cece —aventura—. A mi madre le encanta mimarla. Siempre dice que, como Cece solo tiene una abuela, malcriarla es su obligación.

—¿Y los padres de Nina?

Se queda callado unos instantes, con las manos sobre la caja.

—Los padres de Nina murieron cuando ella era muy joven. No llegué a conocerlos.

Nina intentó suicidarse. Intentó matar a su propia hija. Y ahora resulta que también dejó a un par de padres muertos por el camino. Solo espero que la criada no sea la siguiente.

No. Tengo que dejar de pensar así. Lo más probable es que los progenitores de Nina fallecieran a causa del cáncer o una enfermedad cardiaca. Fuere cual fuese el problema de Nina, es evidente que se estimó que estaba preparada para reintegrarse en la sociedad. Debería concederle el beneficio de la duda.

—En fin. —Andrew endereza la espalda—. Voy a abrir esto.

Se dirige a toda prisa a la cocina y regresa un minuto después con un cúter. Raja el precinto de la parte superior y levanta las solapas. A estas alturas, me pica bastante la curiosidad. Llevo todo el día contemplando esta caja, preguntándome qué habrá dentro. No me cabe duda de que, sea lo que sea, valdrá un riñón. Arqueo las cejas mientras Andrew echa una ojeada al interior y se queda lívido.

—¿Andrew? —Frunzo el entrecejo—. ¿Te encuentras bien?

Sin responder, baja el cuerpo despacio hasta sentarse en una de las sillas, apretándose las sienes con los dedos. Me apresuro a consolarlo, pero no puedo evitar pararme a mirar qué hay dentro de la caja.

Y entonces entiendo por qué se ha alterado tanto.

Está llena de artículos para bebés: mantitas blancas, sonajeros, muñecas. También hay una pila de diminutos bodis blancos.

Nina se ha estado yendo de la lengua y le ha estado contando a todo aquel dispuesto a escucharla que pronto van a encargar un bebé. Sin duda se lo mencionó también a la madre de Andrew, que decidió enviarles cosas que iban a necesitar. Por desgracia, fue una decisión precipitada.

Andrew tiene la mirada vidriosa.

—¿Te encuentras bien? —le pregunto de nuevo.

Parpadea como si se hubiera olvidado de mi presencia. Consigue esbozar una sonrisa llorosa.

—Estoy bien, de verdad. Es solo que… Me ha afectado ver eso.

Me siento en otra silla, a su lado.

—¿No se habrá equivocado ese médico?

Sin embargo, una parte de mí se pregunta por qué querría siquiera tener un hijo con Nina, sobre todo después de lo que intentó hacerle a Cecelia. ¿Cómo puede confiar en que cuidará de un bebé después de una cosa así?

Se restriega la cara.

—No pasa nada. Nina es mayor que yo y además tuvo ciertos… problemas cuando nos casamos y yo no me sentía muy cómodo con la idea de ser padre. Así que esperamos, y ahora…

Lo miro, sorprendida.

—¿Nina es mayor que tú?

—Un poco. —Se encoge de hombros—. Cuando estás enamorado, no le das importancia a la edad. Y yo la quería. —No se me escapa el detalle de que ha hablado en tiempo pasado de sus sentimientos hacia su esposa. Él también se percata de ello, pues de repente se pone colorado—. Quiero decir que la quiero. Quiero a Nina. Y, pase lo que pase, nos tenemos el uno al otro.

Aunque pronuncia estas palabras con convicción, cuando mira de nuevo la caja una expresión de profunda tristeza le ensombrece el semblante. Diga lo que diga, no le ha hecho ninguna ilusión enterarse de que Nina y él no podrán tener un hijo juntos. Se nota que le pesa.

—Voy… a llevar la caja al sótano —murmura—. A lo mejor alguien del vecindario está esperando un bebé y se lo podemos regalar. O si no… Lo donamos a la beneficencia y ya está. Seguro que habrá alguien que lo aproveche.

Me invade el impulso irrefrenable de estrecharlo entre mis brazos. A pesar de su éxito en los negocios, me da pena. Es muy buen tío y merece ser feliz. Y empiezo a preguntarme si Nina —con todos sus problemas y sus cambios de humor extremos— es capaz de hacerlo feliz, o si siguen juntos porque él siente la obligación moral de estar con ella.

—Si algún día te apetece hablar del asunto —digo por lo bajo—, aquí me tienes.

Me mira a los ojos.

—Gracias, Millie.

Poso la mano sobre la suya en un gesto de apoyo. Él vuelve la palma hacia arriba y me da un apretón. Al notar este contacto, una sensación me recorre como una descarga eléctrica. Es algo que nunca había experimentado antes. Cuando alzo la vista hacia los ojos castaños de Andrew, me doy cuenta de que él siente lo mismo. Nos quedamos mirándonos unos instantes, unidos por un vínculo invisible e indescriptible. De pronto, se sonroja.

—Será mejor que me vaya. —Aparta la mano de la mía—. Debería… O sea, tengo que…

—Ya…

Se levanta de un salto y sale del comedor con paso veloz. Justo antes de desaparecer escaleras arriba, me dirige una última y larga mirada.

22

Me paso toda la semana siguiente rehuyendo a Andrew Winchester.

No puedo seguir negando que siento algo por él. No solo siento algo por él; estoy coladita por sus huesos. Pienso en él a todas horas. Incluso sueño que me besa.

Y tal vez él también sienta algo por mí, aunque asegura que quiere a Nina. Pero lo esencial es que no deseo perder este trabajo. Acostarte con tu jefe casado no es la mejor manera de conservar tu empleo, así que hago lo posible por guardarme estos sentimientos para mí. En cualquier caso, Andrew está en la oficina casi todo el día. No me cuesta mucho evitar encontrarme con él.

Esta noche, mientras pongo la mesa para la cena, lista para esfumarme antes de que llegue Andrew, Nina entra en el comedor. Asiente en señal de aprobación al ver el salmón con arroz salvaje, además, por supuesto, de los nuggets de pollo para Cecelia.

—Qué bien huele eso, Millie —comenta.

—Gracias. —Me quedo cerca de la puerta de la cocina, preparada para retirarme a mi habitación, de acuerdo con nuestra rutina habitual—. ¿Se te ofrece algo más?

—Solo una cosa. —Se da unas palmaditas en la rubia cabellera—. ¿Has conseguido las entradas para *Showdown*?

—¡Sí! —Pillé los dos últimos asientos de platea que quedaban para la función de *Showdown* del próximo domingo por la noche; estoy muy orgullosa de mí misma. Me costaron una pequeña fortuna, pero los Winchester pueden permitírselo—. Estaréis en la sexta fila desde el escenario. Prácticamente podréis tocar a los actores.

—¡Estupendo! —Nina aplaude—. ¿Y has reservado la habitación de hotel?

—En el Plaza.

Como el trayecto en coche a la ciudad es bastante largo, Nina y Andrew pasarán la noche en el hotel Plaza. Cecelia se quedará en casa de una amiguita, y yo tendré el casoplón para mí sola. Podré andar por ahí en pelotas, si me da la gana (no es algo que entre en mis planes, pero me gusta pensar que podría hacerlo).

—Será maravilloso —suspira Nina—. A Andrew y a mí nos hace mucha falta algo así.

Me muerdo la lengua para no hacer comentarios sobre el estado de la relación entre los dos, más que nada porque en ese momento se oye un portazo, lo que indica que Andrew ya está en casa. Baste señalar que, desde la visita al médico aquel y su pelea posterior, se les ve algo distantes. No es que me fije mucho, pero sería difícil no reparar en la cortesía tensa que reina entre ellos. La propia Nina parece algo descentrada. Ahora mismo, por ejemplo, lleva mal abotonada la blusa blanca. Se ha dejado un botón sin abrochar, de modo que un lado ha quedado más bajo que el otro. Tengo unas ganas terribles de decírselo, pero sé que si lo hago me gritará, así que mantengo la boca cerrada.

—Espero que lo paséis genial —digo.

—¡Seguro que sí! —Me dedica una sonrisa radiante—. ¡No sé cómo voy a aguantar la espera durante una semana!

Arrugo el entrecejo.

—¿Una semana? La función es dentro de tres días.

Andrew entra en el comedor con paso decidido, tirándose de la corbata para quitársela. Se para en seco al reparar en mi presencia, pero reprime su reacción. Yo reprimo la que me provoca ver lo guapo que está con ese traje.

—¿Tres días? —repite Nina—. ¡Millie, te pedí que compraras las entradas para el domingo de la próxima semana! Lo recuerdo muy bien.

—Sí… —Sacudo la cabeza—. Pero me lo dijiste hace más de una semana. Por eso las compré para este domingo.

A Nina se le ponen rosadas las mejillas.

—¿O sea que reconoces que te pedí que las compraras para el domingo de la próxima semana y aun así las has comprado para este domingo?

—No, lo que digo es que…

—Parece mentira que seas tan descuidada. —Cruza los brazos sobre el pecho—. No puedo asistir a la función este domingo. Ese día tengo que llevar a Cecelia al campamento de verano y pasaré la noche allí.

¿¡Qué!? Juraría que me dijo que consiguiera las entradas para este domingo y que Cecelia se quedaría en casa de una amiga. Es imposible que me haya liado con esto.

—¿Y no podría llevarla otra persona? A ver, las entradas no son reembolsables.

Nina se escandaliza.

—¡No pienso dejar que otra persona lleve a mi hija al campamento de verano, cuando voy a estar dos semanas sin verla!

¿Por qué? No sería peor que intentar matarla. Pero eso no puedo decirlo en voz alta.

—Me alucina que la hayas cagado tanto, Millie. —Niega lentamente con la cabeza—. Te descontaré de tu sueldo el precio de las entradas y de la habitación de hotel.

Me quedo boquiabierta. Mi sueldo no da para pagar las entradas y la habitación en el Plaza. Joder, ni siquiera mi sueldo de tres meses daría para pagar eso. Intento ahorrar para poder largarme de aquí. Contengo las lágrimas al pensar que no cobraré nada en un futuro próximo.

—Nina —interviene Andrew—, no te disgustes por esto. Oye, seguro que habrá alguna manera de devolver las entradas. Llamaré a la compañía de la tarjeta de crédito y me ocuparé de todo.

Nina me lanza una mirada furiosa.

—Está bien. Pero si no nos reembolsan el dinero, lo pagarás de tu bolsillo. ¿Queda claro?

Por toda respuesta, hago un gesto afirmativo y me encamino a toda prisa a la cocina para que no me vea llorar.

23

El domingo por la tarde, recibo dos buenas noticias:

En primer lugar, Andrew ha conseguido recuperar el dinero de las entradas, así que no tendré que trabajar gratis.

En segundo lugar, Cecelia pasará dos semanas enteras fuera.

No estoy segura de cuál de estas dos revelaciones me hace más feliz. Me alegra no tener que desembolsar una pasta por las entradas, pero me alegra aún más librarme de Cecelia durante unos días. En su caso es innegable que, de tal palo, tal astilla.

La chiquilla ha preparado un equipaje como para un año. Lo juro por Dios, es como si hubiera metido todas sus pertenencias en esas bolsas y hubiera llenado el espacio sobrante con piedras. Esa es la sensación que me da cuando las acarreo hasta el Lexus de Nina.

—Por favor, ten cuidado con eso, Millie. —La jefa me observa con ansiedad mientras yo, con un esfuerzo sobrehumano, levanto las bolsas para meterlas en el maletero—. No vayas a romper algo.

¿Qué objetos frágiles pretende llevar Cecelia al campamento? ¿No se supone que solo necesitan ropa, libros y repelente de insectos? Pero por nada del mundo pienso interrogarla al respecto.

—Perdón.

Cuando entro de nuevo en la casa para sacar las últimas bolsas de Cecelia, me encuentro a Andrew trotando escaleras abajo.

—Oye, deja eso. Ya lo llevo yo —se ofrece—. Parece muy pesado.

—No hace falta —aseguro, solo porque Nina está viniendo del garaje.

—Sí, ella se encarga, Andy. —Nina menea el dedo—. Ten cuidado, que no estás bien de la espalda.

Él le lanza una mirada.

—A mi espalda no le pasa nada. Además, quiero despedirme de Cece.

Nina pone mala cara.

—¿Seguro que no quieres acompañarnos?

—Ya me gustaría —dice él—, pero no puedo faltar al trabajo un día entero. Tengo varias reuniones mañana por la tarde.

Ella da un resoplido.

—¡Siempre antepones el trabajo!

Andrew tuerce el gesto. No me extraña que le haya ofendido esta acusación; hasta donde he visto, es del todo infundada. A pesar de ser un empresario de éxito, Andrew cena en casa todos los días. Es verdad que va a la oficina algún que otro fin de semana, pero este mes ha asistido a dos actuaciones de danza, un recital de piano, una ceremonia de graduación del cuarto curso y una exhibición de kárate, y una tarde se pasaron varias horas en una especie de exposición de arte en el colegio.

—Lo siento —dice de todos modos.

Ella vuelve la cabeza, resoplando de nuevo. Andrew alarga la mano para tocarle el brazo, pero ella lo aparta con brusquedad y se va con paso rápido a la cocina en busca de su bolso.

Así que, en vez de ello, Andrew levanta a pulso la última pieza de equipaje y sale al garaje para echarla en el maletero y decirle adiós a Cecelia, que aguarda sentada en el Lexus color nieve de Nina, ataviada con un vestido blanco que no pinta nada en un campamento de verano. Pero me guardo mi opinión, por supuesto.

Dos semanas sin ese monstruito, nada menos. Me entran ganas de dar saltos de alegría. En lugar de ello, curvo los labios hacia abajo.

—Será triste no tener a Cecelia por aquí este mes —comento cuando Nina sale de nuevo de la cocina.

—¿En serio? —dice con sequedad—. Creía que no la soportabas.

Me quedo boquiabierta. O sea, sí, tiene razón respecto a que Cecelia y yo no congeniamos. Pero no me imaginaba que Nina me había calado. Si sabe esto, ¿habrá caído en la cuenta de que tampoco soy una gran admiradora suya?

Alisándose la blusa blanca, echa a andar de nuevo hacia el garaje. En cuanto sale de la habitación, noto que toda la tensión acumulada en mi interior se disipa. Siempre estoy nerviosa en presencia de Nina. Es como si analizara con lupa todo lo que hago.

Andrew vuelve del garaje, limpiándose las manos en los vaqueros. Me encanta que los fines de semana se vista con camiseta y tejanos. Me encanta cómo se le alborota el cabello cuando realiza actividades físicas. Me encanta el modo en que me sonríe y me guiña el ojo.

Me pregunto si la marcha de Nina le produce los mismos sentimientos que a mí.

—Bueno —dice—. Ahora que Nina se ha ido, tengo algo que confesarte.

—Ah, ¿sí?

¿Una confesión? «Estoy perdidamente enamorado de ti. Dejaré a Nina para que nos fuguemos juntos a Aruba».

Hum, no, no parece muy probable.

—No he conseguido que me devolvieran el dinero de esas entradas. —Agacha la cabeza—. No quería que Nina te echara la bronca por ello. Y menos aún que intentara cobrarte, por Dios santo. Estoy seguro de que fue ella quien te dijo mal la fecha.

Hago un gesto lento de asentimiento.

—Sí, fue ella, pero… En fin, gracias. Te lo agradezco de verdad.

—Creo que… deberías quedarte con las entradas. Ve a la ciudad esta noche y lleva a algún amigo a ver el espectáculo. Podéis pasar la noche en la habitación del hotel Plaza.

Casi me quedo sin aliento.

—Eso es muy, pero que muy generoso por tu parte.

Tuerce hacia arriba la comisura derecha de sus labios.

—Bueno, ya que tenemos las entradas, sería una pena desperdiciarlas. Disfrútalas.

—Ya… —Jugueteo con los bajos de mi camiseta, cavilando. No quiero ni imaginar qué diría Nina si se enterara. Y reconozco que el mero hecho de pensar en ello me provoca ansiedad—. Te agradezco el gesto, pero creo que me quedaré aquí.

—¿Estás de broma? ¡Se supone que es el mejor musical de la década! ¿No te gusta ir a ver espectáculos de Broadway?

No sabe nada de mi vida ni de mis circunstancias durante la última década.

—Nunca he ido a ver un espectáculo de Broadway.

—¡Entonces tienes que ir! ¡Insisto!

—Ya, pero… —Respiro hondo—. La verdad es que no tengo a nadie con quien ir. Y no me apetece ir sola. Así que, como te he dicho antes, me quedaré aquí.

Andrew fija la vista en mí un momento, rascándose la sombra de barba en el mentón.

—Yo iré contigo —dice al fin.

Arqueo las cejas.

—¿Seguro que es buena idea?

Vacila unos instantes.

—Sé que Nina tiene un problema de celos, pero eso no es razón para desaprovechar esas entradas tan caras. Y es un crimen que nunca hayas ido a ver un musical de Broadway. Será divertido.

Claro que será divertido. Eso es justo lo que me preocupa, joder.

Me imagino cómo se desarrollará la tarde: el viaje a Manhattan en el BMW de Andrew, la contemplación de uno de los espectáculos más aclamados de Broadway desde la platea y tal vez una cena en un restaurante cercano, regada con una copa de prosecco. Una conversación con Andrew sin temor a que Nina se presente y nos fulmine con la mirada.

Me encanta la idea.

—Vale —digo—. Me apunto.

A Andrew se le ilumina el rostro.

—Genial. Voy a cambiarme. Nos vemos aquí abajo dentro de una hora, ¿de acuerdo?

—Hecho.

Mientras subo las escaleras hacia el desván, noto una sensación inquietante y opresiva en la boca del estómago. Aunque estoy ilusionada por el plan para esta noche, me da mala espina. Tengo el presentimiento de que, si voy a ver el espectáculo, sucederá algo terrible. Ya estoy loquita por Andrew, algo del todo inapropiado. Me parece que pasar toda la noche con él, los dos solos, es tentar a la suerte.

Qué tontería. Solo vamos a ir a Manhattan para disfrutar de un musical. Somos dos adultos con un control absoluto sobre sus actos. Todo saldrá bien.

24

Una cosa es segura: no puedo asistir a un espectáculo de Broadway en vaqueros y camiseta. Aunque lo he investigado en internet y no hay un código de vestimenta oficial, no me sentiría cómoda así. Además, Andrew ha dicho que iba a cambiarse, así que más vale que me ponga algo bonito.

El problema es que no tengo nada bonito que ponerme.

Bueno, en sentido estricto, sí. Está esa bolsa de ropa que me regaló Nina. Aunque he colgado las prendas para que no se estropeen, aún no me he puesto ninguna. Casi todas son vestidos elegantes, y no se me han presentado muchas oportunidades para emperifollarme mientras limpio la casa de los Winchester. No me apetece gran cosa enfundarme un vestido de gala para pasar la aspiradora.

Pero esta noche es una buena ocasión para arreglarme, tal vez la única que me surgirá en mucho tiempo.

El principal problema es que todos los vestidos son de un blanco nuclear. Obviamente, el blanco es el color favorito de Nina, pero no el mío. De hecho, creo que ni siquiera tengo un color favorito (me gustan todos menos el naranja). Pero nunca me ha gustado llevar prendas blancas, porque se ensucian a la mínima. Debo ser especialmente cuidadosa esta noche. Por otro lado, no iré toda de blanco, pues no tengo zapatos de ese color. Solo unos zapatos de tacón negros, y eso es lo que me voy a poner.

Reviso los vestidos, buscando el más apropiado para esta noche. Todos son preciosos, y, por si fuera poco, de lo más sexis. Escojo un vestido de fiesta entallado con escote halter de encaje que me llega justo por encima de las rodillas. Creía que, como Nina está bastante más rellenita que yo, me quedaría demasiado holgado, pero debió de comprarlo hace muchos años, pues me sienta como un guante, como si lo hubiera comprado expresamente para mí.

Intento no pasarme con el maquillaje. Me doy un toque de pintalabios, añado un poco de delineador de ojos y listo. Pase lo que pase esta noche, voy a portarme bien. Lo último que quiero es meterme en líos.

Y no me cabe la menor duda de que, si Nina llegara a olerse que hay algo entre su marido y yo, se marcaría como misión en la vida destruirme.

Cuando bajo las escaleras, Andrew ya está en el salón. Lleva una americana gris y una corbata a juego, y se ha tomado un tiempo para ducharse y afeitarse esa barba incipiente que le sombreaba el mentón. Está… Madre mía, está arrebatador. Irresistiblemente apuesto, tanto que me entran ganas de agarrarlo de las solapas. Pero lo más asombroso es cómo se le desorbitan los ojos y se le escapa un jadeo cuando me ve.

Nos quedamos unos momentos contemplándonos el uno al otro.

—Caray, Millie. —La mano le tiembla un poco mientras se ajusta el nudo de la corbata—. Estás…

No termina la frase, que seguramente era elogiosa, porque me está mirando como no se debe mirar a una mujer que no es tu esposa.

Abro la boca con la idea de preguntarle si estamos cometiendo un error, si deberíamos olvidarnos del plan, pero no consigo forzarme a decirlo.

Cuando logra arrancar la vista de mí, Andrew consulta su reloj.

—Más vale que nos vayamos. Aparcar cerca de Broadway puede ser una pesadilla.

—Sí, desde luego. Vamos.

Ya no hay vuelta atrás.

Cuando me acomodo en el fantástico asiento de piel del BMW de Andrew, casi me siento como una estrella. Este coche no se parece en nada a mi Nissan. No es sino en el momento en que Andrew se sienta al volante que caigo en la cuenta de que tengo la falda a medio muslo. Al ponerme el vestido me llegaba casi a las rodillas, pero, al sentarme, se me ha subido por algún motivo. Tiro de él hacia abajo, pero, en cuanto lo suelto, se me vuelve a remangar.

Por suerte, Andrew no aparta los ojos de la carretera cuando salimos por la verja que rodea la finca. Es un esposo atento y fiel. Que pareciera a punto de desmayarse cuando me ha visto con el vestido no significa que no sea capaz de controlarse.

—Estoy muy ilusionada —comento mientras él conduce hacia la autopista de Long Island—. Me parece alucinante que vaya a ver *Showdown*.

Él asiente.

—Dicen que es algo increíble.

—Hasta he escuchado algunas de las canciones en el móvil mientras me vestía —reconozco.

Se ríe.

—Dices que estaremos en la fila seis, ¿verdad?

—Así es. —No solo asistiremos al espectáculo de Broadway que causa más furor, sino que estaremos tan cerca de los actores que casi podremos tocarlos. Como vocalicen demasiado, acabaremos bañados en su saliva. Lo que, curiosamente, me hace ilusión—. Pero, oye...

Alza las cejas.

—Me sabe mal que no vayas con Nina. —Doy tironcitos al dobladillo de la falda, que parece empeñado en dejar al descubierto mi ropa interior—. Era ella quien quería estas entradas.

Le resta importancia con un gesto.

—No te preocupes por eso. Durante el tiempo que llevamos casados, Nina ha visto tantos espectáculos de Broadway que ya he perdido la cuenta. Será algo especial para ti. Lo disfrutarás mucho. Estoy seguro de que ella querría que lo disfrutaras.

—Hummm. —Yo no estoy tan segura.

—Créeme, no pasa nada.

Se detiene frente a un semáforo en rojo. Mientras tamborilea con los dedos en el volante, noto que desvía los ojos del parabrisas. Al cabo de un momento, me percato de qué está mirando.

Me está mirando las piernas.

Alzo la vista, y él cae en la cuenta de que lo he pillado. Con las mejillas coloradas, aparta la mirada.

Cruzo las piernas y me revuelvo en el asiento. Estoy convencida de que a Nina no le haría ninguna gracia enterarse de lo que está pasando, pero es imposible que llegue a saberlo. Además, no estamos haciendo nada malo. Andrew me ha mirado las piernas, ¿y qué? Mirar no es delito.

25

Es una preciosa tarde de junio. Me he traído un chal, pero hace tanto calor fuera que acabo dejándolo en el coche de Andrew, así que solo llevo el vestido blanco y mi bolso, que no combinan, mientras esperamos en cola para entrar en el teatro.

Cuando lo veo por dentro, se me corta el aliento. No recuerdo haber visto cosa parecida en la vida. La platea por sí sola contiene filas y filas de butacas, pero, cuando alzo los ojos, veo que hay dos pisos más de asientos que llegan hasta el techo. Y, al frente, hay un telón rojo iluminado desde abajo por una incitante luz amarilla.

Cuando por fin consigo arrancar la mirada de todo ese esplendor, advierto que Andrew me observa con expresión risueña.

—¿Qué pasa?

—Me enternece —dice— la cara que se te ha quedado. Yo estoy acostumbrado a esto, pero me encanta verlo a través de tus ojos.

—Es que es tan grande… —me justifico, cohibida.

Un acomodador se acerca para entregarnos el programa de mano y guiarnos hasta nuestras butacas. Y entonces viene lo más alucinante: echa a andar hacia delante y sigue avanzando y avanzando sin detenerse. Cuando por fin llegamos a nuestros asientos, me impresiona ver lo cerca que estamos del escenario. Si quisiera, podría agarrar a los actores por los tobillos. Prefiero no hacerlo porque eso supondría una violación de la libertad condicional, pero poder, podría.

Cuando me acomodo al lado de Andrew en uno de los mejores asientos del musical más sonado de la ciudad en este teatro tan flipante, no me siento como una chica que acaba de salir de la cárcel sin un centavo y tiene un empleo que detesta. Me siento especial. Tal vez como si mereciera estar aquí.

Echo un vistazo al perfil de Andrew. Todo esto es gracias a él. Habría podido tomarse lo ocurrido como un capullo y cobrarme el precio de los billetes o asistir a la función de esta noche con un amigo suyo. Y habría estado en todo su derecho. Pero, en vez de ello, me ha invitado a mí. Es algo que no olvidaré nunca.

—Gracias —balbuceo.

Vuelve la cabeza hacia mí y curva los labios. Está tan guapo cuando sonríe…

—No hay de qué.

Entre la música que suena y el barullo de los espectadores que buscan sus asientos, a duras penas oigo el zumbido que procede de mi bolso. Es mi teléfono. Cuando lo saco, descubro que Nina me ha mandado un mensaje:

No te olvides de sacar la basura.

Me rechinan los dientes. No hay nada que chafe más mis fantasías de ser algo más que una empleada que un mensaje de mi jefa indicándome que lleve las bolsas de residuos a rastras hasta el bordillo. Nina me lo recuerda todos los días, semana tras semana, pese a que no se me ha pasado una sola vez. Pero lo peor es que, al leer su mensaje, caigo en la cuenta de que hoy sí se me ha olvidado sacar la basura. Por lo general lo hago después de la cena, y el cambio de rutina me ha despistado por completo.

Pero no pasa nada. Basta con que me acuerde de sacarla esta noche, cuando regresemos. Después de que el BMW de Andrew se convierta de nuevo en una calabaza.

—¿Todo bien?

Con las cejas juntas, Andrew me observa mientras leo el mensaje. Mis sentimientos de cariño hacia él se desvanecen ligeramente. Andrew no es un tío con el que estoy saliendo y que me agasaja con un musical de Broadway. Es mi jefe. Está casado. Me ha traído solo porque le doy pena por ser tan inculta.

No debo dejar de tenerlo presente.

El espectáculo es una auténtica pasada.

Me tiene al borde de mi asiento de la sexta fila, boquiabierta. No me extraña que sea una de las obras más populares de Broadway. Las melodías de los números musicales son de lo más pegadizas, las coreografías están muy trabajadas y el actor que interpreta al protagonista es adorable.

Aun así, no puedo evitar pensar que no es tan apuesto como Andrew.

Después de tres rondas de aplausos con el público de pie, la función termina al fin, y la multitud empieza a desfilar poco a poco hacia las salidas. Andrew se levanta de su asiento sin prisas y se estira para desentumecer la espalda.

—Bueno, ¿qué tal si cenamos algo?

Me guardo el programa de mano en el bolso. Es un poco arriesgado conservarlo, pero estoy desesperada por aferrarme al recuerdo de esta experiencia tan mágica.

—Por mí, bien. ¿Tienes pensado algún sitio?

—Hay un restaurante francés estupendo a un par de manzanas de aquí. ¿Te gusta la cocina francesa?

—Nunca la he probado —confieso—. Aunque me gusta la tortilla.

Se ríe.

—Creo que te encantará. Invito yo, por supuesto. ¿Qué opinas?

Opino que a Nina no le gustaría descubrir que su marido me ha llevado a ver un musical de Broadway y luego a cenar a un restaurante francés de postín. Pero qué puñetas. Ya estamos aquí,

141

y ella no se cabrearía más por lo de la cena que si solo hubiéramos ido al teatro. Así que de perdidos al río.

—Suena bien.

En los viejos tiempos, cuando aún no trabajaba para los Winchester, ni en broma habría podido ir a un restaurante francés como este al que me lleva Andrew. La carta está expuesta en la puerta y únicamente miro por encima algunos precios, pero solo por pagar cualquiera de los aperitivos me quedaría sin blanca durante semanas. Aun así, en compañía de Andrew y con el vestido blanco de Nina, no desentono aquí. O por lo menos nadie me va a pedir que me marche.

Cuando entramos en el restaurante, estoy segura de que todos creen que estamos juntos. He visto nuestro reflejo en el cristal de la puerta, y estamos deslumbrantes. Para ser sincera, formamos mejor pareja que Nina y él. Nadie se fija en que él lleva alianza y yo no. Tal vez sí que se fijan en cómo me posa la mano en la parte baja de la espalda para guiarme hasta nuestra mesa y luego me acerca la silla.

—Qué caballeroso —comento.

Suelta una risita.

—Agradéceselo a mi madre. Me educó así.

—Pues te educó muy bien.

Me dedica una sonrisa radiante.

—Se pondría muy contenta si te oyera.

Por supuesto, esto me lleva a pensar en Cecelia, esa mocosa malcriada que parece disfrutar mangoneándome. Por otro lado, no lo ha tenido tan fácil. Después de todo, su madre intentó asesinarla.

Cuando el camarero se acerca para preguntarnos qué queremos beber, Andrew pide una copa de vino tinto, así que yo lo imito. Ni siquiera echo un vistazo a los precios. Solo serviría para ponerme mala, y el hombre ha dejado claro que pagará él.

—No tengo idea de qué pedir. —Ninguno de los nombres de los platos me resulta familiar; toda la carta está en francés—. ¿Tú entiendes lo que dice aquí?

—*Oui* —responde Andrew.

Arqueo las cejas.

—¿Sabes francés?

—*Oui, mademoiselle.* —Me guiña un ojo—. De hecho, lo hablo con fluidez. Cursé el penúltimo año de carrera en Francia.

—Guau. —Yo no solo no estudié francés en la universidad, sino que no cursé ninguna carrera. No me gradué en el instituto, pero conseguí el título al presentarme a un examen oficial de conocimientos generales.

—¿Quieres que te traduzca la carta?

Se me encienden las mejillas.

—No hace falta. Elige tú los platos que crees que me gustarán.

Mi respuesta parece gustarle.

—Vale, eso haré.

El camarero nos trae una botella de vino y dos copas. Lo observo mientras saca el corcho y las llena casi hasta el tope. Andrew le indica con un gesto que deje la botella. Cojo mi copa y bebo un sorbo largo.

Madre mía, qué bueno que está. Mucho mejor que lo que compro por cinco pavos en la licorería del barrio.

—¿Y qué me dices de ti? —pregunta—. ¿Hablas algún otro idioma?

Niego con la cabeza.

—A duras penas hablo el mío.

Mi broma no lo hace sonreír.

—No te menosprecies, Millie. Llevas meses trabajando para nosotros, y admiro tu ética laboral y tu inteligencia. Ni siquiera sé por qué quieres seguir en este empleo, aunque contar contigo es un lujo para nosotros. ¿No tienes otras aspiraciones profesionales?

Jugueteo con la servilleta, rehuyéndole la mirada. No sabe nada de mí. Si me conociera mejor, lo entendería.

—Prefiero no hablar de eso.

Titubea un momento antes de asentir en señal de que respeta mi voluntad.

—Bueno, sea como sea, me alegro de que hayas venido esta noche.

Cuando alzo la vista, sus ojos castaños me contemplan por encima de la mesa.

—Yo también.

Hace ademán de añadir algo, pero entonces le suena el teléfono. Se lo saca del bolsillo y mira la pantalla mientras yo tomo otro sorbo de vino. Está tan rico que lo despacharía de un trago. Pero eso no quedaría muy bien.

—Es Nina. —A lo mejor son imaginaciones mías, pero me parece entrever una mueca de disgusto—. Más vale que lo coja.

Aunque no distingo las palabras de Nina, alcanzo a oír su voz temblorosa desde el otro lado de la mesa. Suena alterada. Andrew, que sujeta el móvil como a un centímetro de su oreja, crispa el rostro con cada frase.

—Nina —dice—. Oye, es... Sí, no voy a... Nina, por favor, cálmate. —Frunce los labios—. No puedo hablar de esto contigo ahora mismo. Te veo mañana en casa cuando regreses, ¿vale?

Tras pulsar un botón en su teléfono para finalizar la llamada, lo golpea sobre la mesa y lo deja a un lado. Por último, levanta su copa de vino y se echa al cuerpo como la mitad de su contenido.

—¿Todo bien? —le pregunto.

—Sí. —Se aprieta las sienes con los dedos—. Es solo que... quiero a Nina, pero a veces no consigo entender cómo ha acabado mi matrimonio en esta situación en que el noventa por ciento de nuestras interacciones son gritos de ella hacia mí.

No sé qué responder a esto.

—Lo..., lo siento. Si te sirve de consuelo, el noventa por ciento de mis interacciones con ella son así también.

Tuerce los labios.

—Bueno, ya tenemos algo en común.

—¿Antes... era diferente?

—Totalmente diferente. —Agarra su copa y apura lo que queda del vino—. Cuando nos conocimos, era una madre soltera con dos empleos. Me despertó una gran admiración. Había tenido una vida difícil, y lo que me atraía de ella era su fuerza. Pero ahora… no hace nada más que quejarse. No muestra el menor interés en trabajar. Malcría a Cecelia. Y lo peor es que…

—¿Qué?

Coge la botella y se llena la copa de nuevo. Desliza el dedo por el borde.

—Nada. Olvídalo. No debería… —Pasea la vista por el interior del restaurante—. ¿Dónde se ha metido nuestro camarero?

Me muero por saber qué estaba a punto de confesarme. Pero entonces aparece el camarero, ansioso por ganarse una propina que se promete generosa, y me da la impresión de que el momento ha pasado.

Andrew pide por los dos, tal como habíamos quedado. Ni siquiera le pregunto qué platos van a traernos, pues quiero que sea una sorpresa y no me cabe duda de que estarán de muerte. Por otro lado, me impresiona su acento en francés. Siempre he deseado aprender idiomas, pero probablemente es demasiado tarde para mí.

—Espero que te guste lo que he pedido —dice, casi con timidez.

—Seguro que sí. —Le sonrío—. Tienes muy buen gusto. No hay más que ver tu casa. ¿O lo eligió todo Nina?

Bebe otro sorbo de la copa que se acaba de servir.

—No, la casa es mía y casi todo el diseño estaba terminado antes de que nos casáramos. Incluso antes de que nos conociéramos, de hecho.

—¿En serio? La mayoría de los hombres que trabajan en la ciudad prefieren tener un pisito de soltero antes de sentar cabeza.

Se le escapa un resoplido.

—Qué va, a mí nunca me interesó eso. Quería casarme. De hecho, justo antes de conocer a Nina estuve prometido con otra persona…

¿Justo antes de conocer a Nina? ¿Eso qué significa? ¿Me está diciendo que rompió su compromiso por ella?

—En fin —dice—. El caso es que yo quería sentar la cabeza, comprar una casa, tener varios hijos…

Al declarar esto último, curva los labios hacia abajo. Aunque no ha tocado el tema, estoy convencida de que aún le duele haberse enterado de que Nina no puede volver a quedarse embarazada.

—Me sabe mal lo de… —Hago girar el vino en la copa—. Ya sabes, lo de la infertilidad. Debe de ser muy duro para los dos.

—Sí… —Levanta la vista de su copa y suelta—: No hemos tenido relaciones desde esa visita al especialista.

Por poco vuelco mi copa. En ese momento, el camarero vuelve con los aperitivos. Son pequeñas rodajas de pan untadas con una pasta rosa. Pero apenas puedo concentrarme en ellas tras la confesión de Andrew.

—*Canapés à la mousse de saumon* —explica cuando el camarero se aleja—. Es decir, espuma de salmón ahumado sobre rebanadas de baguette.

Simplemente me quedo mirándolo.

—Perdona —suspira—. No debería haber dicho eso. Ha sido de pésimo gusto.

—Hum…

—Tal vez deberíamos… —Señala con un gesto las pequeñas rodajas de pan que hay sobre la mesa—. Disfrutemos de la cena. Por favor, olvídate de que he dicho eso. Nina y yo… estamos bien. Todas las parejas pasan por periodos de sequía.

—Claro.

Pero intentar olvidar lo que ha dicho sobre Nina sería un ejercicio inútil.

146

26

El resto de la cena resulta de lo más agradable. No volvemos a tocar el tema de Nina, y la conversación fluye con naturalidad, sobre todo a partir de la segunda botella de vino. No recuerdo la última vez que tuve una salida nocturna tan placentera. Me pongo triste cuando se acerca al final.

—Muchas gracias por todo —le digo mientras paga la cuenta. Ni siquiera me atrevo a echarle una ojeada. El vino por sí solo debía de costar una fortuna.

—No, gracias a ti. —Está casi radiante—. Lo he pasado genial. No me había divertido tanto desde… —Se aclara la garganta—. En fin, que ha sido muy divertido. Justo lo que necesitaba.

Cuando se pone de pie después de firmar el recibo, se tambalea ligeramente. Ha bebido mucho vino esta noche. Esto ya supondría un problema en circunstancias ideales, pero acabo de recordar que encima tiene que conducir de regreso a Long Island. Por la autopista.

Andrew parece leerme el pensamiento. Se agarra a la mesa para estabilizarse.

—No debería conducir —reconoce.

—No —respondo—. Seguramente no.

Se frota la cara.

—Aún tenemos la habitación reservada en el Plaza. ¿Qué opinas?

Bueno, no hace falta ser un genio para saber que sería un error monumental. Los dos estamos borrachos, su esposa está fuera, y al parecer lleva bastante tiempo sin echar un polvo. Yo llevo mucho, mucho más. Debería responderle que no. La cosa no puede acabar bien.

—Creo que no es muy buena idea —balbuceo.

Andrew se lleva la mano al pecho.

—Seré todo un caballero. Te lo juro. Es una suite. Habrá dos camas.

—Lo sé, pero…

—¿No te fías de mí?

No me fío de mí misma. Ese es el mayor problema.

—Pues ahora mismo no estoy en condiciones de conducir de vuelta a la isla. —Baja la vista hacia su Rolex—. Te propongo una cosa. Pediré dos habitaciones separadas en el Plaza.

—¡Madre mía, eso te saldrá por un ojo de la cara!

Agita la mano como restándole importancia.

—Qué va, conseguiré un descuento porque a veces alojo a mis clientes ahí. No te preocupes.

Salta a la vista que Andrew está demasiado bebido para conducir, y seguramente yo también, incluso aunque no me aterrara la idea de llevar su cochazo. Supongo que podríamos tomar un taxi a la isla, pero no ha sugerido la idea.

—De acuerdo, siempre y cuando estemos en habitaciones separadas.

Para un taxi a fin de que nos lleve al hotel Plaza. Cuando subimos al asiento trasero del coche amarillo, el vestido blanco se me vuelve a remangar hasta los muslos. ¿Qué problema hay con este estúpido vestido? Me estoy esforzando por portarme bien, pero el dichoso vestido no me deja. Agarro el dobladillo para tirar de él hacia abajo, pero advierto que Andrew se está recreando la vista de nuevo. Esta vez, cuando lo pillo, despliega una gran sonrisa.

—¿Qué pasa? —dice. Caray, debe de ir como una cuba.

—¡Me estás mirando las piernas!

—¿Y qué? —La sonrisa se ensancha—. Tienes unas piernas estupendas. Y no hay nada de malo en mirar.

Le pego un manotazo en el brazo y se lleva la mano al hombro, fingiendo que le he hecho daño.

—Dormiremos en habitaciones separadas, no lo olvides.

Pero sus ojos castaños se encuentran los míos desde lados opuestos del asiento trasero del taxi. Por unos instantes, me falta la respiración. Andrew quiere serle fiel a Nina. Estoy segura de ello. Sin embargo, ella está en otro estado, él está borracho y los dos tienen problemas, tal vez desde hace mucho. Por lo que yo veo, ella lo ha tratado fatal durante todo el tiempo que llevo trabajando para ellos. Él se merece algo mucho mejor.

—¿Y tú qué miras? —dice él en voz baja.

Trago saliva para deshacer el nudo que se me ha formado en la garganta.

—Nada.

—Esta noche estás preciosa, Millie —jadea—. No sé si ya te lo he dicho, pero tienes que saberlo.

—Andrew...

—Es que... —La nuez le sube y le baja por la garganta—. Últimamente he estado tan...

Antes de que pueda terminar, el taxi da un bandazo a la izquierda. Como no llevo el cinturón de seguridad, me veo arrojada hacia él. Me sujeta a tiempo para que no me pegue un cabezazo contra el cristal. Su cuerpo se aprieta contra el mío y noto su aliento en el cuello.

—Millie —susurra.

Entonces me besa.

Y, que Dios me perdone, pero me dejo llevar.

27

Huelga decir que no pillamos habitaciones separadas en el Plaza.

O sea que sí, me he acostado con mi jefe, que está casado.

Desde el momento en que me besó en el taxi, ya no hubo vuelta atrás. Llegados a ese punto, prácticamente nos arrancábamos la ropa el uno al otro. Nos costó un gran esfuerzo mantener las manos quietas mientras Andrew gestionaba nuestro registro en el hotel. Nos dimos el lote en el ascensor como un par de adolescentes.

Y, cuando llegamos a la habitación, no hubo ocasión de intentar comportarnos o tomarnos las cosas con calma por el bien de su matrimonio. No sé cuánto llevaba Andrew sin echar un polvo, pero en mi caso era tanto tiempo que temía que él se encontrara con telarañas. Ni loca iba a desaprovechar esa oportunidad. Incluso llevaba unos condones en el bolso de cuando creía que podía ocurrir algo con Enzo.

Y estuvo bien. No, mejor que bien. Fue una puñetera maravilla. Justo lo que necesitaba.

El sol acaba de asomar por el gigantesco ventanal con vistas a la ciudad. Estoy tumbada en la decadente cama *queen size* del hotel Plaza, con Andrew dormido a mi lado, exhalando con suavidad entre los labios con cada respiración. Me recorre un delicioso escalofrío al recordar lo que hicimos anoche. Una parte de mí se muere de ganas de despertarlo para preguntarle si le apetece volver a la carga, pero mi parte más realista sabe que es algo que no se repetirá, que no puede repetirse.

A ver, Andrew está casado. Yo soy su criada. Él estaba borracho. No fue más que un rollo de una noche.

Pero por un instante contemplo su atractivo perfil mientras duerme y me doy el capricho de fantasear un poco. A lo mejor se despierta y decide que está harto de Nina y sus gilipolleces, que me ama y quiere vivir conmigo en su preciosa casa rodeada por una verja. Entonces yo podré darle ese hijo que tanto ansía y que Nina jamás podrá darle. Recuerdo que, según esas odiosas mujeres de la reunión de la AMPA, Andrew y Nina habían firmado un acuerdo prematrimonial a prueba de balas. Si él la dejara, no perdería mucho dinero, aunque no me cabe duda de que sería generoso con ella.

Qué chorrada. Eso nunca ocurrirá. Si él supiera la verdad sobre mí, se apresuraría a poner tierra por medio. Pero no pierdo nada con soñar despierta.

Soltando un gruñido, Andrew se frota los ojos con la base de la mano. Vuelve la cabeza a un lado y entreabre los párpados. Me tomo como una buena señal que no ponga cara de horror al verme acostada a su lado.

—Hola —dice con voz ronca.

—Hola.

Se restriega los ojos de nuevo.

—¿Qué tal? ¿Estás bien?

Salvo por la ansiedad que me oprime el pecho, estoy genial.

—Muy bien. ¿Y tú?

Intenta incorporarse en la cama, pero no lo consigue. Deja caer la cabeza sobre la almohada.

—Creo que tengo resaca. Virgen santa, ¿cuánto bebimos?

Él bebió mucho más que yo, pero peso poco, así que se me subió tanto como a él.

—Dos botellas de vino.

—Entonces… —Arruga la frente—. Entre tú y yo, ¿todo bien?

—Todo bien. —Logro esbozar una sonrisa—. Sin problemas. Te lo aseguro.

Cuando intenta incorporarse por segunda vez, su rostro se contrae en una mueca por el dolor de cabeza. Sin embargo, esta vez lo consigue.

—Lo siento mucho. No debería haber…

Doy un respingo al oír su disculpa.

—No te preocupes. —Se me entrecorta la voz, así que me aclaro la garganta—. Voy a ducharme. Seguramente deberíamos irnos ya a casa.

—Sí… —Exhala un suspiro—. No le dirás nada a Nina, ¿verdad? O sea, los dos estábamos muy borrachos y…

Era de esperar. Es lo único que le importa.

—No le diré nada.

—Gracias. Muchísimas gracias.

Estoy desnuda bajo las sábanas, pero no quiero que me vea así. Me envuelvo en una de ellas antes de levantarme y encaminarme hacia el baño con paso tambaleante. Noto los ojos de Andrew clavados en mí, pero no me vuelvo hacia él. Me da demasiada vergüenza.

—Millie…

—¿Qué? —pregunto, aún sin mirarlo.

—No me arrepiento de nada —asegura—. Anoche lo pasé muy bien contigo y no lamento nada de lo sucedido. Y espero que tú tampoco.

Me atrevo a dirigir la vista hacia él. Sigue en la cama, tapado hasta la cintura, con el musculoso pecho al descubierto.

—No, no me arrepiento en absoluto.

—Pero… —Suspira de nuevo—. No puede volver a ocurrir. Lo sabes, ¿verdad?

Muevo la cabeza afirmativamente.

—Sí, lo entiendo.

Con expresión atribulada, se pasa la mano por el oscuro cabello para atusárselo.

—Desearía que las cosas fueran distintas.

—Lo sé.

—Ojalá te hubiera conocido cuando...

No le hace falta terminar la frase. Sé qué está pensando. Ojalá nos hubiéramos conocido cuando él estaba soltero. Si hubiera entrado en el bar en el que trabajaba como camarera, nuestras miradas se habrían encontrado, y, cuando él me hubiera pedido mi número, yo se lo habría dado. Pero la situación es distinta. Él está casado. Es padre. No puede volver a pasar nada entre nosotros.

—Lo sé —digo de nuevo.

Mantiene la vista fija en mí y, por un momento, pienso que va a preguntarme si puede ducharse conmigo. Al fin y al cabo, ya hemos profanado esta habitación de hotel. No pasaría nada por repetirlo una vez. Pero se comporta. Me vuelve la espalda, se arrebuja en las mantas y yo me dispongo a darme una ducha fría.

28

Casi no hablamos durante el trayecto de regreso a Long Island. Andrew enciende la radio y escuchamos el parloteo banal del pinchadiscos. De pronto me acuerdo de que ha mencionado que tiene una reunión más tarde en la ciudad, así que habrá de dar media vuelta en cuanto lleguemos a casa. Pero no está realizando este viaje solo por mí. Va vestido con la misma ropa que ayer, y estoy segura de que quiere presentarse en la reunión con un traje limpio.

—Ya falta poco —murmura cuando salimos de la autopista de Long Island. Lleva unas gafas de sol que hacen que su expresión resulte inescrutable.

—Genial.

La falda se me está subiendo otra vez. Este maldito vestido es la causa de todos nuestros problemas. Tiro de él hacia abajo, y, a pesar de las gafas, no puedo evitar notar que Andrew está fijándose de nuevo. Cuando lo miro alzando las cejas, él sonríe, avergonzado.

—Solo quería aprovechar una última vez.

Mientras avanzamos por una calle de un barrio residencial, gira con brusquedad para esquivar un camión de la basura. En ese momento, caigo en la cuenta de algo terrible.

—Andrew —siseo—. ¡No saqué la basura anoche!

—Ah...

No parece muy consciente de la gravedad de la situación.

—Nina me mandó un mensaje expresamente para pedirme que sacara la basura anoche. No lo hice porque no estaba en casa. Nunca se me había olvidado. Como se entere...

Se quita las gafas oscuras, revelando unos ojos enrojecidos.

—Mierda. ¿Aún estás a tiempo de hacerlo?

Observa el camión de la basura, que circula en dirección contraria a la de su casa.

—Lo dudo. Me temo que es demasiado tarde. Pasan muy temprano.

—Pero podrías decirle que se te olvidó y ya está, ¿no?

—¿Crees que Nina se lo tragaría?

—Mierda —dice de nuevo. Tabalea sobre el volante con los dedos—. Vale, yo me encargo de esto. No te preocupes.

La única manera de encargarse de esto sería que llevara él mismo la basura al vertedero. Ni siquiera sé por dónde cae, pero el maletero de mi Nissan es diminuto, por lo que tendría que hacer varios viajes, esté donde esté. Así que espero que Andrew hable en serio cuando dice que él se encargará.

Al llegar frente a la casa, Andrew pulsa un botón de su coche para que las puertas de la verja se abran de forma automática. Enzo, que está trabajando en nuestro jardín, yergue la cabeza en cuanto ve que el BMW enfila el camino de entrada. No es habitual que Andrew vuelva a estas horas —tendría más sentido que estuviera marchándose—, por lo que su sorpresa está garantizada.

Yo habría debido agacharme, pero es demasiado tarde. Enzo interrumpe su labor de jardinería, y sus ojos negros se encuentran con los míos. Entonces mueve la cabeza de un lado a otro, como el primer día.

Joder.

Andrew también repara en él, pero se limita a alzar la mano para saludar como si no tuviera nada de extraño que llegue a las nueve y media de la mañana con una mujer que no es su esposa. Para el coche justo antes de entrar en el garaje.

—Déjame ver si Enzo puede ocuparse de la basura —dice.

Siento el impulso de rogarle que no se lo pida, pero, antes de que logre abrir la boca, él se apea y deja la puerta entornada. Enzo retrocede un paso como si quisiera evitar esa conversación.

—*Ciao*, Enzo. —Andrew le dedica una sonrisa de oreja a oreja. Dios, cómo está cuando sonríe. Cierro los ojos unos instantes y me estremezco al recordar cómo sus manos me recorrían todo el cuerpo anoche—. Necesito tu ayuda.

Por toda respuesta, el paisajista se queda mirándolo.

—Tenemos un problema con la basura. —Andrew señala con un gesto las cuatro bolsas repletas colocadas a un lado de la casa—. Anoche se nos olvidó sacarlas para que las recogieran los del camión. ¿Crees que podrías llevarlas al vertedero en tu camioneta? Te pagaré cincuenta pavos.

Enzo dirige la vista a las bolsas de basura y la posa de nuevo en Andrew. No dice nada.

—Basura… —repite Andrew—. Para… tirar. En vertedero. *Capisci?*

Enzo niega con la cabeza.

Con los dientes apretados, Andrew se saca la cartera del bolsillo de atrás.

—Si nos haces el favor de quitarnos de encima la basura, te daré… —Hurga en su cartera—. Cien dólares. —Despliega los billetes frente a las narices de Enzo—. Tira la basura. Tienes una camioneta. Llévala al vertedero.

—No —dice Enzo al fin—. Yo ocupado.

—Ya, pero es nuestro jardín, y… —Con un suspiro, abre de nuevo su cartera—. Doscientos dólares. Por una ida al vertedero. Échame una mano. Por favor.

Al principio, estoy convencida de que Enzo se negará otra vez, pero alarga el brazo y coge el dinero que le ofrece Andrew. Acto seguido, se acerca al costado de la casa y recoge las bolsas de basura. Consigue cargar con todas a la vez, mientras se le marcan los bíceps bajo la camiseta blanca.

—Eso es —dice Andrew—. Al vertedero.

Enzo clava la vista en él un momento antes de pasar de largo con las bolsas. Sin mediar palabra, las echa en la parte de atrás de su camioneta y arranca. Supongo que ha captado el mensaje.

Andrew regresa al coche dando grandes zancadas y se sienta al volante.

—Bueno, problema resuelto. Pero, madre mía, menudo gilipollas.

—Me parece que no te entendía.

—Sí, claro. —Pone los ojos en blanco—. Entiende más de lo que aparenta. Estaba haciéndose el sueco para que le soltara más pasta.

Estoy de acuerdo en que Enzo no parecía dispuesto a llevarse la basura, pero no creo que fuera porque quería más dinero.

—No me gusta ese tío —gruñe Andrew—. Trabaja en todas las casas del barrio, pero se pasa la tercera parte del tiempo en nuestro jardín. Siempre está ahí. La mitad de las veces ni siquiera sé qué coño está haciendo.

—Bueno, vuestra casa es la más grande de la manzana —señalo—. Y vuestro jardín también.

—Ya, pero... —Andrew sigue con la mirada la camioneta de Enzo, que se aleja por la calle hasta desaparecer—. No sé. Le he pedido a Nina que le dé la patada y contrate a otro, pero ella dice que todo el mundo utiliza sus servicios y que, por lo visto, es «el mejor».

Huelga decir que, desde que me rechazó de forma no precisamente sutil, Enzo no es mi persona favorita, pero eso no es lo que me inquieta de él. No consigo quitarme de la cabeza el momento en que me susurró «peligro» en italiano el primer día que estuve aquí, ni su aparente temor a desobedecer a Nina, pese a que es lo bastante fuerte para aplastarla con una mano. ¿Tiene Andrew alguna idea del grado de recelo que su esposa suscita en Enzo?

Bueno, pues no seré yo quien se lo diga.

29

Hacia las dos de la tarde, Nina vuelve a casa de su viaje al campamento para llevar a Cecelia. Entra en el salón con cuatro bolsas grandes, pues ha hecho una parada improvisada en el camino de regreso para comprar de forma compulsiva, y las deja caer sin miramientos en el suelo.

—He descubierto una tiendecita monísima —me informa—. ¡No he podido resistirme!

—Genial —digo con un entusiasmo fingido.

Nina tiene las mejillas encendidas, manchas de sudor en las axilas y la rubia cabellera encrespada. Aún no se ha teñido las raíces, y se le ha apelmazado el rímel del ojo derecho. Para ser sincera, al repasarla con la mirada, no logro entender qué ve Andrew en ella.

—¿Puedes subir esas bolsas, Millie? —Se desploma en el sofá de piel y extrae su teléfono—. Muchas gracias.

Levanto una de las bolsas y, hostia, cómo pesa. ¿En qué clase de tienda ha estado? ¿En una de mancuernas? Voy a tener que hacer dos viajes. A diferencia de Enzo, no tengo brazos como jamones.

—Es bastante pesada —comento.

—¿En serio? —Se ríe—. A mí no me lo ha parecido. A lo mejor deberías empezar a ir al gimnasio, Millie. Te estás volviendo una flojucha.

Me arden las mejillas. ¿Yo me estoy volviendo una flojucha? Nina no parece tener un gramo de músculo en el cuerpo. Que yo sepa, nunca hace ejercicio. Nunca la he visto con zapatillas de deporte.

—Ah, por cierto, Millie —me grita mientras subo las escaleras a paso lento y trabajoso cargada con dos de las bolsas.

—¿Sí? —respondo con las mandíbulas apretadas.

Nina se gira en el sofá para mirarme.

—Llamé a casa anoche. ¿Cómo es que nadie me contestó?

Me quedo paralizada. Los brazos me tiemblan por el peso de las bolsas.

—¿Qué?

—Anoche marqué el número de casa —repite, esta vez de forma más pausada—. Hacia las once. Atender el teléfono es una de tus obligaciones. Pero ni tú ni Andrew lo cogisteis.

—Eh… —Dejo las bolsas en un escalón y me froto la barbilla, fingiendo que pienso—. A lo mejor ya estaba dormida y el sonido del teléfono se oye demasiado bajo en mi habitación como para despertarme. Tal vez Andrew salió…

Arquea una ceja.

—¿Andrew salió a las once un domingo por la noche? ¿Con quién?

Me encojo de hombros.

—Ni idea. ¿Probaste a llamarlo al móvil?

Sé que no lo hizo. Yo estaba con Andrew a las once. Estábamos juntos en la cama.

—No —responde, pero no da más explicaciones.

Me aclaro la garganta.

—Bueno, como te he dicho, yo estaba en mi cuarto a esa hora. No tengo idea de qué estaba haciendo él.

—Hummm. —Se le ensombrecen los ojos azul celeste mientras me mira con fijeza desde el salón—. Tal vez tengas razón. Ya se lo preguntaré.

Asiento con la cabeza, aliviada por el fin del interrogatorio. No sabe lo que pasó. No sabe que fuimos a la ciudad, vimos el espectáculo al que ella debía asistir con él y luego pasamos la noche juntos en el hotel Plaza. Solo Dios sabe lo que me haría si se enterara.

Pero el caso es que no lo sabe.

Recojo las bolsas y subo con dificultad los escalones que me faltan. Tras dejarlas en el dormitorio principal, me froto los brazos, que se me han entumecido por el camino. La vista se me va hacia el baño, que he limpiado esta mañana…, aunque, desde la partida de Nina, estaba extrañamente limpio. Entro en él con sigilo. Es casi tan espacioso como mi habitación del desván y cuenta con una bañera de porcelana grande. Es tan alta que el borde me llega a las rodillas.

La contemplo con el ceño fruncido, imaginando lo que sucedió hace tantos años. La pequeña Cecelia está dentro, mientras la bañera se llena poco a poco de agua. De pronto, Nina la agarra, la sumerge por la fuerza y observa como boquea, pugnando por respirar…

Cierro los ojos y me aparto de la bañera. No quiero pensar en eso, pero no puedo olvidar lo frágil que es Nina desde el punto de vista emocional. No debe enterarse jamás de lo que ocurrió anoche entre Andrew y yo. Eso la destrozaría. Y luego ella me destrozaría a mí.

Así que me llevo la mano al bolsillo para sacar mi teléfono. Escribo un mensaje y lo envío al móvil de Andrew.

Solo para avisarte: Nina llamó a casa anoche.

Él sabrá qué hacer, como siempre.

30

La casa está más tranquila en ausencia de Cecelia.

Aunque sale bastante poco de su habitación, desprende una energía particular que lo invade todo. Ahora que no está, es como si el silencio se hubiera apoderado de la residencia Winchester. Y, para mi sorpresa, Nina parece más alegre. Gracias a Dios, no ha vuelto a mencionar su intento de llamar la noche que no estábamos.

Andrew y yo hemos estado evitándonos a conciencia, lo que no resulta fácil considerando que vivimos en la misma casa. Cuando nos cruzamos, los dos desviamos la mirada. Es bastante duro saber que no tengo posibilidades de establecer una relación de verdad con el primer tío que me gusta desde hace una década.

Estoy preparando la cena a toda prisa para dejarla lista sobre la mesa antes de que regrese Andrew. Sin embargo, cuando estoy llevando los vasos de agua al comedor, me topo con él. Literalmente. Se me cae uno de los vasos, que se hace añicos contra el suelo.

—¡Mierda! —grito.

Me atrevo a alzar la vista hacia Andrew. Lleva un traje azul marino y una corbata oscura, y una vez más resulta arrebatadoramente atractivo. Ha estado trabajando todo el día, y su barba incipiente le confiere un aspecto aún más sexy. Nuestras miradas se encuentran por una fracción de segundo y, muy a mi pesar, me sacude un ramalazo de atracción. Él abre mucho los ojos, y noto que siente lo mismo.

—Te ayudaré a recoger esto —dice.

—No hace falta.

Pero él insiste. Barro los trozos de vidrio grandes mientras él sujeta el recogedor, antes de ir a la cocina a tirarlos. Nina nunca me echaría una mano, pero Andrew no es como ella. Cuando coge la escoba de entre mis manos, nuestros dedos se rozan. Mis ojos vuelven a encontrarse con los suyos, y esta vez no podemos fingir que no saltan chispas. La imposibilidad de estar con este hombre me produce dolor físico.

—Millie —musita con un susurro ronco.

Tengo la garganta muy seca. Está a solo unos palmos de mí. Si me inclinara hacia delante, me besaría. Lo sé.

—¡Ay, madre! ¿Qué ha pasado?

Al oír la voz de Nina, Andrew y yo nos separamos de un salto como si el otro estuviera en llamas. Agarro la escoba con tanta fuerza que los nudillos se me ponen blancos.

—He roto un vaso —contesto—. Solo estaba, ya sabes…, recogiendo los pedazos.

Nina baja la vista al suelo, donde los pequeños cristales brillan bajo las luces del techo.

—Ay, Millie —me reconviene—. Por favor, ten más cuidado la próxima vez.

Hace meses que trabajo aquí, y es la primera vez que se me cae o rompo algo. Bueno, salvo por aquella noche en que nos pilló a Andrew y a mí viendo *Family Feud* a las tantas de la noche. Pero eso no lo sabe.

—Sí, perdona. Voy a por la aspiradora.

Andrew me sigue con la mirada cuando regreso al armario del material de limpieza (que es ligeramente más grande que mi habitación del desván), guardo la escoba y saco la aspiradora. Tiene una expresión contrariada. Le queman en la lengua las palabras que quería decirme hace un minuto, pero no puede estando Nina delante.

O tal vez sí.

—Tenemos que hablar más tarde —me murmura al oído, antes de seguir a Nina al salón para esperar a que yo recoja el estropicio—. ¿De acuerdo?

Hago un gesto afirmativo. No sé de qué quiere hablarme, pero lo interpreto como una buena señal. Habíamos acordado no volver a tocar el tema de lo que ocurrió aquella noche en el Plaza, así que, si quiere retomarlo…

Pero no debería hacerme muchas ilusiones.

Unos diez minutos después, no queda un solo cristal en el suelo y me dirijo al salón para avisarles de que pueden regresar al comedor. Me los encuentro sentados en el sofá, pero en extremos opuestos. Están mirando sus móviles, sin intentar siquiera hablar el uno con el otro. He notado que también se comportan así durante la cena desde hace un tiempo.

Me siguen de vuelta al comedor y Nina se sienta frente a Andrew. Le echa un vistazo a la fuente de chuletas de cerdo con compota de manzana y bimi. Me sonríe, y en ese momento reparo en que hay algo raro en el carmín rojo intenso que lleva. Lo tiene corrido en el lado derecho de los labios, lo que casi la hace parecer un payaso demoniaco.

—Esto tiene una pinta deliciosa, Millie.

—Gracias.

—Huele de maravilla, ¿a que sí, Andy? —añade.

—Mmmm. —Coge su tenedor—. Muy bien.

—Apuesto a que no comías cosas como estas en la cárcel, ¿verdad, Millie?

Bum.

Una sonrisa cordial se le dibuja en los demoniacos labios. Andrew, sentado delante de ella, me mira boquiabierto. Salta a la vista que es la primera noticia que tiene de esto.

—Hum… —digo.

—¿Qué te daban de comer allí? —insiste—. Es algo que siempre me ha picado la curiosidad. ¿Cómo es el rancho de las cárceles?

No sé qué responder. No puedo negarlo. Está enterada de mi pasado.

—No está mal.

—Pues espero que no vayas a inspirarte en alguno de esos platos. —Se ríe—. Cíñete a lo que has estado cocinando aquí. Se te da bien.

—Gracias —balbuceo.

Andrew se ha puesto lívido. Obviamente, no tenía idea de que yo había estado en prisión. Ni siquiera se me pasó por la cabeza contárselo. Por alguna razón, cuando estoy con él, esa etapa de mi vida se me antoja algo perteneciente a un pasado remoto, a otra vida. Pero la mayoría de la gente no lo ve así. Para la mayoría de la gente no soy más que una expresidiaria.

Y Nina quiere asegurarse de ponerme en mi sitio.

Ahora mismo, estoy ansiosa por alejarme de la expresión de asombro de Andrew. Giro sobre los talones para dirigirme a mi habitación. Cuando estoy a punto de llegar al pie de la escalera, Nina me llama.

—¿Millie?

Me detengo, con la espalda rígida. Hago acopio de toda mi fuerza de voluntad para no contestarle con brusquedad cuando me vuelvo hacia ella. Regreso al comedor con paso lento y una sonrisa forzada.

—¿Sí, Nina?

Frunce el ceño.

—Te has olvidado de poner en la mesa el salero y el pimentero. Y, por desgracia, estas chuletas están un poco sosas. Deberías ser más generosa a la hora de sazonar.

—Ya. Lo siento.

Entro en la cocina en busca de los recipientes de la sal y la pimienta. Están a solo unos dos metros de donde se encuentra sentada Nina, en la habitación contigua. Los llevo al comedor y, pese a mis esfuerzos por contenerme, los dejo sobre la mesa con un golpe. Cuando miro a Nina, advierto que le tiemblan las comisuras de la boca.

—Muchas gracias, Millie —dice—. Por favor, no vuelvas a olvidarte.

Ojalá pise un vidrio roto.

Ni siquiera me atrevo a mirar a Andrew. Solo Dios sabe qué pensará de mí. Parece mentira que creyera que podía tener algún tipo de futuro con él. En el fondo no lo creía, pero, por un momento… Bueno, cosas más raras se han visto. Pero más vale que me olvide de eso. Ha puesto cara de horror cuando ella ha mencionado mi paso por la cárcel. Ojalá pudiera explicárselo…

Esta vez consigo llegar a las escaleras sin que Nina me llame de nuevo para pedirme, qué sé yo, que le pase la mantequilla que está en la otra punta de la mesa o algo por el estilo. Subo trabajosamente los escalones hasta el primer piso antes de enfilar la escalera más angosta que conduce hasta mi habitación. Cierro la puerta de golpe y, no por primera vez, desearía poder echar la llave.

Me dejo caer en la cama, intentando evitar que se me llenen los ojos de lágrimas. Me pregunto desde cuándo conoce Nina mi historial. ¿Lo ha descubierto hace poco, o resulta que sí que investigó mis antecedentes cuando me contrató? A lo mejor le atrajo la idea de tener a una expresidiaria a su servicio, para mangonearla a su antojo. Cualquier otra persona se habría largado hace meses.

Estoy sentada en la cama, compadeciéndome de mí misma, cuando algo en la mesilla de noche capta mi atención.

Es el programa de mano de *Showdown*.

Lo cojo, desconcertada. ¿Por qué está en mi mesilla? Me lo metí en el bolso después del espectáculo, y desde entonces lo tengo ahí guardado, como recuerdo de aquella noche mágica. Mi bolso está en el suelo, apoyado contra la cómoda. ¿Cómo ha llegado el programa de mano hasta la mesilla de noche? Yo desde luego no lo saqué. Estoy segura de eso.

Ha tenido que dejarlo ahí otra persona. Había cerrado la habitación por fuera, pero no soy la única que tiene una llave.

Se me encoge el estómago. Por fin entiendo por qué Nina ha soltado el comentario de que estuve en la cárcel. Sabe que asistí a la función con Andrew. Sabe que estuvimos en Manhattan los dos solos. No tengo claro si sabe que pasamos la noche en el Plaza, pero sí que sabe que no estábamos en casa a las once. Y no me cabe duda de que, si es lo bastante astuta, se las habrá ingeniado para averiguar si nos registramos o no en el hotel.

Nina lo sabe todo.

Acabo de ganarme un enemigo peligroso.

31

Como parte de mi régimen de torturas diarias, Nina se ha propuesto complicarme al máximo la tarea de la compra.

Me ha escrito una lista de artículos que necesitamos del súper, pero todos son superespecíficos. No quiere leche, sino leche ecológica de Queensland Farm. Y, si no encuentro el producto exacto que quiere, tengo que comunicárselo en un mensaje de texto y mandarle fotos de las posibles alternativas. Para colmo, se lo toma con mucha calma, así que tengo que quedarme en medio del puto pasillo de los lácteos, aguardando su respuesta.

En este momento, estoy en el pasillo del pan. Le escribo a Nina:

No queda pan de masa madre de Nantucket. Aquí tienes algunas alternativas.

Le envío fotografías de todos los panes de masa madre que tienen en existencia. Me preparo para esperar a que se digne mirarlas. Al cabo de varios minutos, recibo su contestación:

¿No hay brioches?

Ahora tendré que enviarle imágenes de todos los tipos de

brioche disponibles. Juro que me voy a pegar un tiro antes de salir del súper. Me está atormentando aposta. Por otro lado, es verdad que me acosté con su marido.

Mientras hago fotos de los panes, advierto que un tipo fornido y canoso me observa desde el otro extremo del pasillo. Ni siquiera se esfuerza por disimular. Le lanzo una mirada de pocos amigos y, gracias a Dios, se retira. Ya solo me faltaba tener que lidiar con un acosador.

Mientras Nina examina las fotografías del pan con todo detenimiento, dejo vagar la mente. Como de costumbre, vaga hacia Andrew Winchester. Después de que Nina revelara que yo había estado presa, Andrew no ha vuelto a buscarme para «hablar», como había prometido. Sin duda está demasiado acojonado. No lo culpo.

Andrew me gusta. No, no solo me gusta: estoy enamorada de él. Pienso en él a todas horas, y me duele que, viviendo bajo el mismo techo, no pueda dejarme llevar por mis sentimientos hacia él. Por otro lado, merece algo mejor que Nina. Sería feliz conmigo. Incluso podría darle el hijo que tanto desea. Además, seamos sinceros: cualquiera sería mejor que ella.

Sin embargo, aunque sabe que hemos conectado, nunca estaremos juntos. Sabe de mi paso por la cárcel. No quiere a una expresidiaria como pareja, así que seguirá llevando una vida desdichada al lado de esa bruja, seguramente hasta el fin de sus días.

Mi móvil vibra de nuevo.

¿Hay baguettes?

Me lleva diez minutos más, pero consigo encontrar una barra de pan que se ajusta a las exigencias de Nina. Mientras empujo el carrito del súper en dirección a la caja, reparo de nuevo en el tipo fornido. No cabe duda de que me está mirando. Y, lo que resulta aún más inquietante, no lleva carro. Me pregunto qué está haciendo exactamente.

Pago lo más deprisa posible. Vuelvo a meter la compra en el carrito, distribuida en bolsas de papel, para llevarla hasta mi

Nissan, en el aparcamiento. Cuando estoy a punto de llegar a la salida, una mano se posa en mi hombro. Al erguir la cabeza, advierto que tengo al hombre delante.

—¡Con permiso! —Intento soltarme, pero me aferra el brazo con fuerza. Cierro el puño derecho. Hay algunas personas mirando, así que por lo menos contaré con testigos—. Pero ¿tú de qué vas?

Señala una pequeña tarjeta identificativa que le cuelga del cuello de la camisa de vestir azul y en la que no me había fijado antes.

—Soy vigilante de seguridad del supermercado. Acompáñeme, por favor, señorita.

Creo que voy a vomitar. Me he pasado casi hora y media en este lugar para comprar un puñado de artículos, ¿y ahora encima me detienen? Pero ¿por qué?

—¿He hecho algo malo? —Trago saliva.

Se ha formado un corro de curiosos en torno a nosotros. Reconozco a un par de mujeres del día que fui a recoger a Cecelia de clase y que sin duda estarán encantadas de chivarse a Nina de que han visto como un segurata del súper apresaba a su empleada.

—Por favor, acompáñeme —repite el tipo.

Me voy con él, pero me llevo el carro porque no me atrevo a dejarlo donde está. Contiene comestibles por valor de más de doscientos dólares, y estoy segura de que Nina me obligaría a pagársrelos si se perdieran o alguien los robara. Sigo al hombre hasta un pequeño despacho con un escritorio de madera cubierto de rayaduras y dos sillas de plástico colocadas delante. Me indica con un gesto que me siente, así que me acomodo en una de las sillas, que emite un chirrido amenazador bajo mi peso.

—Tiene que tratarse de un error… —Me fijo en la tarjeta identificativa del tipo. Se llama Paul Dorsey—. ¿Qué significa esto, señor Dorsey?

Me mira con expresión ceñuda y los carrillos colgando.

—Una clienta me ha informado de que estaba usted robando artículos del supermercado.

Suelto un grito ahogado.

—¡Yo nunca haría eso!

—Tal vez no. —Engancha el pulgar bajo el cinturón—. Pero tengo que comprobarlo. ¿Me enseña el tique de compra, por favor, señorita…?

—Calloway. —Rebusco en mi bolso hasta que encuentro la tira de papel arrugada—. Aquí tiene.

—Debo advertirle que en caso de robo siempre presentamos denuncia.

Permanezco sentada en la silla de plástico con las mejillas encendidas mientras el vigilante de seguridad revisa mi compra de forma meticulosa, cotejándola con lo que llevo en el carrito. Se me revuelve el estómago al pensar en la aterradora posibilidad de que la cajera no haya marcado bien algún artículo y el hombre crea que lo he robado. Y entonces ¿qué? Siempre presentan denuncia. Eso significa que llamarán a la policía, y sin duda se consideraría que he infringido la libertad condicional.

Caigo en la cuenta de que esto le resolvería la papeleta a Nina. Se libraría de mí sin tener que echarme a la calle y quedar como la mala de la película. Además, sería una manera de vengarse por haberme acostado con su marido. Acabar en la cárcel por adulterio es un castigo algo excesivo, desde luego, aunque tengo la sensación de que Nina no opinaría lo mismo.

Pero eso no va a suceder. No he robado nada en el súper. El hombre no va a encontrar nada en el carrito que no figure en el tique.

¿O tal vez sí?

Lo observo mientras examina la tira de papel y pienso que la tarrina de helado de pistacho que está en el carro debe de estar derritiéndose. El corazón me late con fuerza en el pecho y me cuesta respirar. No quiero volver a prisión. No quiero. No puedo. Antes prefiero matarme.

—Bueno —dice al fin—. Parece que todo cuadra.

Por poco me echo a llorar.

—Ya. Claro.

Suelta un gruñido.

—Siento las molestias, señorita Calloway, pero tenemos muchos problemas de robos, así que debo tomarme en serio estas cosas. He recibido una llamada avisándome de que una clienta cuya descripción encaja con la suya podía estar planeando hurtar algo.

¡¿Una llamada?! ¿Quién querría telefonear al supermercado para darle mi descripción al personal de seguridad y acusarme de pretender robar algo? ¿Quién sería capaz de algo así?

Solo se me ocurre una persona.

—Muy bien —dice el hombre—. Gracias por su paciencia. Puede irse.

Estas son las dos palabras más hermosas de nuestro idioma. «Puede irse». Saldré de este supermercado con las manos libres, empujando mi carrito con la compra. Podré volver a casa.

Por esta vez.

Pero me embarga la angustiosa sensación de que aquí no acaba todo. Nina me tiene reservadas más sorpresas.

32

No puedo dormir.

Hace tres días que estuve a punto de ser detenida en el supermercado. No sé qué hacer. Nina ha estado bastante agradable, así que a lo mejor considera que he aprendido la lección sobre quién manda en esta casa. Tal vez no pretende enviarme a la cárcel.

Pero esa no es la razón por la que estoy dando vueltas y vueltas en la cama.

La verdad es que no dejo de pensar en Andrew. En aquella noche que pasamos juntos. En las sensaciones que me invaden cuando estoy con él. Nunca antes me había sentido así. Y, hasta que Nina soltó la bomba acerca de mi pasado, él sentía lo mismo. Yo lo notaba.

Pero ya no. Ahora cree que no soy más que una delincuente común.

Me quito las mantas de encima de las piernas a patadas. Hace un calor sofocante en mi habitación, incluso por la noche. Ojalá pudiera abrir esa estúpida ventana. Pero dudo que Nina esté dispuesta a mover un dedo por contribuir a mi comodidad.

Al final, me doy por vencida y bajo a la cocina. Aunque tengo aquella mininevera en el cuarto, no guardo mucha comida dentro. Es tan pequeña que le caben muy pocas cosas.

Al entrar en la cocina, advierto que la luz del porche trasero está encendida. Con el ceño fruncido, me acerco a la puerta de atrás. Es entonces cuando descubro por qué está iluminado el porche. Hay alguien ahí fuera.

Es Andrew.

Sentado a solas en una de las sillas exteriores, bebe a morro de una botella de cerveza.

Deslizo la puerta trasera para abrirla, con cuidado de no hacer ruido. Andrew alza la vista hacia mí, parpadeando sorprendido, pero, en vez de hablar, le pega otro lingotazo a la botella.

—Hola —digo.

—Hola —responde.

Me retuerzo las manos.

—¿Puedo sentarme aquí?

—Claro. Tú misma.

Salgo a las frías tablas de madera del porche y tomo asiento a su lado, deseando tener también una cerveza. Ni siquiera me mira. Simplemente sigue bebiendo, contemplando el enorme jardín trasero.

—Me gustaría explicarte. —Me aclaro la garganta—. Me refiero a por qué no te conté lo de…

—No tienes por qué explicarme nada. —Vuelve la vista hacia mí antes de bajarla de nuevo hacia su bebida—. La razón por la que no me hablaste de ello es bastante obvia.

—Quería contártelo. —No es cierto. No quería. Esperaba que no se enterara jamás, aunque era un deseo poco realista—. En cualquier caso, lo siento.

Hace girar el líquido en el interior de la botella con suavidad.

—Bueno, ¿y por qué estuviste presa? —Qué bien me vendría esa cerveza ahora mismo. Abro la boca para responder, pero, cuando aún estoy buscando las palabras adecuadas, él añade—: Olvídalo. No quiero saberlo. No es asunto mío.

Me mordisqueo el labio.

—Oye, siento no habértelo dicho. Estaba intentando dejar atrás mi pasado. No pretendía perjudicar a nadie.

—Ya…

—Además… —Bajo la mirada hacia mis manos, que tengo apoyadas sobre el regazo—. Me daba vergüenza. No quería que pensaras mal de mí. Tu opinión es muy importante para mí.

Vuelve la cabeza para mirarme con ojos tiernos bajo la tenue luz del porche.

—Millie…

—También quiero que sepas que… —Respiro hondo—. Lo pasé de maravilla la otra noche. Fue una de las mejores noches de mi vida. Por ti. Así que, ocurra lo que ocurra, te estoy agradecida por ello. Solo…, solo quería que lo supieras.

Se le forma una arruga en el entrecejo.

—Yo también lo pasé muy bien. No había estado tan feliz desde hacía… —Se pellizca el caballete de la nariz—. Un tiempo. Y ni siquiera era consciente de ello.

Nos quedamos mirándonos unos instantes. Siguen saltando chispas entre nosotros. Le noto en los ojos que él también lo siente. Echa un vistazo a la puerta trasera y, cuando me doy cuenta, sus labios están pegados a los míos.

Me besa durante lo que se me antoja una eternidad, aunque en realidad se acerca más a los sesenta segundos. Cuando se aparta, percibo arrepentimiento en su expresión.

—No puedo…

—Lo sé…

Lo nuestro es imposible por muchas razones, pero, si él estuviera dispuesto a lanzarse al vacío, yo lo seguiría, incluso si eso me valiera la animadversión de Nina. Correría ese riesgo. Por él.

En vez de ello, me levanto y lo dejo solo en el porche con su cerveza.

Noto en los pies el frío de la madera de los escalones mientras subo de vuelta al primer piso. La cabeza aún me da vueltas por el beso y me cosquillean los labios. Espero que no sea la última vez. No puede serlo. Me he fijado en cómo me miraba. Siente algo de verdad por mí. Aún le gusto, a pesar de que sabe de mi pasado. El único problema es…

Un momento. ¿Qué es eso?

Me quedo paralizada en lo alto de las escaleras. Hay una sombra en el pasillo. La escudriño con los ojos entornados, intentando distinguir aquella forma en la oscuridad.

De pronto, se mueve.

Suelto un alarido y por poco caigo rodando por las escaleras. Consigo salvarme en el último momento agarrándome de la barandilla. La sombra se me acerca, y entonces la identifico.

Es Nina.

—Nina —jadeo.

¿Qué hace aquí de pie en el pasillo? ¿Viene de abajo? ¿Nos ha visto a Andrew y a mí besándonos?

—Hola, Millie. —Aunque el pasillo está en penumbra, casi parece que le brilla el blanco de los ojos.

—¿Qué..., qué haces aquí?

Me mira con hostilidad. La luz de la luna proyecta sombras inquietantes en su rostro.

—Es mi casa. No tengo que dar explicaciones sobre mis idas y venidas.

En sentido estricto, la casa no es suya. Le pertenece a Andrew. Y, si no estuvieran casados, ella no viviría aquí. Si él decidiera dejarla por mí, la casa sería mía.

Es demencial pensar estas cosas. Obviamente, eso no va a suceder.

—Perdona.

Cruza los brazos sobre el pecho.

—¿Y qué haces tú aquí?

—He..., he bajado a por un vaso de agua.

—¿No tienes agua en tu cuarto?

—Me la he bebido toda —miento. Estoy segura de que sabe que es mentira, dada su costumbre de husmear en mi habitación.

Se queda callada un momento.

—Andy no estaba en la cama. ¿Lo has visto abajo por alguna parte?

—Pues... Me parece que estaba fuera, en el porche de atrás.

—Ah.

—Pero no estoy segura. No he hablado con él ni nada.

Nina me mira con cara de no creerse una palabra. Y no se lo reprocho, pues es todo mentira.

—Voy a ver qué hace.

—Y yo voy a subir a mi habitación.

Ella asiente y me propina un empujón en el hombro al pasar por mi lado. El corazón me va a mil por hora. No consigo sacudirme la sensación de que he cometido un error garrafal al contrariar a Nina Winchester. Y, sin embargo, es como si no pudiera evitarlo.

33

Tengo el domingo libre, así que decido pasarlo fuera de casa. Hace un estupendo día veraniego —ni demasiado caluroso ni demasiado fresco—, de modo que voy en coche hasta el parque local y me siento en un banco a leer mi libro. Cuando estás en la cárcel, te ves privado de placeres sencillos como pasar un rato al aire libre, leyendo en el parque. A veces el anhelo es tan fuerte que incluso te produce dolor físico.

No pienso volver ahí jamás.

Después de pillar algo para comer en el servicio por ventanilla de un restaurante de comida rápida, emprendo el camino de regreso. No cabe duda de que la residencia Winchester es preciosa. Aunque cada vez desprecio más a Nina, no puedo odiar esa casa. Es una maravilla.

Tras aparcar en la calle, como siempre, camino hasta la puerta principal de la casa. Durante el trayecto de vuelta, el cielo se ha ido encapotando y, justo cuando llego frente a la entrada, las nubes empiezan a descargar una cascada de gotitas de lluvia. Abro la puerta de un tirón y me apresuro a entrar antes de quedar empapada.

En el salón me encuentro a Nina sentada en la penumbra. No está leyendo, ni viendo la tele. Simplemente está en el sofá, sin hacer nada. Y, cuando abro la puerta, sus ojos se ponen alerta.

—¿Nina? —digo—. ¿Va todo bien?

—La verdad es que no. —Vuelve la vista hacia el otro extremo del sofá, y advierto que a su lado hay un montón de vestidos. Se trata de las mismas prendas que insistió en regalarme cuando empecé a trabajar aquí—. ¿Qué hacía mi ropa en tu habitación?

Me quedo mirándola mientras el destello de un relámpago ilumina la habitación.

—¿Qué? Pero ¿de qué hablas? Tú me diste esa ropa.

—¡Que se la di, dice! —Suelta una carcajada estentórea que resuena en la estancia, ahogada solo en parte por el restallido del trueno—. ¿Por qué iba yo a darle a la criada unos vestidos que valen miles de dólares?

—Tú… —Me tiemblan las rodillas—. Tú me dijiste que te venían pequeños. Te empeñaste en que me quedara con ellos.

—¿Cómo puedes mentir de esa manera? —Da un paso hacia mí, con una expresión gélida en los ojos azules—. ¡Me has robado esa ropa! ¡Eres una ladrona!

—No… —Intento agarrarme de algo antes de que me fallen las piernas, pero mis manos no encuentran más que aire—. Nunca haría una cosa así.

—¡Ja! —resopla—. ¡Me lo merezco, por haberle ofrecido trabajo en mi casa a una delincuente!

Sube tanto la voz que llega hasta oídos de Andrew, que está arriba. Sale a toda prisa de su despacho y, a la luz de otro rayo, vislumbro su apuesto rostro en lo alto de la escalera. Dios santo, ¿qué va a pensar de mí? Bastante malo es que esté enterado de mis antecedentes carcelarios. No quiero que encima crea que he robado en su propio hogar.

—¿Nina? —Baja los escalones de dos en dos—. ¿Qué está pasando?

—¡Yo te diré qué está pasando! —anuncia ella con aire triunfal—. Aquí Millie ha estado saqueándome el guardarropa. Me ha robado todas estas prendas. Las he encontrado en su armario.

Poco a poco, a Andrew se le agrandan los ojos.

—Dices que ella…

—¡Yo no he robado nada! —Me escuecen las lágrimas—. Te lo juro. Nina me regaló esos vestidos. Según ella, ya no le quedaban bien.

—Como si fuéramos a creernos tus mentiras. —Me dedica una mueca desdeñosa—. Debería denunciarte a la policía. ¿Sabes cuánto vale esta ropa?

—No, por favor, no…

—Ah, sí, es verdad. —Nina se ríe al ver mi expresión—. Estás en libertad condicional, ¿verdad? Si te denunciara, volverías derechita a la prisión.

Andrew está inspeccionando las prendas amontonadas en el sofá con un profundo surco entre las cejas.

—Nina…

—Voy a llamarlos. —Nina se saca el móvil del bolso—. A saber qué más nos habrá robado, ¿no, Andy?

—Nina. —Alza la vista de la pila de ropa—. Millie no te ha robado estos vestidos. Recuerdo que vaciaste tu guardarropa. Lo metiste todo en bolsas de basura y dijiste que ibas a donarlo a la caridad. —Levanta un vestidito blanco diminuto—. Hace años que esto no te entra.

Ver cómo se le sonrojan las mejillas a Nina resulta de lo más satisfactorio.

—¿Qué insinúas? ¿Que estoy demasiado gorda?

Andrew se vuelve hacia mí, que permanezco indecisa cerca del sofá.

—Millie. —Pronuncia mi nombre con voz suave—. ¿Podrías irte arriba para dejarnos solos? Necesito hablar con Nina.

—Por supuesto —asiento. Encantada.

Los dos se quedan de pie, en silencio, mientras yo remonto el tramo de escaleras hasta el primer piso. Una vez arriba, me dirijo a la puerta que conduce al desván y la abro. Me paro un momento a rumiar qué hacer a continuación. Entonces cierro la puerta sin cruzar el umbral.

Con paso mucho más sigiloso, empiezo a desandar el camino. Me detengo al final del pasillo, justo antes de salir al hueco de la escalera. Aunque no alcanzo a ver a Nina ni a Andrew, me llegan sus voces. No está bien espiar a la gente, pero no puedo evitarlo. Al fin y al cabo, esta conversación sin duda girará en torno a las acusaciones de Nina contra mí.

Espero que él siga defendiéndome ahora que no estoy presente. ¿Logrará convencerlo Nina de que le mangué la ropa? Después de todo, soy una expresidiaria. Basta con cometer un error en la vida para que ya nunca nadie se fíe de ti.

—… no cogió esos vestidos —dice Andrew—. Sé que no.

—¿Cómo puedes ponerte de su parte en vez de apoyarme? —le grita Nina—. La chica estuvo en prisión. Esa gente no es digna de confianza. Es una embustera y una ladrona, y seguramente merece que la vuelvan a encerrar.

—¿Cómo eres capaz de decir eso? Millie ha sido un encanto.

—Sí, claro, eso es lo que tú piensas.

—¿Cuándo te volviste tan cruel, Nina? —Le tiembla la voz—. Has cambiado. Eres una persona distinta.

—Todo el mundo cambia —le espeta ella.

—No. —Andrew baja tanto la voz que tengo que aguzar el oído para percibirla por encima del repiqueteo de la lluvia sobre el asfalto—. Tú has cambiado más. Ya ni siquiera te reconozco. No eres la misma persona de la que me enamoré.

Se impone un largo silencio, interrumpido por un trueno tan fuerte que estremece los cimientos de la casa. Cuando el estruendo se apaga, oigo la siguiente frase de Nina con toda claridad.

—¿Qué estás diciendo, Andy?

—Estoy diciendo que… Creo que ya no estoy enamorado de ti, Nina. Creo que deberíamos separarnos.

—¿Que ya no estás enamorado de mí? —vocifera ella—. Pero ¿tú te estás oyendo?

—Lo siento. Supongo que aceptaba las cosas como venían y me conformaba con la vida que llevábamos juntos, sin darme cuenta de que no era feliz.

Nina se queda callada un buen rato mientras asimila estas palabras.

—¿Tiene esto algo que ver con Millie?

Aguanto la respiración en espera de su respuesta. Aquella noche en Nueva York surgió algo entre nosotros, pero no soy tan ilusa de creer que dejará a Nina por mí.

—Esto no va de Millie —dice él al fin.

—¿En serio? ¿O sea que vas a mentirme a la cara y fingir que no sucedió nada entre ella y tú?

Mierda. Lo sabe. O, al menos, eso cree.

—Siento algo por Millie —confiesa en voz tan baja que estoy segura de que me lo he imaginado. ¿Cómo va a sentir algo por mí ese hombre rico, guapo y casado?—. Pero no se trata de ella. Se trata de ti y de mí. Ya no te quiero.

—¡Menuda gilipollez! —Nina eleva tanto el tono que pronto solo podrán oírla los perros—. ¡Quieres dejarme por la criada! Es lo más ridículo que he oído. No te rebajes de esta manera. Tú vales más que eso, Andrew.

—Nina —dice él con firmeza—. Lo nuestro se ha acabado. Lo siento.

—¿¡Lo sientes!? —Otro trueno hace temblar las tablas del suelo—. Pues más lo vas a sentir…

Se produce una pausa.

—¿Perdona?

—Si intentas seguir adelante con esto —gruñe ella—, te destrozaré en los tribunales. No descansaré hasta que te quedes sin un centavo y sin hogar.

—¿Sin hogar? Este es mi hogar, Nina. Lo compré cuando ni siquiera nos conocíamos. Vives aquí porque yo te lo permito. Como recordarás, firmamos un acuerdo prematrimonial y, cuando nuestro matrimonio se acabe, la casa volverá a ser mía. —Se queda callado unos instantes—. Y, ahora, quiero que te marches.

Me aventuro a asomarme al hueco de la escalera. Si me agacho, alcanzo a ver a Nina de pie en el centro del salón, con la cara muy pálida.

Abre y cierra la boca como un pez.

—No me creo que estés hablando en serio, Andy —balbucea.

—Hablo muy en serio.

—Pero... —Se lleva la mano al pecho—. ¿Qué pasará con Cece?

—Cece es tu hija. Nunca accediste a que yo la adoptara.

—Ah. —Suena como si tuviera los dientes apretados—. Así que ese es el quid de la cuestión: que no puedo tener otro bebé. Quieres estar con alguien más joven que pueda darte un hijo. Ya no soy lo bastante buena para ti.

—Esa no es la razón —replica él, aunque, hasta cierto punto, tal vez sí lo sea. Es verdad que Andrew quiere otro hijo y que no puede tenerlo con Nina.

—Andy —implora ella con voz trémula—, por favor, no me hagas eso. No me humilles de esta manera. Te lo ruego.

—Quiero que te vayas, Nina. Ahora mismo.

—¡Pero si está lloviendo!

—Haz las maletas y márchate. —A Andrew no le tiembla la voz.

Casi oigo a Nina sopesar sus opciones. Pueden decirse muchas cosas de ella, pero no tiene un pelo de tonta. Al final, encorva la espalda.

—Está bien. Me iré.

Los pesados pasos de Nina avanzan en dirección a la escalera. Se me ocurre un segundo demasiado tarde que debería esconderme. Ella alza la mirada y me ve parada en el rellano. Yo nunca había contemplado unos ojos centellear de rabia de esa manera. Debería regresar corriendo a mi habitación, pero una parálisis se apodera de mis piernas, mientras los tacones de Nina acometen un escalón tras otro.

Cuando llega al final de la escalera, el fulgor de un último relámpago le ilumina el rostro como si se encontrara ante las puertas del infierno.

—¿Necesitas...? —Noto un entumecimiento en los labios que me dificulta formar las palabras—. ¿Necesitas que te ayude a hacer las maletas?

Me lanza una mirada que destila tanto veneno que temo que

alargue los brazos hacia mi pecho y me arranque el corazón con sus propias manos.

—¿Que si necesito ayuda para hacer las maletas? No, creo que puedo apañármelas sola.

Nina entra en su habitación y cierra de un portazo. No sé muy bien qué hacer. Pienso en subir al desván, pero entonces bajo la vista y advierto que Andrew continúa en el salón. Está mirándome, así que desciendo las escaleras para hablar con él.

—¡Lo siento mucho! —Las palabras me salen atropelladas—. No era mi intención…

—Ni se te ocurra culparte a ti misma —dice—. Esto se veía venir desde hace tiempo.

Vuelvo la vista hacia la ventana, que está empapada por la lluvia.

—¿Quieres que… me vaya?

Me toca el brazo y me recorre un cosquilleo. Solo pienso en las ganas que tengo de que me bese, pero ahora no puede. No mientras Nina esté en el piso de arriba.

Aunque pronto se irá.

Unos diez minutos después, ella baja las escaleras, soportando a duras penas el peso de las dos bolsas que lleva colgadas, una de cada hombro. Ayer me habría obligado a cargar con ellas y se habría reído de lo debilucha que soy. Ahora tiene que ocuparse ella misma. Cuando alzo la mirada hacia ella, veo que tiene los ojos hinchados y el cabello desgreñado. Su aspecto es lamentable. Creo que en el fondo no me había dado cuenta de lo mayor que es hasta este momento.

—Por favor, no hagas esto, Andy —le implora—. Por favor.

A Andrew le tiembla un músculo de la mandíbula. Suena otro trueno, aunque menos estruendoso que los anteriores. La tormenta se aleja.

—Te ayudo a llevar las bolsas hasta el coche.

Ella reprime un solloce.

—No te molestes.

Se acerca con dificultad a la puerta del garaje más próxima

al salón, batallando con su pesado equipaje. Andrew extiende el brazo para intentar ayudarla, pero ella lo rechaza con un movimiento del hombro. Forcejea con la puerta del garaje. Hace malabarismos para abrirla sin dejar los bultos en el suelo. Cuando lleva varios minutos intentándolo, no soy capaz de soportarlo más. Me abalanzo hacia la puerta y, antes de que ella pueda impedírmelo, giro el pomo y la abro de un empujón.

—Vaya —dice—. Muchas gracias.

No sé cómo reaccionar, de modo que simplemente me quedo ahí parada mientras ella pasa por mi lado con sus bolsas. Justo antes de cruzar el vano, se inclina y me acerca tanto la cara que noto el calor de su aliento en el cuello.

—Esto no se me va a olvidar en la vida, Millie —me susurra al oído.

El corazón me late a mil por hora. Sus palabras resuenan en mis oídos mientras ella echa las bolsas en el maletero de su Lexus blanco, arranca y se aleja a toda velocidad.

Ha dejado abierta la puerta del garaje. A través de ella veo la lluvia, que cae a cántaros sobre el camino de acceso mientras una ráfaga de viento me golpea el rostro. Permanezco ahí un momento, siguiendo con la mirada el coche de Nina hasta que se pierde en la distancia. Casi pego un salto cuando un brazo me rodea los hombros.

No es más que Andrew, por supuesto.

—¿Estás bien? —me pregunta.

Qué hombre tan maravilloso. Después de aquella deprimente escena, tiene el detalle de interesarse por cómo me encuentro.

—Sí, estoy bien. ¿Y tú?

Suspira.

—La cosa podría haber ido mejor. Pero era inevitable que esto pasara. Me resultaba imposible seguir viviendo así. Ya no la quería.

Vuelvo a mirar al exterior.

—¿Crees que estará bien? ¿Dónde se alojará?

Él le resta importancia con un gesto.

—Tiene una tarjeta de crédito. Se registrará en un hotel. No te preocupes por Nina.

El problema es que sí estoy preocupada por Nina. Muy preocupada. Pero no en el sentido que él se imagina.

Me suelta los hombros para pulsar el botón que acciona la puerta del garaje. Me toma de la mano para apartarme de ahí, pero yo no despego la vista de la puerta hasta que queda cerrada del todo, convencida de que el coche de Nina reaparecerá en el último momento.

—Vamos, Millie. —A Andrew le brillan los ojos—. He estado deseando pillarte a solas.

A pesar de todo, se me escapa una sonrisa.

—Ah, ¿sí?

—No te imaginas cuánto...

Me atrae hacia sí para besarme y, mientras me derrito contra él, retumba otro trueno. Me imagino que oigo el motor de Nina a lo lejos. Pero eso es imposible. Se ha ido.

Para siempre.

34

Amanezco al día siguiente en la habitación de invitados, con Andrew dormido a mi lado.

Anoche, tras la partida de Nina, acabamos aquí. Yo no quería acostarme en su cama, donde Nina había dormido justo la noche anterior. Por otro lado, mi catre en el desván no resulta demasiado cómodo para dos personas. Así que esta fue la solución intermedia.

Supongo que si seguimos así —si lo nuestro se convierte en algo más serio—, al final tendré que instalarme en el dormitorio principal. Pero es demasiado pronto. Ahí dentro aún huele a Nina.

Andrew abre ligeramente los ojos, y una gran sonrisa se le dibuja en los labios cuando me ve tendida junto a él.

—Vaya, vaya... ¿Qué tal? —dice.

—¿Qué tal tú?

Cuando me desliza el dedo por el cuello y el hombro, siento un cosquilleo en todo el cuerpo.

—Encantado de despertar a tu lado en vez de con ella.

Yo también estoy encantada. Espero volver a despertar a su lado mañana. Y la mañana siguiente. Nina no sabía apreciar a este hombre, pero yo sí. Ella no valoraba la vida que llevaba con él.

Es de locos pensar que de ahora en adelante esa será mi vida.

Se inclina hacia mí y me besa en la nariz.

—Más vale que me levante. Tengo una reunión.

Me incorporo en la cama con cierta dificultad.

—Te prepararé el desayuno.

—Ni se te ocurra. —Se levanta, y las mantas resbalan de su perfecta figura. La verdad es que está en muy buena forma; debe de ir al gimnasio—. Nos has preparado el desayuno todas las mañanas desde que llegaste. Hoy te toca quedarte en la cama hasta tarde y hacer lo que te apetezca.

—Por lo general lavo la ropa los lunes. No me importa poner una carga y...

—No. —Me lanza una mirada elocuente—. Oye, no sé muy bien cómo vamos a hacer que esto funcione, pero... me gustas mucho. Quiero que intentemos ir en serio. Y eso significa que no puedes seguir siendo la criada. Encontraré a alguien que se encargue de la limpieza mientras tú te quedas aquí tranquila, hasta que decidas a qué quieres dedicarte.

Se me ponen coloradas las mejillas.

—No resulta tan fácil para mí. Sabes que tengo antecedentes. Nadie está dispuesto a contratar a alguien que...

—Por eso puedes quedarte en esta casa todo el tiempo que quieras. —Alza la mano para acallar mis protestas—. Lo digo en serio. Me encanta tenerte aquí. Y, bueno, tal vez a la larga acabes por instalarte..., ya sabes, de forma permanente.

Me dedica una sonrisa tierna y encantadora que hace que me derrita. Nina tiene que estar como una cabra para haber dejado que se le escapara este tío.

Aún me asusta que quiera recuperarlo.

Observo a Andrew mientras introduce sus musculosas piernas por las perneras del bóxer, aunque finjo que no estoy mirando. Tras guiñarme el ojo por última vez, sale de la habitación para ducharse. Y yo me quedo sola.

Bostezando, me desperezo en la lujosa cama doble. Cuando supe que iba a dormir en el catre del desván me sentí feliz, pero esto está a otro nivel. Me dolía la espalda todo el día, pero, después de pasar solo una noche en este colchón, me encuentro mejor. No me costaría mucho acostumbrarme a esto.

Mi teléfono, que he dejado sobre la mesilla de noche, empieza a zumbar con insistencia. Extiendo el brazo para cogerlo, y se me frunce el ceño al ver las palabras que aparecen en la pantalla.

Número oculto.

Me invade una sensación de mariposas en el estómago. ¿Quién me llama a estas horas de la mañana? Me quedo mirando la pantalla hasta que las vibraciones cesan.

Bueno, problema resuelto.

Dejo caer el móvil sobre la mesilla y me vuelvo a acurrucar en la cama. No solo el colchón resulta confortable. El tacto de las sábanas es como el de la seda, y la manta es calentita y a la vez ligera, mucho mejor que el harapo lanoso con el que me tapaba en el desván y que picaba como un demonio. Y mucho mejor que el delgado cobertor que me dieron en la cárcel, desde luego. Las mantas buenas y caras dan gustito… ¿Quién iba a sospecharlo?

Se me empiezan a cerrar los ojos de nuevo. Pero, cuando estoy a punto de dormirme, el teléfono se pone a vibrar otra vez.

Con un gruñido, alargo de nuevo la mano hacia el móvil. Muestra las mismas palabras:

Número oculto.

¿Quién podría querer telefonearme? No tengo amigos. En el colegio de Cecelia tienen mi número, pero ahora está cerrado por las vacaciones de verano. Solo hay una persona que me llama a veces.

Nina.

Bueno, si se trata de ella, es la persona con quien menos me apetece hablar en este momento. Pulso el botón rojo para rechazar la llamada. Sin embargo, ahora no hay quien duerma, así que me levanto y subo a darme una ducha.

Cuando vuelvo a bajar, Andrew ya se ha puesto el traje y bebe a sorbos de una taza de café. Me toqueteo los vaqueros, cohibida, pues me siento desnuda en comparación con él. De pie frente a la ventana, contempla el jardín delantero, con los labios curvados hacia abajo.

—¿Todo bien? —pregunto.

Se sobresalta, sorprendido por mi presencia. Sonríe.

—Sí. Es solo que... Ese condenado paisajista ha vuelto a venir. ¿Qué demonios hace todo el día ahí fuera?

Me sitúo junto a él frente a la ventana. Enzo está agachado sobre un arriate de flores, provisto de una pala de mano.

—¿Labores de jardinería?

Consulta su reloj.

—Son las ocho de la mañana. El tío está aquí todo el santo día. Trabaja para una decena de familias más... ¿Por qué lo veo aquí siempre?

Me encojo de hombros, aunque en el fondo razón no le falta. En efecto, da la impresión de que Enzo pasa un tiempo desproporcionado en nuestro jardín, aun teniendo en cuenta que es más grande que muchos de los otros jardines.

Andrew parece tomar una determinación y deja la taza sobre el alféizar. Me apresuro a cogerla, pues sé que Nina se pondría histérica si se encontrara una mancha circular de café en el alféizar, pero de pronto cambio de idea. Nina ya no me va a hacer la vida imposible. Ni siquiera tengo que volver a verla. A partir de ahora, puedo dejar las tazas de café donde me dé la gana.

Andrew sale al jardín delantero con paso decidido y expresión resuelta, y yo lo sigo, por curiosidad. Resulta evidente que piensa decirle algo a Enzo.

Se aclara la garganta dos veces, pero eso no le basta para captar la atención del paisajista.

—¡Enzo! —le suelta al fin.

El aludido levanta la cabeza y se vuelve muy despacio.

—¿Sí?

—Quiero hablar contigo.

Enzo exhala un largo suspiro mientras se endereza. Se acerca a nosotros con toda la pachorra del mundo.

—¿Eh? ¿Qué quiere?

—Escúchame. —Andrew es alto, pero Enzo lo es aún más, lo que lo obliga a echar la cabeza atrás para mirarlo—. Te agradezco toda tu ayuda, pero ya no necesitamos tus servicios. Por favor, recoge tus cosas y vete a donde sea que tengas que trabajar después.

—*Che cosa?* —dice Enzo.

Los labios de Andrew forman una línea recta.

—Digo que ya no te necesitamos. Se acabó. Fin. Puedes marcharte.

Enzo ladea la cabeza.

—¿Despedido?

Andrew respira hondo.

—Sí. Despedido.

Enzo reflexiona sobre esto unos instantes. Yo retrocedo un paso, consciente de que, aunque Andrew es fuerte y musculoso, Enzo le saca mil puntos de ventaja. Si se enzarzaran en una pelea, no me cabe la menor duda de quién ganaría. Pero el paisajista simplemente se encoge de hombros.

—Vale —dice Enzo—. Me voy.

Su despido parece dejarlo tan indiferente que me pregunto si Andrew se siente un poco ridículo por haber armado todo ese alboroto por el hecho de que el hombre trabajara demasiadas horas aquí. En cambio, asiente, aliviado.

—*Grazie.* Te agradezco la dedicación de los últimos años.

Enzo se limita a mirarlo con cara de no haber entendido una palabra.

Mascullando algo entre dientes, Andrew gira sobre los talones y entra de nuevo en la casa. Comienzo a seguirlo, pero en el instante en que Andrew desaparece por la puerta delantera, algo me retiene. Tardo un segundo en percatarme de que Enzo me ha agarrado del brazo.

Me vuelvo hacia él. Su expresión ha cambiado por completo en cuanto Andrew ha entrado en casa. Clava en mí los ojos desorbitados.

—Millie —jadea—, tienes que irte de aquí. Corres un grave peligro.

Me quedo boquiabierta, no solo por lo que ha dicho, sino por cómo se ha expresado. Desde que entré a trabajar aquí, él no había hilado más de un par de palabras seguidas en mi idioma, y en cambio ahora ha pronunciado dos frases enteras. Además, su acento italiano, tan marcado que a duras penas lo entendía, se ha vuelto mucho más sutil. Es el acento de un hombre que se encuentra muy cómodo hablando otra lengua.

—No pasa nada —replico—. Nina ya no está.

—No. —Sacude la cabeza con firmeza, sin dejar de sujetarme el brazo—. Te equivocas. Ella no…

Antes de que pueda continuar, la puerta principal de la casa se abre de nuevo. Enzo me suelta de inmediato y se aparta.

—¿Millie? —Andrew asoma la cabeza por el vano—. ¿Va todo bien?

—Todo bien —consigo responder.

—¿Vienes?

Quiero quedarme aquí fuera y preguntarle a Enzo a qué se refería exactamente con aquella siniestra advertencia y qué intentaba decirme, pero tengo que regresar adentro.

Mientras cruzo el umbral detrás de Andrew, vuelvo la mirada hacia Enzo, que finge estar ocupado reuniendo sus utensilios. Ni siquiera alza la vista hacia mí. Es casi como si me lo hubiera imaginado todo, salvo porque, cuando bajo la mirada hacia mi brazo, veo las furiosas marcas rojas que me han dejado sus dedos.

35

Andrew me ha dicho que no quiere que me encargue de tareas domésticas, pero el lunes es el día en que suelo hacer la compra, y nos estamos quedando sin muchas cosas. Después de hojear unos libros que he sacado de la estantería y ver un rato la tele, me muero de ganas de hacer algo. A diferencia de Nina, me gusta mantenerme ocupada.

Me he guardado mucho de volver al supermercado donde aquel vigilante de seguridad estuvo a punto de detenerme. En vez de ello, voy a uno que está en otra zona de la ciudad. Al fin y al cabo, todos son iguales.

Adoro poder pasearme por el súper con el carrito sin tener que guiarme por la estúpida y pretenciosa lista de la compra de Nina. Puedo comprar lo que me dé la gana. Si me apetece brioche, pillaré un brioche. Si me apetece comprar masa madre, pillaré masa madre. No tengo que mandarle cien fotos de cada tipo de pan. Me siento liberada.

Cuando estoy echando un vistazo en el pasillo de los lácteos, me suena el teléfono dentro del bolso. Me asalta la misma desazón de antes. ¿Quién me estará llamando? A lo mejor es Andrew.

Llevo la mano al bolso y saco el móvil. Otra vez el número oculto. Quien sea que me ha telefoneado esta mañana está intentándolo de nuevo.

—Millie, ¿verdad?

Por poco me da un infarto. Cuando levanto la mirada, veo a una de las mujeres a las que Nina invitó a aquella reunión de la AMPA, cuyo nombre no recuerdo. Lleva también un carrito y luce una sonrisa falsa en los rechonchos y pintarrajeados labios.

—Sí... —respondo.

—Soy Patrice —dice—. Eres la chica de Nina, ¿verdad?

La etiqueta que me ha puesto me produce dentera. «La chica de Nina». Guau. Ya verás cuando se entere de que Andrew ha dejado a Nina y de que ella se va a quedar en la puta ruina tras el divorcio gracias al acuerdo prematrimonial. Ya verás cuando se entere de que soy la nueva novia de Andrew Winchester. Tal vez dentro de poco sea a mí a quien tenga que lamerle el culo.

—Trabajo para los Winchester —la corrijo con frialdad. Pero no por mucho tiempo.

—Ah, bien. —Su sonrisa se ensancha—. Llevo toda la mañana intentando comunicarme con Nina. Se suponía que íbamos a tomar el brunch juntas, todos los lunes y jueves quedamos en Kristen's Diner, pero no se ha presentado. ¿Va todo bien?

—Sí —miento—. Todo va bien.

Patrice frunce los labios.

—Pues entonces me imagino que se le habrá pasado. Como sin duda ya sabes, Nina tiene sus rarezas.

Eso es quedarse muy corto. Pero me abstengo de hacer comentarios.

Posa los ojos en el teléfono que sostengo en la mano.

—¿Ese es el móvil que te facilitó Nina?

—Pues... sí. Este es.

Echa la cabeza atrás y suelta una risotada.

—Reconozco que es todo un detalle por tu parte dejar que ella te mantenga controlada en todo momento. No sé si yo en tu lugar lo llevaría tan bien.

Me encojo de hombros.

—Por lo general solo me manda mensajes. No es tan terrible.

—No me refería a eso —replica, señalando el teléfono con

un movimiento de la cabeza—, sino a la aplicación de rastreo que instaló. ¿No te pone de los nervios que quiera saber dónde estás a cada instante?

Siento como si me hubieran arreado un puñetazo a traición en el estómago. ¿Nina me rastrea a través del móvil? Pero ¿qué me está contando?

Qué estúpida soy. Pues claro que ella es capaz de algo así. Tiene todo el sentido del mundo. De pronto caigo en la cuenta de que no le hacía falta hurgar en mi bolso para encontrar ese programa de mano o llamar a casa la noche de la función. Sabía exactamente dónde estaba.

—¡Ay! —Patrice se lleva la mano a la boca de golpe—. Lo siento mucho. ¿No estabas enterada…?

Me entran ganas de abofetearle la cara hinchada de bótox. Ignoro si esta mujer sabía si yo estaba al tanto o no, pero me da la impresión de que está encantada de ser ella quien me ha soltado la bomba. Noto un sudor frío en la nuca.

—Disculpa —le digo a Patrice.

La aparto de mi camino con un ligero empujón y me marcho, dejando el carro con la compra. Me dirijo a paso veloz al aparcamiento y no recupero el aliento sino hasta que me encuentro fuera del supermercado. Me inclino hacia delante, con las manos apoyadas en las rodillas, hasta que mi respiración recupera su ritmo normal.

Al enderezarme, veo que un coche sale del aparcamiento a toda velocidad. Reconozco el Lexus blanco.

Se parece al coche de Nina.

De repente, me empieza a sonar de nuevo el móvil.

Lo saco del bolso con brusquedad. En la pantalla vuelve a aparecer el mensaje de número oculto. Vale, si quiere hablar conmigo, adelante: que me diga lo que me tenga que decir. Si quiere amenazarme y acusarme de ser una destrozahogares, que lo haga.

Pulso el botón verde.

—¿Hola? ¿Nina?

—¡Hola! —dice una voz animada—. Tenemos entendido que al parecer la garantía de su vehículo ha vencido hace unos días.

Me aparto el móvil de la oreja y me quedo mirándolo con incredulidad. Al final, no se trataba de Nina, sino de un estúpido teleoperador comercial. He hecho una montaña de un grano de arena.

Aun así, no logro librarme de la sensación de que estoy en peligro.

36

Andrew se le complicaron las cosas en la oficina esta tarde.

A las siete menos cuarto me envió un mensaje pesaroso.

Problemas en el trabajo. Tendré que quedarme por lo menos una hora más. Cena sin mí.

Le contesté:

Tranquilo. Conduce con cuidado.

Aunque en el fondo me llevé un buen chasco. Lo había pasado tan bien en aquella cena en Manhattan con Andrew que intenté reproducir uno de los platos que nos habían servido en el restaurante francés: solomillo a la pimienta. Lo preparé con granos de pimienta negra que compré en el supermercado (después de reunir el valor suficiente para volver), chalotas picadas, coñac, vino tinto, caldo de ternera y nata para montar. Olía de maravilla, pero no aguantaría una o dos horas más; el solomillo recalentado no está igual de bueno. No me quedó más remedio que comerme mi magnífica cena sola. Ahora me pesa en el estómago como una piedra mientras zapeo sentada frente al televisor.

No me gusta quedarme sola en esta casa. Cuando Andrew está aquí, tengo la sensación de encontrarme en su casa, y así es. Pero, en su ausencia, todo apesta a Nina. Su perfume emana de todos los huecos y grietas. Ha marcado su territorio con su olor, como un animal.

Pese a que Andrew me dijo que no lo hiciera, limpié la casa a fondo tras regresar de hacer la compra para intentar eliminar la fragancia de Nina. Sin embargo, aún la percibo.

A pesar de lo desagradable que estuvo conmigo en el súper, Patrice me ha hecho un gran favor. En efecto, Nina me controlaba a través del móvil. Encontré la aplicación de rastreo oculta en una carpeta escogida al azar, donde jamás la habría descubierto. La desinstalé de inmediato.

Sin embargo, no consigo sacudirme la sensación de que me vigila.

Cierro los ojos y pienso en la advertencia que me hizo Enzo esta mañana. «Tienes que irte de aquí. Corres un grave peligro». Le da miedo Nina. Se lo noté en la mirada cuando estaba hablando con él, y ella pasó más o menos cerca.

«Corres un grave peligro».

Contengo una oleada de náuseas. Ella ya no está.

Pero aún podría hacerme daño.

El sol se ha puesto, y, cuando vuelvo la vista hacia la ventana, solo veo mi reflejo. Me levanto del sofá y me acerco a ella, con el corazón martilleándome en el pecho. Apoyo la frente en el frío cristal y escruto el oscuro exterior.

¿Hay un coche aparcado frente a las puertas de la verja?

Escudriño las sombras con los párpados entornados, intentando dilucidar si son solo imaginaciones mías. Supongo que podría salir para echar un vistazo más de cerca, pero eso me obligaría a descorrer el cerrojo de la puerta principal.

Por otro lado, ¿qué más da que el cerrojo esté echado si Nina tiene llave?

Mis pensamientos se ven interrumpidos por el timbre de mi teléfono, que está sobre la mesa de centro. Me apresuro a cogerlo para responder la llamada a tiempo, pero arrugo el entrecejo al ver de nuevo las palabras «número oculto» en la pantalla. Sacudo la cabeza. Otra llamada comercial. Justo lo que necesitaba.

Pulso el botón verde para contestar, preparada para oír uno de aquellos irritantes mensajes pregrabados. En vez de ello, oigo una voz distorsionada y robótica.

—¡Aléjate de Andrew Winchester!

Inspiro bruscamente.

—¿Nina?

No he podido identificar si se trataba de una voz masculina o femenina, y menos aún si era la de Nina. Entonces suena un clic al otro lado de la línea. Se ha cortado la comunicación.

Trago saliva. Estoy harta de los jueguecitos de Nina. A partir de mañana, voy a adueñarme de esta casa. Llamaré a un cerrajero para que cambie las cerraduras de las puertas. Y esta noche la pasaré en el dormitorio principal. Se acabó esa gilipollez de dormir en la habitación de invitados. Ya no soy una invitada aquí.

Andrew dice que quiere que esto se convierta en algo permanente. Así que, desde este momento, esta casa es mía también.

Enfilo la escalera y subo los peldaños de dos en dos. Sigo ascendiendo hasta que llego a la sofocante habitación del desván: mi dormitorio. Desde esta misma noche, dejará de serlo. Voy a trasladar todas mis cosas al primer piso. Esta será la última vez que entre en este cuartucho con esa absurda cerradura por fuera.

Saco una bolsa del armario y comienzo a echar cosas dentro de cualquier manera, ya que solo voy a bajar un tramo de escalera con ella. Tendré que pedirle permiso a Andrew antes de vaciar un cajón del dormitorio principal, por supuesto, pero no puede esperar que siga viviendo aquí arriba. Sería inhumano. Esta habitación es una especie de cámara de tortura.

—Millie, ¿qué haces?

La voz que suena a mi espalda casi me provoca un ataque al corazón. Llevándome las manos al pecho, me vuelvo.

—Andrew. No te he oído entrar.

Desplaza la vista por mi equipaje.

—¿Qué haces?

Meto en la bolsa el manojo de sujetadores que tengo en la mano.

—Bueno, he pensado en mudarme al primer piso.

—Ah.

—¿Te..., te parece bien? —De pronto me siento cohibida. Tal vez me he precipitado al suponer que Andrew estaría conforme con mi decisión.

Da un paso hacia mí. Me muerdo el labio con fuerza hasta que empieza a dolerme.

—Claro que me parece bien. Yo mismo iba a proponértelo, pero no estaba seguro de si accederías.

Dejo caer los hombros.

—Por supuesto que quiero. Ha..., ha sido un día un poco duro para mí.

—¿A qué te has dedicado? He visto algunos libros míos sobre la mesa de centro. ¿Has estado leyendo?

Ojalá no hubiera hecho otra cosa hoy.

—La verdad es que no me apetece hablar de ello.

Se acerca otro paso, alarga el brazo y me desliza la yema de un dedo por la mandíbula.

—A lo mejor puedo ayudarte a que te olvides...

Me estremezco al notar su contacto.

—Seguro que sí...

Y, en efecto, puede.

37

A pesar de lo increíblemente incómodo que es mi catre en comparación con el fabuloso colchón del cuarto de invitados, me quedo frita en él poco después de hacer el amor con Andrew, bien arropada entre sus brazos. Nunca imaginé que echaría un polvo en esta habitación, sobre todo por las estrictas condiciones que me impuso Nina para recibir invitados.

Desde luego, le salió un poco el tiro por la culata.

Me despierto de nuevo como a las tres de la madrugada. Lo primero que noto es una ligera pero incómoda sensación de presión en la vejiga. Tengo que ir al baño. Por lo general voy antes de acostarme, pero Andrew me dejó agotada y se me cerraron los ojos antes de que pudiera reunir las fuerzas necesarias.

Entonces noto algo más: una sensación de vacío. Andrew ya no está en el catre.

Sospecho que, en cuanto me dormí, decidió trasladarse a su propia cama. Y no es para menos. El catre resulta bastante incómodo para una persona, no digamos ya para dos, y el ambiente en el cuarto es demasiado claustrofóbico. Tal vez ha intentado sobrellevarlo lo mejor posible, pero, después de pasarse un rato dando vueltas, ha optado por emigrar al piso de abajo.

Me alegro mucho de que esta haya sido la última noche que he pasado aquí. Tal vez después de ir al lavabo, baje a ver a Andrew.

Me levanto, y las tablas del suelo crujen bajo mis pies. Camino hasta la puerta y giro el pomo. Como de costumbre, va muy duro, así que vuelvo a intentarlo con más decisión.

Sigue sin ceder.

El pánico me inunda el pecho. Apoyo mi peso contra la puerta, de modo que las astillas de las marcas de uñas en la madera se me clavan en el hombro, y mi mano derecha agarra el pomo con firmeza. Pruebo de nuevo a girarlo en el sentido de las agujas del reloj. No se mueve. Ni un milímetro. En ese momento comprendo lo que está ocurriendo.

La puerta no se ha atascado.

Está cerrada con llave.

SEGUNDA PARTE

38

NINA

Si hace solo unos meses alguien me hubiera dicho que iba a pasar esta noche en una habitación de hotel mientras Andy se quedaba en mi casa con otra mujer —¡la criada!—, no lo habría creído.

Pero aquí estoy, vestida con un albornoz que he encontrado en el armario, tumbada en la cama *queen size*. El televisor está encendido, pero apenas le presto atención. He sacado el móvil y abro la aplicación que uso desde hace meses. Espero a que me indique la ubicación de Wilhelmina «Millie» Calloway.

Sin embargo, bajo su nombre aparecen las palabras «ubicación no encontrada». Lleva toda la tarde así.

Debe de haber descubierto que la rastreaba y desactivado la aplicación. Chica lista.

Pero no tanto como cree.

Cojo mi bolso de la mesilla de noche y hurgo en él hasta encontrar la única fotografía que tengo de Andy en papel. Hace unos años, le realizaron un retrato profesional para la web de la empresa y me regaló una copia. Contemplo sus ojos, de un castaño intenso, su perfecta cabellera de color caoba, la ligera hendidura en la barbilla. Andy es el hombre más guapo que he conocido en la vida real. Quedé medio colada por él desde el primer momento que lo vi.

A continuación, encuentro otro objeto en el interior de mi bolso y me lo guardo en el bolsillo del albornoz.

Me levanto de la cama *queen size*, y los pies se me hunden en la mullida moqueta. La habitación de hotel cuesta una fortuna que estoy pagando con la tarjeta de Andy, pero no pasa nada. No me quedaré mucho tiempo aquí.

Entro en el baño y sujeto en alto la fotografía del rostro sonriente de Andy. Acto seguido, extraigo lo que me había metido en el bolsillo.

Es un encendedor.

Oprimo el pulsador hasta que brota una llama amarilla. Acerco la trémula luz al borde de la fotografía hasta que se prende. Observo cómo el apuesto rostro de mi marido se pone marrón y se desintegra, llenando el lavabo de cenizas.

Entonces sonrío. Es mi primera sonrisa auténtica en casi ocho años.

No puedo creer que por fin me haya librado de ese capullo.

Cómo librarte de tu marido sádico y perverso: una guía escrita por Nina Winchester

Paso número uno: quédate preñada en un rollo de una noche de borrachera, deja los estudios y consigue un trabajo de mierda para pagar las facturas

Mi jefe, Andrew Winchester, parece salido de un sueño.

En sentido estricto, no es mi jefe, sino más bien el jefe del jefe de mi jefe. Tal vez haya más niveles en la escala jerárquica entre él (el director ejecutivo de esta empresa desde que se jubiló su padre) y yo (una recepcionista).

Así que, cuando estoy sentada a mi mesa, en la antesala del despacho de mi jefe de verdad, y lo admiro desde lejos, no me estoy prendando de un hombre real. Es más bien como si admirara a un actor famoso en el estreno de una película o incluso un cuadro en una galería de arte, sobre todo porque no tengo espacio en mi vida para citas, y mucho menos para echarme novio.

Pero es tan atractivo… No solo está forrado, sino que también es guapísimo. Me quejaría de lo injusta que es la vida si encima no fuera tan encantador.

Por ejemplo, antes de pasar a hablar con mi jefe, un tío llamado Stewart Lynch, que le saca por lo menos veinte años y muestra un claro resentimiento por recibir órdenes de alguien a quien él se refiere como «el chaval», Andrew Winchester se paró un momento frente a mi mesa, me sonrió y se dirigió a mí por mi nombre.

—Hola, Nina —dijo—. ¿Qué tal estás?

Obviamente, no sabe quién soy. Solo ha leído mi nombre en la placa de mi escritorio. Aun así, es un detalle que se tomara la molestia. Me ha gustado oír de su boca mi vulgar nombre de cuatro letras.

Andrew lleva media hora hablando con Stewart en su despacho. Mi jefe me ha dado instrucciones de que no me vaya mientras el señor Winchester esté ahí dentro, pues podría necesitar que le buscara algunos datos en el ordenador. No tengo idea de a qué se dedica Stewart, pues yo me encargo de todo su trabajo. Pero no pasa nada. Me parece genial, siempre y cuando me pague el sueldo y el seguro médico. Cecelia y yo necesitamos un lugar donde vivir, y, según el pediatra, hay que ponerle varias vacunas el mes que viene (¡contra enfermedades que ni siquiera tiene!).

Pero sí me molesta un poco que Stewart no me haya avisado de que iba a pedirme que me quedara. Se supone que ahora me tocaría una extracción. Tengo los pechos doloridos, henchidos de leche, y siento como si los corchetes de mi sujetador de lactancia cutre estuvieran a punto de estallar. Me esfuerzo por no pensar en Cece, porque estoy convencida de que, en cuanto lo haga, la leche me brotará a chorro de los pezones. Y eso es algo que no conviene que pase cuando una está sentada frente a su escritorio.

He dejado a Cece al cuidado de Elena, la vecina. También es madre soltera, así que nos alternamos en las labores de canguro.

Mi horario es más regular que el suyo, y ella trabaja en el turno de noche en un bar, así que unas veces yo me ocupo de Teddy, y otras veces ella se ocupa de Cece. Y así vamos tirando. A duras penas.

Cuando estoy en la oficina, echo de menos a la niña. Pienso en ella a todas horas. Siempre había fantaseado con que, cuando tuviera un bebé, podría quedarme en casa durante los primeros meses, por lo menos. En vez de ello, me tomé mis dos semanas de vacaciones y luego tuve que volver al trabajo, aunque aún me dolía un poco cuando caminaba. Me habrían concedido una baja de doce semanas, pero no habría cobrado las otras diez. ¿Quién puede permitirse estar diez semanas sin cobrar? Yo no, desde luego.

A veces, Elena parece resentida con su hijo por haber tenido que renunciar a tantas cosas por él. Yo estaba cursando sin prisas un doctorado en filología inglesa y viviendo en un estado de semipobreza cuando el test de embarazo salió positivo. Al ver las dos rayas azules, comprendí que con mi estilo de vida de eterna estudiante de posgrado me sería imposible mantenerme a mí misma y al niño que estaba por nacer. Al día siguiente dejé el doctorado y comencé a patearme las calles en busca de un empleo que me permitiera pagar las facturas.

Este no es el trabajo de mis sueños ni mucho menos, pero el sueldo es decente, las prestaciones estupendas, y la jornada fija y no demasiado larga. Además, me aseguran que hay posibilidades de ascenso. A la larga.

Ahora mismo, solo tengo que aguantar los próximos veinte minutos sin que se me salga la leche.

Estoy a esto de irme corriendo al baño con la mochilita en la que guardo el extractor y los pequeños biberones cuando la voz crepitante de Stewart suena por el intercomunicador.

—Nina —me brama—, ¿podrías traerme los datos de Grady?

—¡Sí, señor, enseguida!

En mi ordenador, cargo los archivos que me ha pedido y le doy a imprimir. Los datos ocupan unas cincuenta páginas, así que me quedo sentada dando golpecitos en el suelo con los pies mientras contemplo cómo la impresora escupe una hoja tras otra. Una vez impresa la última página, cojo el fajo de papeles y me dirijo a toda prisa al despacho de Stewart.

Abro la puerta unos centímetros.

—Con permiso, señor Lynch.

—Adelante, Nina.

Dejo que la puerta se abra del todo. Enseguida me percato de que los dos clavan los ojos en mí, y no con una mirada de admiración como las que solía atraer en los bares antes de que me dejaran preñada y mi vida diera un vuelco. Me observan como si tuviera una araña gigante colgando del pelo y ni siquiera me hubiera enterado. Estoy a punto de preguntarles qué coño miran cuando bajo la vista y lo descubro.

Me he manchado. Se me ha escapado leche de las tetas, como a una vaca. Tengo un círculo enorme en torno a cada pezón, y unas gotitas se me escurren por la blusa. Me entran ganas de meterme gateando debajo de una mesa y morirme.

—¡Nina! —exclama Stewart—. ¡Haz el favor de limpiarte!

—Claro —digo de forma atropellada—. Lo…, lo siento mucho. Es que…

Dejo caer los papeles sobre el escritorio de Stewart y salgo del despacho lo más deprisa que puedo. Me pongo el abrigo para taparme la blusa, parpadeando para contener las lágrimas. No sé si estoy más afectada por el hecho de que el jefe del jefe de mi jefe me haya visto con la ropa manchada o por toda la leche que acabo de desperdiciar.

Llevo el extractor al baño, lo conecto y consigo aliviar la presión en los pechos. Aunque estoy muerta de vergüenza, descargar toda esa leche resulta de lo más placentero. Tal vez incluso más que el sexo. Aunque apenas me acuerdo de lo que se siente al echar un polvo, pues la última vez fue ese puñetero rollo de una noche que me llevó a encontrarme en esta situación para empezar. Lleno dos biberones enteros de ciento cincuenta mililitros y los meto en la mochila con una bolsa de hielo. Debo guardarla en la nevera hasta que llegue la hora de irme a casa. Por el momento, tengo que regresar a mi mesa y llevar el abrigo puesto toda la tarde, pues acabo de descubrir que, incluso una vez seca, la leche deja mancha.

Cuando entreabro la puerta del baño, me sobresalto al ver a alguien ahí de pie. Y no se trata de cualquiera, sino de Andrew Winchester, nada menos. El jefe del jefe de mi jefe. Tiene el puño alzado, en ademán de llamar a la puerta. Abre mucho los ojos cuando me ve.

—Eh…, hola —titubeo—. El aseo de caballeros, hum, está allí.

Me siento como una tonta al decir esto. O sea, la empresa es suya. Además, hay una silueta de una mujer con vestido en la puerta del baño. Evidentemente ya se ha dado cuenta de que es el lavabo de señoras.

—Lo cierto es que te buscaba a ti —declara.

—¿A mí?

Asiente con la cabeza.

—Quería ver si estabas bien.

—Sí, estoy bien. —Intento sonreír y disimular la vergüenza por lo de antes—. No es más que leche.

—Lo sé, pero… —Frunce el ceño—. Stewart se ha portado como un idiota contigo. Me ha parecido inaceptable.

—Ya, bueno… —Me siento tentada de enumerar todas las ocasiones en que Stewart se ha portado como un idiota conmigo, pero no es buena idea hablar mal de tu jefe—. No pasa nada. En fin, me iba a ir a comer, así que…

—Yo también. —Arquea una ceja—. ¿Comemos juntos?

Le digo que sí, por supuesto. Aunque no hubiera sido el jefe del jefe de mi jefe, le habría dicho que sí. Para empezar, es guapísimo. Me encantan su sonrisa, las pequeñas arrugas que se le forman en las comisuras de los ojos y el hoyuelo que asoma en su barbilla. Pero no me está proponiendo una cita romántica ni nada por el estilo. Solo le sabe mal lo que ha pasado antes, en el despacho de Stewart. Seguramente alguien de recursos humanos le ha recomendado que me invite para arreglar un poco las cosas.

Sigo a Andrew Winchester hasta la planta baja, al vestíbulo del edificio que le pertenece. Supongo que me llevará a uno de los numerosos restaurantes de postín que hay en la zona, así que me quedo de una pieza cuando me guía hasta el puesto de perritos calientes de enfrente y se pone a la cola.

—Los mejores perritos de la ciudad. —Me guiña un ojo—. ¿Qué te gusta ponerles?

—Pues… ¿mostaza, supongo?

Cuando llegamos al frente de la fila, pide dos perritos calientes con mostaza y dos botellines de agua. Tras entregarme uno de cada, se dirige hacia una casa de piedra rojiza que está en la misma manzana. Se sienta en los escalones de la entrada y yo me acomodo a su lado. Casi resulta cómico ver a ese hombre tan apuesto sentado en la calle con su traje caro y un perrito bañado en mostaza.

—Gracias por el perrito, señor Winchester —digo.

—Andy —me corrige.

—Andy —repito. Le doy un mordisco al perrito. Está bastante bueno, pero… ¿el mejor de la ciudad? No estaría tan segura. A ver, no es más que pan con carne de origen desconocido.

—¿Cuántos meses tiene tu bebé? —pregunta.

Me pongo colorada de gusto como siempre que alguien me pregunta por mi hija.

—Cinco.

—¿Cómo se llama?

—Cecelia.

—Es bonito. —Sonríe—. Como la canción.

Con esto gana bastantes puntos, pues justamente le puse ese nombre por el tema de Simon y Garfunkel, aunque escrito de otra manera. Era la canción favorita de mis padres. Era su canción antes de que ese accidente de avión me los arrebatara. Y rendirles ese homenaje me ayudó a volver a sentirme unida a ellos.

Pasamos veinte minutos sentados en el escalón, comiéndonos los perritos y charlando. Me sorprende lo campechano que es Andy Winchester. Me encanta el modo en que me sonríe y que me pregunte cosas sobre mí, como si le interesara de verdad. Tiene don de gentes. No sé qué le han pedido los de recursos humanos que haga conmigo, pero lo ha bordado. Se me ha pasado del todo el disgusto por el incidente en el despacho de Stewart.

—Más vale que regrese —le digo cuando mi reloj marca la una y media—. Stewart me matará si alargo demasiado la pausa para el almuerzo.

Me abstengo de mencionar que Stewart trabaja para él.

Se pone de pie y se sacude las manos para quitarse las migas.

—Tengo la sensación de que no te esperabas que te llevara a comer perritos.

—Ha estado bien. —Y lo digo con sinceridad. Lo he pasado genial comiendo perritos con Andy.

—Deja que te compense. —Me mira a los ojos—. Te invito a cenar esta noche.

Me quedo boquiabierta. Andrew Winchester podría salir con cualquier mujer que quisiera. Con cualquiera. ¿Por qué quiere llevarme a cenar a mí?

Pero tengo tantas ganas que casi me resulta doloroso rechazar su invitación.

—No puedo. No tengo a nadie que se quede con la niña.

—Mi madre vendrá a la ciudad mañana por la tarde —dice—. Adora a los bebés. Estará encantada de cuidar de Cecelia.

Tengo la boca abierta de par en par. No solo me ha invitado a cenar, sino que, cuando le he planteado un obstáculo, ha ofrecido una solución. Una solución en la que pretende involucrar a su propia madre. No cabe duda que está deseando ir a cenar conmigo.

¿Cómo voy a negarme?

39

Paso número dos: comete la ingenuidad de casarte con un hombre sádico y perverso

Andy y yo llevamos tres meses casados, y a veces tengo que pellizcarme.

Nuestro noviazgo fue breve. Antes de conocer a Andy, todos los hombres con los que salía solo querían jugar conmigo. Pero Andy no estaba para jueguecitos. Desde la noche de aquella mágica primera cita, me dejó claras sus intenciones. Estaba buscando una relación seria. Había estado prometido con una mujer llamada Kathleen un año antes, pero la cosa no había funcionado. Estaba dispuesto a casarse, a hacerse cargo de mí y también de Cecelia.

Y, desde mi punto de vista, él reunía todo lo que yo buscaba. Quería un hogar seguro para mi hija y para mí. Quería un marido con un trabajo estable, que pudiera asumir el papel de figura paterna para mi niña. Quería un hombre atento, responsable y…, bueno, sí, atractivo. Andy cumplía todos los requisitos.

Durante los días previos a la boda, no paraba de intentar encontrarle algún defecto. Era imposible que existiera alguien tan perfecto como Andy Winchester. Seguro que tenía un problema secreto con el juego, o tal vez una familia oculta en Utah. Incluso consideré la posibilidad de llamar a Kathleen, su exprometida. Él me había mostrado fotos de ella —era rubia, como yo, y con un rostro muy dulce—, pero, como no sabía su apellido, no conseguí localizarla en las redes sociales. Por lo menos no estaba poniéndolo a parir por todo internet. Lo tomé como una buena señal.

Lo único que no me parece ideal de Andy es..., bueno, su madre. Evelyn Winchester pasa un poco más de tiempo con nosotros del que a mí me gustaría. Y no la describiría como la persona más cariñosa del mundo. Pese a que Andy asegura que «adora a los bebés» y está «encantada» de cuidar a Cece, siempre parece incomodarse cuando le pedimos que se quede con ella. Y el día termina invariablemente con una serie de críticas sobre mi papel como madre, mal disfrazadas de «sugerencias».

Pero voy a casarme con Andy, no con su madre. A nadie le cae bien su suegra, ¿no? Puedo soportar a Evelyn, sobre todo porque no muestra interés en mí más allá de mis deficientes aptitudes maternales. Si el único fallo de Andy es su madre, la cosa pinta bastante bien.

Así que me casé con él.

Y, aunque ya han pasado tres meses, sigo montada en una nube. Aún me parece increíble contar con la suficiente estabilidad económica para quedarme en casa con mi niña. Tengo la intención de retomar los estudios de posgrado algún día, pero ahora mismo quiero disfrutar al máximo de mi familia. De Cece y Andy. ¿Cómo puede una mujer ser tan afortunada?

A cambio, intento ser la esposa perfecta. En el poco tiempo libre de que dispongo, voy al gimnasio para mantenerme en plena forma. He llenado el armario de ropa blanca poco práctica porque le encanta verme vestida de blanco. He estudiado recetas que he encontrado en internet y le cocino siempre que puedo. Quiero hacerme digna de la increíble vida que me ha regalado.

Esta noche beso a Cecelia en la tersa mejilla y me recreo unos segundos más contemplándola y aspirando el aroma a talco para bebés. Le coloco un mechón rubio y suave detrás de una de sus orejas casi traslúcidas. La quiero tanto que a veces me entran ganas de comérmela entera.

Cuando salgo de su cuarto, me encuentro a Andy esperándome fuera. Me sonríe, con su cabello oscuro impecable, sin un pelo fuera de lugar, tan apuesto como el día que lo conocí. Sigo sin entender por qué me eligió a mí. Podría tener a cualquier mujer del mundo. ¿Por qué yo?

Pero tal vez no debería darle tantas vueltas, sino simplemente centrarme en mi felicidad.

—Hey —dice, colocándome un mechón rubio tras la oreja, como he hecho antes con Cecelia—. Veo que se te empiezan a notar las raíces.

—Ah. —Cohibida, me llevo la mano al nacimiento del pelo. Como a Andy le vuelve loco el cabello rubio, empecé a ir al salón de belleza después de que nos prometiéramos para aclararme el pelo y darle un tono más dorado—. Vaya, supongo que he estado tan liada con Cece que se me ha pasado.

No sé cómo interpretar su expresión. Aunque continúa sonriendo, hay algo en su sonrisa que parece fuera de lugar. No estará molesto porque me he saltado una cita con la estilista, ¿verdad?

—Oye —continúa—, antes necesito que me eches una mano con algo.

Levanto una ceja, aliviada de que no parezca demasiado disgustado por lo de mi cabello.

—Faltaría más. ¿Con qué?

Alza la vista hacia el techo.

—Tengo unos papeles del trabajo guardados en alguna parte del trastero de arriba. Me preguntaba si podrías ayudarme a buscarlos. Debo tener listo un contrato esta noche. Después de eso, podríamos… —Me sonríe de oreja a oreja—. Ya sabes.

No me espero a que me lo diga dos veces.

Llevo ya unos cuatro meses viviendo en esta casa, y nunca he estado en el trastero del desván. Subí las escaleras una vez, mientras Cece se echaba una siesta, pero la puerta estaba cerrada con llave, así que volví a bajar. Según Andy, solo se trata de un montón de papeles. Nada muy emocionante.

A decir verdad, no me apasiona la idea de ir ahí arriba. No

padezco algún tipo absurdo de fobia a los desvanes, pero la escalera que conduce hasta ese lugar da un poco de mal rollo. Está oscura, y los peldaños chirrían con cada paso. Subo detrás de Andy, intentando mantenerme lo más cerca posible de él.

Cuando llegamos arriba, Andy me guía por el pequeño pasillo que desemboca en la puerta cerrada. Saca su juego de llaves e introduce una de las pequeñas en la cerradura. A continuación, abre la puerta de un empujón y tira de un cordón para encender la luz.

Parpadeo hasta que los ojos se adaptan a ella y entonces paseo la vista alrededor. El trastero no es como lo había imaginado. Parece más bien un dormitorio reducido, con un catre arrumbado en un rincón. Incluso hay una cómoda pequeña y una mininevera. Al fondo del cuarto hay un ventanuco diminuto.

—Ah. —Me rasco la barbilla—. Es una habitación. Me esperaba un espacio de almacenamiento lleno de cachivaches.

—Bueno, lo guardo todo en ese mueble de ahí —explica, señalando el armario situado cerca de la cama.

Me acerco y echo un vistazo dentro. No hay nada salvo un cubo de plástico azul. No veo documentos por ninguna parte, y mucho menos un montón de ellos que requiera que dos personas rebusquen en él. No entiendo muy bien qué pretende Andy que haga.

De pronto, oigo un portazo.

Alzo la cabeza y me vuelvo. Me percato de que estoy sola en la minúscula habitación. Andy ha salido y cerrado la puerta tras de sí.

—¿Andy? —lo llamo.

Cruzo la habitación con dos zancadas y llevo la mano al pomo. No gira. Lo intento con más fuerza, apoyando todo mi peso sobre él, pero no hay suerte. El pomo no se mueve.

La puerta está cerrada con llave.

—¿Andy? —llamo de nuevo. No obtengo respuesta—. ¡Andy!

¿Qué demonios pasa aquí?

A lo mejor ha bajado las escaleras para ir a por algo y la corriente ha cerrado la puerta. Pero eso no explica por qué no hay papeles en este cuarto, pese a que eso es lo que ha dicho que veníamos a buscar.

Aporreo la madera con el puño.

—¡Andy!

Sigo sin recibir respuesta.

Aplico la oreja a la puerta. Percibo unas pisadas, pero no se acercan. Por el contrario, se alejan escaleras abajo hasta apagarse.

Seguro que no me oye. Es la única explicación posible. Me palpo los bolsillos, pero he dejado mi móvil en el dormitorio. Imposible llamarlo.

Mierda.

Mis ojos se posan en la única y exigua ventana que está en un rincón de la habitación. Me dirijo hacia ella y, al mirar al exterior, descubro que da al jardín trasero. O sea que no hay manera de captar la atención de nadie de fuera. Me quedaré aquí atrapada hasta que regrese Andy.

No soy especialmente claustrofóbica, pero este cuarto es muy pequeño, y el techo está inclinado hacia la cama. Además, la idea de estar encerrada aquí empieza a ponerme los nervios de punta. Sí, Andy volverá pronto, pero no me gusta este espacio cerrado. Se me acelera la respiración y noto un hormigueo en la yema de los dedos.

Tengo que abrir esa ventana.

La empujo por la parte de abajo, pero no cede ni un milímetro. Por un momento, me da la impresión de que va a abrirse hacia fuera, pero eso no ocurre. ¿Qué narices le pasa a esta puñetera ventana? Respiro hondo, intentando tranquilizarme. Examino la ventana más de cerca.

Está pegada por la pintura.

Cuando reaparezca Andy, me va a oír. Me considero una persona de buen carácter, pero no me gusta un pelo haberme quedado confinada en este cuarto. Algo tenemos que hacer con esa cerradura para asegurarnos de que no vuelva a cerrarse de manera automática. Porque ¿qué habría pasado si hubiéramos estado dentro los dos? Nos habríamos visto en un buen aprieto.

Vuelvo a golpear la puerta con insistencia.

—¡Andy! —grito a pleno pulmón—. ¡Andy!

Al cabo de quince minutos, me he quedado afónica de tanto chillar. ¿Por qué no ha regresado? Aunque no me oiga, tiene que haberse dado cuenta de que sigo en el desván. ¿Qué se imaginará que estoy haciendo aquí sola? Ni siquiera sé qué documentos quiere.

¿Y si al bajar ha tropezado, ha rodado por las escaleras y ahora yace abajo del todo, en un charco de sangre? Es la única explicación lógica que se me ocurre.

Media hora después, estoy a punto de perder la cabeza. Me duele la garganta y tengo los puños enrojecidos de aporrear la puerta. Quiero estallar en lágrimas. ¿Dónde se habrá metido Andy? ¿Qué sucede aquí?

Justo cuando pienso que voy a enloquecer, oigo una voz al otro lado de la puerta.

—¿Nina?

—¡Andy! —exclamo—. ¡Menos mal! ¡Me he quedado encerrada aquí! ¿No me has oído gritar?

Se produce un largo silencio tras la puerta.

—Sí, te he oído.

No sé ni qué responder a esto. Si me ha oído, ¿por qué no me ha dejado salir? Pero eso es lo de menos ahora mismo. Solo quiero largarme de esta habitación.

—¿Me abres la puerta, por favor?

Otro silencio prolongado.

—No. Todavía no.

¡¿Qué?!

—No lo entiendo —barboteo—. ¿Por qué no puedes abrirme? ¿Has perdido la llave?

—No.

—¡Entonces sácame de aquí!

—Te he dicho que todavía no.

Me estremezco al oír el tono cortante de las dos últimas palabras. No lo entiendo. ¿Qué está pasando? ¿Por qué no me deja salir del desván?

Fijo la vista en la puerta que nos separa. Hago otro intento de girar el pomo, con la esperanza de que se trate de una broma. Sigue sin ceder.

—Andy, necesito que me abras la puerta.

—No me digas lo que tengo que hacer en mi propia casa. —Habla con una entonación tan extraña que apenas reconozco su voz—. Debes aprender la lección antes de salir.

Un escalofrío vertiginoso me baja por la espalda. Durante nuestro noviazgo, Andy me parecía perfecto. Era tierno, romántico, guapo, rico y afectuoso con Cecelia. Yo había estado buscando su único defecto garrafal.

Lo he encontrado.

—Andy —le ruego—, por favor, déjame salir de aquí. No sé por qué estás enfadado, pero podemos solucionarlo. Abre la puerta para que hablemos.

—Va a ser que no —responde con voz serena e imperturbable; justo lo contrario de como me siento en este momento—. La única manera de aprender es ver las consecuencias de tus actos.

Respiro hondo.

—Andy, vas a dejarme salir de esta puta habitación ahora mismo.

Le pego fuertes patadas a la puerta, pero como voy descalza los impactos no son muy contundentes. Al final solo consigo hacerme daño en los dedos. Espero a oír el chasquido del pestillo al descorrerse, pero eso no sucede.

—Hostia santa, Andy —gruño—. Abre la puerta. Abre. La. Puerta.

—Estás alterada —observa—. Ya regresaré cuando te hayas calmado.

Sus pisadas suenan cada vez más lejanas. Se está yendo.

—¡Andy! —bramo—. ¡No te atrevas a largarte! ¡Vuelve! ¡Vuelve y abre la puta puerta! ¡Andy, como no me saques de aquí, te dejo! ¡Que me abras! —Golpeo la puerta con los puños—. ¡Estoy calmada! ¡Déjame salir!

Sin embargo, el sonido de los pasos se atenúa hasta extinguirse.

40

Paso número tres: descubre que tu marido es la maldad pura

Es medianoche. Han pasado tres horas.

He aporreado y arañado la puerta hasta clavarme astillas bajo las uñas. He gritado hasta desgañitarme. He pensado que, aunque él no quisiera sacarme de aquí, tal vez los vecinos me oirían. Pero al cabo de una hora, he perdido la esperanza.

Estoy sentada en el catre, en un rincón de la habitación. Con los muelles del colchón clavándoseme en las nalgas, por fin dejo que las lágrimas se me deslicen por las mejillas. No sé qué planes tiene para mí, pero no pienso más que en Cecelia, dormidita en su cuna. Sola con ese psicópata. ¿Qué piensa hacer conmigo? ¿Y con ella?

Si consigo salir de aquí, cogeré a la niña y me alejaré lo más deprisa posible de ese hombre. Me da igual cuánto dinero tenga. Me da igual que estemos casados ante la ley. No quiero saber nada de él.

—¿Nina?

Es la voz de Andy. Me levanto de la cama de un salto y me acerco a la puerta.

—Andy —jadeo con la poca voz que me queda.

—Estás afónica —comenta.

No sé qué responder a eso.

—No te molestes en gritar —prosigue—. Debajo del desván, todo está insonorizado. Nadie te va a oír. Podría celebrar una cena con invitados ahí abajo, y ninguno de ellos se enteraría de tus gritos.

—Por favor, sácame de aquí —gimo.

Estoy dispuesta a hacer lo que haga falta. Accederé a todo lo que me pida si me deja salir. Por supuesto, una vez que la puerta esté abierta, lo dejaré. Me da igual que el acuerdo prematrimonial estipule que, si pido el divorcio antes de finalizar el primer año de matrimonio, no recibiré un centavo. Aceptaré cualquier cosa con tal de largarme de aquí.

—No te preocupes, Nina —dice—. Te dejaré salir. Te lo prometo.

Exhalo, aliviada.

—Pero todavía no —añade—. Tienes que tomar conciencia de las consecuencias de lo que has hecho.

—¿De qué hablas? ¿Las consecuencias de qué?

—Tu pelo. —Su voz destila repugnancia—. No puedo permitir que mi mujer vaya por ahí hecha un adefesio, con las raíces oscuras a la vista.

Las raíces. Me parece demencial que esté tan molesto por eso. No son más que unos milímetros de cabello.

—Lo siento mucho. Te prometo que pediré hora en la peluquería de inmediato.

—No basta con eso.

Apoyo la frente contra la madera.

—Iré mañana a primera hora. Te lo juro.

Oigo un bostezo al otro lado de la puerta.

—Me voy a dormir. Ten paciencia, que ya seguiremos hablando mañana de tu castigo.

Sus pisadas se alejan. Aunque me duelen las manos de golpear la puerta, vuelvo a las andadas. Estampo el puño contra la madera con tanta fuerza que me sorprende no romperme todos los huesos de la mano.

—¡Andy, ni se te ocurra dejarme aquí toda la noche! ¡Vuelve aquí! ¡Vuelve!

Pero pasa de mí, como antes.

Duermo en el cuartucho. Pues claro. ¿Qué remedio me queda?

Creía que no pegaría ojo, pero de algún modo conseguí conciliar el sueño. Entre los aullidos y los puñetazos a la puerta, la adrenalina cedió el paso al agotamiento y caí redonda en el viejo e incómodo catre. No es mucho peor que la cama en la que dormía en el apartamento diminuto en que vivíamos Cecelia y yo, pero me he acostumbrado al colchón viscoelástico de Andy.

Me viene a la memoria la época en que estaba sola con Cece. Me pasaba el día agobiada, al borde del llanto. No tenía idea de lo buena que era mi vida antes de casarme con un psicópata capaz de encerrarme durante una noche entera solo por haberme saltado una cita con la estilista.

Cece. Espero que esté bien. Como ese cabrón se atreva a tocarle un pelo, juro que lo mato. Me da igual si me encierran de por vida en la cárcel.

Amanezco con dolor de espalda. Siento como si mi cabeza estuviera a punto de estallar. Lo peor es que tengo la vejiga llena. Tanto que me duele. Ahora mismo, es mi problema más acuciante.

Pero ¿qué puedo hacer? El baño está fuera de la habitación.

Por otro lado, si espero mucho más, me orinaré encima.

Me levanto y echo a andar de un lado a otro por el cuarto. Pruebo a girar el pomo una vez más, con la esperanza de que lo sucedido anoche sea solo fruto de mi imaginación y la puerta se abra como por arte de magia. No hay suerte. Sigue cerrada con llave.

Recuerdo que, cuando eché un vistazo dentro del armario, solo había un objeto. Un cubo.

Andy lo preparó todo. Me engañó para que subiera aquí. Instaló una cerradura en la parte exterior de la puerta. Y si dejó ese cubo ahí fue por algo.

No hay vuelta de hoja. Voy a tener que hacerlo.

Supongo que hay cosas peores que orinar en un cubo. Tras sacarlo del armario, hago lo que tengo que hacer. Luego vuelvo a guardarlo. Con un poco de suerte, no me veré obligada a volver a utilizarlo.

Noto la boca seca y me rugen las tripas, aunque comer algo me provocaría arcadas. Me pregunto si, del mismo modo que pensó en poner un cubo ahí, habrá tenido el detalle de dejarme más cosas en otras partes de la habitación. Abro de un tirón la puerta de la mini-nevera, esperando encontrar algo parecido a un festín en el interior.

No hay más que tres botellines de agua.

Tres preciosos botellines de agua.

Por poco me desmayo de alivio. Cojo una botella, desen-rosco el tapón y la despacho casi de un solo trago. Aún siento sequedad en la garganta, pero un poco menos.

Me quedo mirando los otros dos botellines. Me encantaría beberme otro, pero me da miedo. ¿Cuánto tiempo piensa Andy mantenerme aquí encerrada? No tengo la menor idea. Más vale que racione mis provisiones.

—¿Nina? ¿Estás despierta?

Es la voz de Andy, desde el otro lado de la puerta. Me tambaleo hacia ella, y la cabeza me retumba con cada paso.

—Andy...

—Buenos días, Nina.

Cierro los ojos, presa de un mareo.

—¿Cecelia está bien?

—Sí, perfectamente. Le he dicho a mi madre que has ido a visitar a unos familiares, así que ella cuidará de Cecelia hasta que regreses.

Suelto un suspiro. Por lo menos mi hija está a salvo. Evelyn Winchester no es mi persona favorita en el mundo, pero es una niñera concienzuda.

—Andy, por favor, déjame salir.

Hace caso omiso de mi súplica, cosa que a estas alturas no me sorprende.

—¿Has encontrado el agua en la nevera?

—Sí. —Y, aunque me repatea decirlo, agrego—: Gracias.

—Procura que te dure. No puedo darte más.

—Entonces déjame salir —repito con voz ronca.

—Lo haré —asegura—, pero antes tienes que hacer algo por mí.

—¿Qué? Haré lo que sea.

Guarda silencio un momento.

—Tienes que entender que el cabello es un privilegio.

—Vale, lo entiendo.

—¿De veras, Nina? Pues yo creo que, si lo entendieras, no te pasearías por ahí con esas pintas, exhibiendo esas raíces oscuras.

—Lo…, lo siento mucho.

—Como no has sido capaz de cuidar de tu pelo, ahora me lo vas a dar.

Unas náuseas terribles me atenazan la boca del estómago.

—¿Qué?

—No todo. —Suelta una risita, porque eso sería absurdo, desde luego—. Quiero cien cabellos.

—¿Quieres…, quieres que te dé cien cabellos míos?

—Exacto. —Golpetea la puerta—. Si me entregas cien cabellos, te dejaré salir de la habitación.

Es la petición más estrambótica que he oído nunca. ¿Quiere que le dé cien cabellos míos como castigo por dejarme las raíces oscuras? Podría sacarlos de entre los que se han quedado enredados en mi cepillo. ¿Sufrirá una especie de fetichismo capilar? ¿De eso va todo esto?

—Si le echas una ojeada a mi cepillo…

—No —me interrumpe—. Quiero que te los arranques de la cabeza. Quiero ver la raíz.

Me quedo pasmada.

—¿Lo dices en serio?

—¿Te parece que estoy de broma? —espeta. Enseguida suaviza el tono—. En la cómoda encontrarás unos sobres. Quiero que metas los cabellos en uno y me lo pases por debajo de la puerta. Si lo haces, sabré que has aprendido la lección y te dejaré salir.

—Está bien —accedo. Me paso la mano por la rubia cabellera y se me quedan dos pelos pegados a los dedos—. Dentro de cinco minutos lo tendrás.

—Ahora debo irme a trabajar, Nina —replica él, irritado—, pero, cuando regrese a casa, quiero que tengas esos cabellos listos para mí.

—¡Pero si puedo hacerlo en un momento! —Me tiro de nuevo del pelo, y se me desprende otro cabello.

—Estaré de vuelta a las siete —dice—. Y no olvides que quiero cabellos intactos. ¡Si no se ve la raíz, no cuenta!

—¡No, por favor! —Me agarro de los pelos con más violencia. Aunque me lloran los ojos, solo consigo arrancar unos pocos—. ¡Te los doy enseguida! ¡Espera un poco!

Pero no piensa esperar. Se marcha. El sonido de sus pasos se aleja hasta apagarse, como antes.

He aprendido por las malas que, por más que chille o aporree la puerta, no conseguiré que vuelva. Es inútil que malgaste mis energías y empeore mi ya de por sí atroz dolor de cabeza. Más vale que me concentre en conseguirle lo que quiere. Entonces podré regresar al lado de mi hija. Y huir de esta casa para siempre.

41

Logro completar la tarea antes de las siete de la tarde.

He obtenido unos veinte cabellos pasándome los dedos varias veces por el pelo. Después, sabía que tendría que arrancarme de raíz los que faltaban, uno a uno. Procedí a coger un cabello, respirar hondo y tirar de él, y así hasta ochenta veces. Intenté desarraigar mechones enteros, pero eso dolía una barbaridad. Por fortuna, tengo el cabello sano, así que casi todos salían con el folículo intacto. Después de alumbrar a Cecelia, habría tenido que quedarme calva a tirones para reunir suficientes pelos con la raíz entera.

Así que, cuando dan las siete, estoy sentada en el catre, sujetando un sobre que contiene cien cabellos míos. Me muero de ganas de entregárselo y largarme de aquí. Y presentarle los papeles de divorcio a ese capullo enfermo.

—¿Nina?

Consulto mi reloj. Las siete en punto. El tío es puntual, eso hay que reconocérselo.

Me levanto de la cama como un resorte y apoyo la cabeza contra la puerta.

—Lo tengo —anuncio.

—Pásalo por debajo.

Deslizo el sobre por la rendija de debajo de la puerta. Imagino a Andrew al otro lado, rasgando el sobre y examinando mis folículos. A estas alturas me da igual lo que haga, siempre y cuando me saque de aquí. He hecho lo que me ha pedido.

—¿Te vale? —pregunto. Me arde la garganta de tan seca que la tengo. A lo largo del día me he terminado los dos botellines de agua que me quedaban, tras reservar el último para la hora final. Cuando salga de aquí, me beberé cinco vasos de agua seguidos. Y haré pis en un retrete de verdad.

—Dame un minuto —dice—. Lo estoy comprobando.

Aprieto los dientes, intentando no prestar atención a los gruñidos rabiosos de mi estómago. Ya hace veinticuatro horas que no pruebo bocado y estoy mareada de hambre. Ha llegado un momento en que los pelos empezaban a parecerme apetitosos.

—¿Dónde está Cece? —pregunto con voz ahogada.

—Abajo, en su parque —responde. Creamos una zona acotada en el salón donde pudiéramos dejarla jugar sin temor a que se hiciera daño. Fue idea de Andy. Es tan atento…

No, no lo es. Esa faceta suya no era más que una ilusión. Una farsa.

Es un monstruo.

—Hummm —dice Andy.

—¿Qué pasa? —pregunto con un hilillo de voz.

—A ver —contesta—. Casi todos los cabellos están bien, pero hay uno sin folículo.

Qué hijo de puta.

—Vale. Te daré otro.

—Me temo que no será posible. —Suspira—. Tendrás que volver a empezar. Pasaré a visitarte mañana por la mañana. Espero que entonces tengas cien cabellos intactos para mí. De lo contrario, tendremos que seguir intentándolo.

—No… —Sus pisadas se pierden pasillo abajo, y de pronto cobro conciencia de que me está abandonando de verdad, sin comida ni agua—. ¡Andy! —Apenas consigo alzar mi cascada voz por encima de un susurro—. ¡No me hagas esto! ¡Por favor, no lo hagas!

Pero se ha ido.

Tengo listos los cien cabellos adicionales antes de la hora de dormir, por si acaso se presenta de nuevo, pero no. Incluso añado diez cabellos de propina. Por alguna razón, ahora se me desprenden con mayor facilidad. Casi no siento nada cuando un pelo se separa de mi cuero cabelludo.

Solo puedo pensar en beber. En comer y beber, pero sobre todo en beber. Y en mi Cecelia, claro. No sé si volveré a verla jamás. No tengo claro cuánto tiempo puede pasar una persona sin agua, pero seguro que no es mucho. Andy me ha jurado que me sacaría de aquí, pero ¿y si mentía? ¿Y si planea dejarme morir aquí?

Y todo por haberme saltado una visita a la peluquería.

Cuando por la noche se me cierran los ojos, sueño con una charca. Bajo la cabeza hacia ella, pero el agua se aleja. Cada vez que intento beber, el líquido huye de mí. Es como una de esas torturas del infierno.

—¿Nina?

La voz de Andy me despierta. No estoy segura de si me he quedado dormida o me he desmayado. Pero llevo esperándolo toda la noche, así que tengo que levantarme y darle lo que quiere. De lo contrario, jamás saldré de aquí.

«¡Arriba, Nina!».

En cuanto me incorporo en el catre, la cabeza empieza a darme vueltas sin control. Durante un segundo, lo veo todo negro. Agarrada al borde del delgado colchón, aguardo a que se me aclare la vista. Tarda un minuto largo.

—Me temo que no puedo dejarte salir a menos que me entregues esos cabellos —declara Andy desde el otro lado de la puerta.

El sonido de su espantosa voz provoca una descarga de adrenalina que me impulsa a ponerme de pie. Con los dedos temblorosos, cojo el sobre y me acerco a la puerta dando traspiés. Lo paso por debajo antes de dejarme caer contra la pared y resbalar hasta el suelo.

Espero mientras él cuenta. Me parece que le lleva una eternidad. Si decide que no he cumplido sus exigencias, no sé qué voy a hacer. No aguantaré doce horas más aquí. Será el fin. Moriré en este cuarto.

No, tengo que resistir como sea. Por Cece. No puedo dejarla en manos de este monstruo.

—Vale —dice al fin—. Buen trabajo.

Algo gira en la cerradura, y la puerta se abre.

Andy ya lleva puesto su traje y está listo para irse a trabajar. Me había imaginado que, en el momento en que viera a ese hombre después de pasar dos noches atrapada en esta habitación, me abalanzaría sobre él y le sacaría los ojos con las uñas. Pero, en vez de eso, me quedo en el suelo, pues estoy demasiado débil para moverme. Cuando Andy se acuclilla junto a mí, advierto que tiene en las manos un vaso grande de agua y un bagel.

—Toma —dice—. Te he traído esto.

Debería tirarle el agua a la cara. Ganas no me faltan. Pero no creo que pueda salir de aquí sin antes comer y beber algo. Así que acepto su ofrenda, despacho el agua de un trago y engullo trozos del bagel hasta que no queda ni una migaja.

—Siento haber tenido que tomar esa medida —comenta—, pero es la única manera de que aprendas.

—Vete a la mierda —siseo.

Intento ponerme de pie, pero vuelvo a tambalearme. Incluso después de hidratarme, sigo mareada. No puedo andar en línea recta. Dudo que pueda bajar hasta el primer piso.

Así que, aunque me odio a mí misma por ello, me dejo ayudar por Andy. Tengo que apoyar buena parte de mi peso en él mientras descendemos por la escalera. Cuando llego a la primera planta, oigo a Cecelia cantar más abajo. Está sana y salva. No le ha hecho daño. Gracias a Dios.

No pienso darle otra oportunidad.

—Tienes que acostarte —dice Andy con severidad—. No te encuentras bien.

—No —gimo. Quiero estar con Cecelia. Mis brazos ansían estrecharla.

—Ahora mismo estás demasiado débil —replica él, como si me estuviera recuperando de una gripe y no de un encierro de dos días en un cuartucho. Me habla como si aquí la loca fuera yo—. Vamos.

A pesar de todo, tiene razón respecto a que necesito echarme un rato. Me tiemblan las piernas con cada paso y mi cabeza no deja de dar vueltas. Por tanto, dejo que me lleve hasta nuestra cama extragrande y me arrope. Si tenía alguna posibilidad de escapar de aquí, esta se esfuma en cuanto me tiendo en la cama. Es como dormir en una nube después de caer desmayada en ese catre dos noches seguidas.

Los párpados me pesan como si fueran de plomo; no puedo luchar contra el sueño que se ha apoderado de mí. Andy se sienta a mi lado, al borde de la cama, y me pasa los dedos por el cabello.

—Has estado malita —dice—. Necesitas dormir todo el día. No te preocupes por Cecelia. Me aseguraré de que esté bien cuidada.

Habla en un tono tan suave y cariñoso que empiezo a preguntarme si no me lo habré imaginado todo. Al fin y al cabo, ha sido un muy buen marido. ¿De verdad sería capaz de encerrarme en una habitación y obligarme a arrancarme el pelo? No me parece algo propio de él. ¿No será que me ha dado fiebre y todo esto no ha sido más que una horrible alucinación?

No. No ha sido una alucinación. Ha ocurrido de verdad. Estoy segura.

—Te odio —musito.

Sin hacer caso de mi comentario, Andy continúa acariciándome el cabello hasta que se me cierran los ojos.

—Duerme un poco —susurra con dulzura—. Es lo único que te hace falta.

42

**Paso número cuatro: que todo el mundo crea que
estás loca**

Me despierta el sonido de agua que corre a lo lejos.

Aún me siento grogui y perdida. ¿Cuánto tarda el organismo en restablecerse tras pasar dos días privado de comida y agua? Echo un vistazo a mi reloj. Es por la tarde.

Frotándome los ojos, intento identificar la procedencia del gorgoteo. Me parece que viene del baño de la habitación principal, que está cerrado. ¿Se está duchando Andy ahí dentro? En caso afirmativo, no dispongo de mucho tiempo para salir por piernas de aquí.

Mi teléfono está en la mesilla, junto a la cama. Me apresuro a cogerlo, tentada de llamar a la policía para denunciar a Andy. Pero no: esperaré a estar muy lejos de él.

Sin embargo, veo que he recibido un montón de mensajes de texto de Andy. Debe de haberme despertado el sonido de notificación cuando me han llegado. Con el ceño fruncido, los leo uno tras otro.

¿Te encuentras bien?

Tu comportamiento esta mañana me ha parecido muy extraño. Por favor, llámame para que sepa que estás bien.

Nina, ¿va todo bien? Estoy a punto de entrar en una reunión, pero dime algo.

¿Cómo estáis Cece y tú? Por favor, llámame o escríbeme.

El último mensaje es el que capta mi atención. Cecelia. Hace dos días que no la veo. Hasta entonces, no había pasado un solo día sin ella. Ni siquiera quise separarme de ella para irme de luna de miel. ¿Dónde está ahora?

Después de todo, Andy no me habría dejado sola con ella estando yo dormida, ¿no?

Alzo la vista hacia la puerta cerrada. ¿Quién está dentro del baño del dormitorio principal? Había dado por sentado que se trataba de Andy, pero no es posible. Ha estado mandándome mensajes desde la oficina. ¿Habré dejado yo el agua corriendo sin querer? A lo mejor me he levantado para ir al baño y me he olvidado de cerrar el grifo. No es una posibilidad descabellada, teniendo en cuenta lo aturdida que estoy.

Me destapo las piernas. Tengo las manos pálidas y trémulas. Intento levantarme, pero me cuesta. Aunque he bebido agua y he descansado, todavía me encuentro fatal. Tengo que agarrarme a la cama para caminar. No sé si conseguiré llegar hasta el baño.

Respiro hondo y, aguantando el mareo, avanzo lo más lentamente posible. Recorro unas dos terceras partes del camino antes de caer de rodillas. Dios mío, ¿qué me pasa?

Pero necesito saber qué es ese ruido. ¿Por qué hay agua fluyendo en el baño? Ahora que estoy más cerca, veo que la luz está encendida al otro lado de la puerta. ¿Quién está dentro? ¿Quién se ha metido en mi baño?

Me arrastro hasta ahí. Cuando por fin llego a la puerta, levanto el brazo para accionar la manija y empujo para abrir. Y al entrar veo algo que no olvidaré mientras viva.

Es Cece. Está en la bañera, con los ojos cerrados, recostada contra la parte de atrás. La bañera se está llenando con rapidez, y el agua le llega ya a los hombros. Dentro de un par de minutos, le cubrirá la cabeza.

—Cecelia —jadeo.

No dice una palabra. No llora ni me llama. Pero le tiemblan ligeramente los párpados.

Tengo que salvarla. Tengo que cerrar el grifo y sacarla a rastras de la bañera. Pero los pies no me responden, y todos mis movimientos son lentos y torpes, como si estuviera sumergida en melaza. A pesar de todo, la salvaré. Salvaré a mi hija, aunque tenga que poner en ello las pocas fuerzas que me quedan. Aunque me cueste la vida.

Avanzo a gatas por el suelo del baño. La cabeza me da vueltas de forma tan vertiginosa que no sé si seré capaz de mantenerme consciente. Pero no puedo perder el conocimiento. Mi bebé me necesita.

«Ya voy, Cece. Por favor, resiste. Por favor».

Cuando mis dedos rozan la porcelana de la bañera, por poco rompo a llorar de alivio. El agua casi le llega ya a la barbilla. Alargo el brazo hacia la llave del grifo, pero una voz áspera me hace pararme en seco.

—No se mueva, señora Winchester.

Llevo la mano hacia el grifo de todas maneras. Nadie va a impedir que salve a mi niña. Consigo cerrar el agua, pero, antes de que pueda hacer nada más, unos dedos fuertes me asen del brazo y me obligan a ponerme de pie. Entre brumas, veo que un hombre uniformado saca a Cecelia de la bañera.

—¿Qué hacen? —intento preguntar, pero me cuesta articular las palabras.

El hombre que ha rescatado a Cecelia hace caso omiso de mi pregunta.

—Está viva —anuncia otra voz—, pero al parecer le han administrado alguna droga.

—Sí —consigo murmurar—. Droga.

Ellos lo saben. Saben lo que Andy ha estado haciéndonos. Y ahora nos ha drogado a las dos. Menos mal que ha venido la policía. Ahora un sanitario acuesta a Cecelia en una camilla, mientras a mí me colocan en otra. Saldremos de esta. Han venido a socorrernos.

Un hombre vestido como un policía me enfoca los ojos con una linterna. Desvío la vista, crispando el rostro por la intensidad de aquella luz.

—Señora Winchester —dice con sequedad—, ¿por qué intentaba usted ahogar a su hija?

Abro la boca, pero no emito sonido alguno. ¿Ahogar a mi hija? Pero ¿de qué habla? Estaba intentando salvarla. ¿Es que no se dan cuenta?

Pero el agente se limita a sacudir la cabeza. Se vuelve hacia uno de sus colegas.

—Está demasiado ida. Por lo visto se ha puesto hasta arriba de narcóticos también. Llevadla al hospital. Llamaré al marido para comunicarle que hemos llegado a tiempo.

¿Que han llegado a tiempo? Pero ¿qué dice? Llevo durmiendo todo el día. Por Dios santo, ¿qué es lo que creen que he hecho?

43

Los siguientes ocho meses de mi vida los paso en el hospital psiquiátrico de Clearview.

La historia que me han contado una y otra vez es que me tomé un puñado de tranquilizantes que me recetó el médico y que también eché unos cuantos en el biberón de mi hija. Luego la metí en la bañera y abrí el grifo. Al parecer, mi intención era matarnos a las dos. Por fortuna, mi maravilloso marido Andy sospechaba que algo no iba bien, y la policía acudió a tiempo para evitar la tragedia.

No recuerdo nada de eso. No recuerdo haberme tomado pastillas. No recuerdo haber metido a Cecelia en la bañera. Ni siquiera recuerdo que me hayan prescrito ese fármaco, pero el médico de familia que nos atiende a Andy y a mí asegura que sí.

Según el psiquiatra que trata mi caso en Clearview, padezco una depresión mayor y trastorno delirante. Este último es el responsable de que creyera que mi esposo me mantuvo dos días encerrada en un cuarto. La depresión fue lo que me impulsó a intentar suicidarme.

Al principio, no me lo creía. Los recuerdos que guardo de mi reclusión en el desván son tan vívidos que casi siento el escozor en el cuero cabelludo por los pelos que me arranqué. Sin embargo, el doctor Barringer me ha explicado en repetidas ocasiones que, cuando sufrimos delirios, nos parecen muy reales, pese a no serlo.

Así que ahora tomo dos pastillas distintas para que esto no vuelva a suceder jamás: un antipsicótico y un antidepresivo. Durante mis sesiones con el doctor Barringer, acepto la responsabilidad de mis actos, a pesar de que no me acuerdo de nada de eso. Solo recuerdo que me desperté y descubrí que Cecelia estaba en la bañera.

Pero debe de ser verdad que soy la responsable. No había nadie más en casa.

Lo que me acabó de convencer de mi culpabilidad es que Andy nunca me habría hecho una cosa así. Desde el día que lo conocí, se ha portado siempre de maravilla conmigo. Y, desde que me internaron en Clearview, me visita cada vez que encuentra un hueco. El personal lo adora. Trae muffins y galletas para las enfermeras. Y siempre guarda una para mí.

Hoy me ha traído un muffin de arándanos. Llama a la puerta de mi habitación individual en Clearview, un servicio para personas que además de problemas psiquiátricos tienen mucho dinero. Ha venido directo del trabajo, por lo que lleva traje y corbata y está tan guapo que casi duele mirarlo.

Durante mis primeros días en este lugar, me tuvieron encerrada en la habitación. No obstante, he mejorado tanto con la medicación que me han concedido el privilegio de entrar y salir cuando quiera. Andy se sienta en la otra punta de la cama mientras yo me llevo el muffin a la boca. Los antipsicóticos me han avivado el apetito, así que he engordado diez kilos desde que estoy aquí.

—¿Estás lista para volver a casa la semana que viene? —me pregunta.

Muevo la cabeza afirmativamente, limpiándome las migas y trocitos de arándanos de los labios.

—Creo…, creo que sí.

Hace ademán de tomarme de la mano y, aunque me estremezco, consigo reprimir el impulso de apartarla. Al principio, no soportaba que me tocara, pero he logrado superar la repugnancia que me producía. Andy no me hizo nada. Fue mi cerebro, que está hecho una mierda, el que se lo imaginó todo.

Aunque la sensación era tan real…

—¿Cómo está Cecelia? —pregunto.

—Está genial. —Me da un apretón en la mano—. Está muy ilusionada por tu regreso.

Yo temía que ella se olvidara de mí durante mi ausencia, pero no ha sido así. Aunque durante mis primeros meses en el hospital no me permitían verla, cuando Andy por fin me la trajo las dos nos abrazamos, y, cuando el horario de visita terminó, prorrumpió en unos berridos desconsolados que me partieron el alma.

Tengo que volver a casa. Tengo que recuperar la vida que llevaba. Andy se lo ha tomado con una entereza admirable. El pobre no se imaginaba dónde se estaba metiendo al casarse conmigo.

—Bueno, pasaré a recogerte el domingo a mediodía —dice—. Luego te llevaré a casa. Mi madre se quedará con Cece.

—Estupendo —contesto.

Aunque estoy muy emocionada porque voy a salir de aquí y ver a mi hija, la idea de regresar a esa casa me provoca una sensación nauseabunda en la boca del estómago. No estoy deseando pisar de nuevo ese lugar. Y menos aún el desván.

Jamás volveré a subir allí.

44

De qué tienes miedo, Nina?

Alzo la vista al oír la pregunta del doctor Hewitt. Llevo cuatro meses asistiendo a estas sesiones, dos veces por semana, desde que recibí el alta en Clearview. El doctor Hewitt no habría sido mi primera opción. Para empezar, seguramente habría elegido a una psicóloga mujer y más joven, que al menos no tuviera todo el cabello cano. Sin embargo, la madre de Andy nos recomendó encarecidamente al doctor John Hewitt y no me atreví a negarme, considerando el dineral que le ha costado a Andy mi tratamiento psiquiátrico.

De todos modos, el doctor Hewitt ha resultado ser muy competente. Es verdad que me presiona para que responda a preguntas difíciles. Ahora mismo, por ejemplo, ha sacado a colación el hecho de que no me he acercado al desván desde que regresé a casa.

Me revuelvo en su sofá de piel. Los muebles caros de la consulta atestiguan el éxito de mi psicólogo.

—No sé de qué tengo miedo. Ese es el problema.

—¿De verdad crees que hay un calabozo en el desván?

—Un calabozo no, pero…

Tras mi declaración sobre lo que me había ocurrido en nuestra casa, la policía envió a un agente para que echara un vistazo al desván. Examinó la habitación y confirmó que no era más que un trastero, abarrotado de cajas y papeles.

Todo fue fruto de una alucinación. Algo falló en la química de mi cerebro y me imaginé que Andy me tenía prisionera. Mira que creer que me había obligado a arrancarme cabellos y meterlos en un sobre porque me había saltado una cita con la estilista… Parece una auténtica locura, en retrospectiva.

Pero en su momento se me antojaba muy real. Y he sido muy escrupulosa respecto al tinte de mi cabello desde que he vuelto a casa. Por si acaso.

Andy ha mantenido cerrada la puerta de las escaleras que suben al desván. Que yo sepa, no la ha abierto desde mi regreso.

—Creo que tendría un efecto terapéutico que subieras allí —me dice el doctor Hewitt, juntando sus pobladas y blancas cejas—. De ese modo, el lugar ya no ejercerá poder alguno sobre ti. Comprobarás en persona que no es más que un trastero.

—Tal vez…

Andy también ha estado animándome a subir. «Míralo por ti misma. No hay nada que temer».

—Prométeme que lo intentarás, Nina —dice.

—Lo intentaré.

Quizá. Ya veremos.

El doctor Hewitt me acompaña hasta la sala de espera, en una de cuyas sillas de madera está sentado Andy, leyendo algo en el móvil. Cuando me ve, se le dibuja una sonrisa en el rostro. Ha reorganizado su agenda para poder traerme a todas y cada una de estas sesiones. No sé cómo es posible que aún me quiera tanto después de las acusaciones tan terribles que lancé contra él. Pero estamos trabajando juntos para cerrar las heridas.

No me pregunta sobre la sesión hasta que estamos dentro de su BMW.

—¿Qué tal ha ido?

—Cree que debería subir a la habitación del desván.

—¿Y?

Trago saliva mientras contemplo el paisaje que desfila tras la ventanilla.

—Me lo estoy planteando.

Andy asiente con la cabeza.

—Me parece una buena idea. En cuanto entres ahí, te darás cuenta de que todo aquello no fue más que un producto de tu imaginación. Será como una revelación, ¿sabes?

O a lo mejor sufro otra crisis nerviosa e intento matar a Cecelia de nuevo. Cosa que no resultaría nada fácil, por otra parte, dado que en la actualidad no se me permite quedarme a solas con ella. En todo momento están presentes Andy o su madre. Fue una de las condiciones que impusieron para dejarme volver a casa. No sé durante cuánto tiempo necesitaré una carabina para estar con mi hija, pero ahora mismo queda claro que nadie se fía de mí.

Cece está en el suelo, jugando con uno de los juguetes educativos que le ha comprado Evelyn. Cuando nos ve entrar, interrumpe su juego y se abalanza hacia mí hasta que su cuerpecito entra en contacto con mi pierna izquierda. Por poco me tira al suelo. Aunque me han prohibido estar con ella sin compañía de un tercero, me rompe el corazón ver lo mimosa que está conmigo desde mi vuelta.

—¡Mamá, upa! —Levanta los brazos hacia mí hasta que la levanto a pulso. Lleva un vestido blanco de volantes un poco ridículo para una niña tan pequeña que simplemente está jugando en el salón. Se lo habrá puesto Evelyn—. Mamá casa.

Mi suegra no se pone de pie con la misma agilidad que Cece. Se levanta del sofá despacio, pasándose las manos por los inmaculados pantalones blancos como para limpiarlos. No me había percatado de la frecuencia con que viste de blanco, el color que Andy siempre ha preferido para mí. Pero a ella le sienta bien. Su cabello, que da la impresión de haber sido rubio alguna vez y ahora tira más a blanco, parece sorprendentemente sano y abundante para una mujer de su edad. Por lo general, Evelyn está muy bien conservada y presenta siempre un aspecto impoluto. Jamás he visto una sola hilacha en uno de sus jerséis.

—Gracias por cuidar de Cece, madre —dice Andy.

—No faltaba más —responde Evelyn—. Hoy se ha portado muy bien, pero... —Alza los ojos al techo—. He visto que habéis dejado la luz encendida en la habitación. Es un despilfarro de electricidad.

Le dirige una mirada de reproche a Andy, que se pone rojo como un tomate. He notado lo desesperado que está por ganarse la aprobación de su madre.

—Ha sido culpa mía —intervengo. No estoy segura de si ha sido así, pero qué más da: Evelyn ya me tiene manía de todos modos—. Yo me he dejado la luz encendida.

Evelyn se vuelve hacia mí.

—Nina, se consumen muchos recursos del planeta en generar electricidad. No olvides apagar todas las luces cuando salgas de una habitación.

—No tengas dudas de que así lo haré —le prometo.

Evelyn me mira como si no se lo acabara de creer, pero ¿qué va a hacer? Ya fracasó en su intento de evitar que su hijo se casara conmigo. Claro que, en vista de la atrocidad que cometí, tal vez estaba en lo cierto respecto a mí.

—Hemos parado a comprar comida para llevar, mamá —dice Andy—. Hay de sobra. ¿Nos acompañas?

Evelyn niega con la cabeza, lo que me llena de alivio. No es una comensal agradable. Si se queda a cenar con nosotros, no faltarán las críticas a nuestro comedor, a la limpieza de nuestros platos y cubiertos, y a la comida en sí.

—No, será mejor que me vaya —dice—. Tu padre me espera. —Se detiene frente a Andy, vacilante. Por un momento, casi tengo la impresión de que va a besarlo en la mejilla, cosa que nunca le he visto hacer antes. En vez de ello, alarga la mano, le arregla el cuello y le alisa la camisa. Tras examinarlo con la cabeza ladeada, asiente satisfecha—. Muy bien. Me despido.

Una vez que se ha marchado, pasamos un rato agradable

cenando juntos, los tres solos. Cecelia, sentada en su trona, come noodles con los dedos. En algún momento, un noodle se le adhiere a la frente por alguna razón y se queda ahí pegado durante el resto de la cena. Sin embargo, aunque intento disfrutar el momento, noto cierto malestar en la base del estómago. No dejo de pensar en lo que ha dicho el doctor Hewitt. Opina que debería subir al desván. Andy también.

Tal vez los dos tengan razón.

Así que, después de acostar a Cecelia, cuando Andy saca el tema, le digo que sí.

45

Paso número cinco: descubre que no estás loca, después de todo

—Iremos despacio —me promete Andy cuando nos detenemos juntos frente a la puerta de la escalera que conduce al desván—. Pero te hará bien comprobar por ti misma que no hay nada que temer. Que todo estaba en tu cabeza.

—Ya —consigo murmurar. Sé que tiene razón, pero la sensación era tan real…

Andy me toma de la mano. Ya no me da repelús que me toque. Hemos vuelto a hacer el amor. Ha recuperado mi confianza. Este será el último paso , y entonces podremos volver al punto en el que estábamos antes de que yo realizara ese acto tan espantoso. Antes de que se me trastornara el cerebro.

—¿Lista? —dice. Muevo la cabeza afirmativamente.

Ascendemos por la escalera cogidos de la mano. Deberíamos instalar una lámpara aquí en alguna parte. El resto de la casa es precioso… Tal vez si esta zona fuera menos tétrica, me daría menos mal rollo. Aunque eso no justifica en absoluto lo que hice.

Antes de lo que yo hubiera querido, llegamos a la habitación del desván, el trastero que mi cabeza había convertido en un calabozo. Andy me mira arqueando las cejas.

—¿Estás bien?

—Creo…, creo que sí.

Gira el pomo y abre la puerta con un empujoncito. La luz está apagada, y la habitación está oscura como boca de lobo. Lo que me extraña, porque tiene una ventana y sé que esta noche hay luna llena; la he admirado desde la ventana del dormitorio. Doy un paso al interior, escudriñando las sombras con los ojos entornados.

—Andy. —Trago para deshacer el nudo que se me ha formado en la garganta—. ¿Podrías encender la luz?

—Por supuesto, cariño.

Tira del cordón y el cuarto se ilumina, pero no con una claridad normal. La luz que procede de arriba resulta casi cegadora. Es el resplandor más vivo que he visto jamás. Suelto la mano de Andy para protegerme los ojos.

Y entonces oigo el portazo.

—¡Andy! —grito—. ¡Andy!

La vista se me adapta lo suficiente a esta luminosidad extrema para distinguir los objetos que hay en la habitación si entorno los párpados. Y… todo está tal como lo recuerdo. El sórdido catre en un rincón. El armario con el cubo. La mininevera que contenía tres minúsculos botellines de agua.

—¿Andy? —grazno.

—Estoy aquí fuera, Nina. —Su voz me llega amortiguada.

—¿Dónde? —Busco a tientas en torno a mí, con los ojos entrecerrados—. ¿Adónde te has ido?

Mis dedos entran en contacto con el frío metal. Tuerzo la muñeca hacia la derecha y…

No. No. No puede ser.

¿Estoy sufriendo otra crisis nerviosa? ¿Lo estaré imaginando todo? No puede ser. Parece muy real.

—Nina. —Percibo de nuevo la voz de Andy—. ¿Me oyes?

Me pongo la mano en la frente, a modo de visera.

—Hay demasiada luz aquí dentro. ¿Por qué hay tanta luz?

—Apaga la luz.

Voy palpando las cosas hasta que encuentro el cordón de la lámpara y le doy un buen tirón. Me siento aliviada cuando las tinieblas me envuelven de nuevo. La sensación dura un par de segundos, lo que tardo en descubrir que es como si estuviera totalmente ciega.

—Se te acostumbrarán un poco los ojos —dice—, pero no te servirá de mucho. La semana pasada entablé la ventana e instalé bombillas nuevas. Si apagas la luz, el mundo se sumirá en una oscuridad absoluta. Si las enciendes…, bueno, esas bombillas ultrabrillantes deslumbran bastante, ¿no?

Al cerrar los párpados, no veo más que negrura. Al abrirlos, también. No hay diferencia alguna. Se me acelera la respiración.

—La luz es un privilegio, Nina —continúa—. Mi madre se ha fijado antes en que te has dejado una luz encendida. ¿Sabes que hay países donde la gente ni siquiera tiene electricidad? Y tú vas y la malgastas.

Apoyo la palma de las manos contra la puerta.

—Esto está pasando de verdad, ¿no?

—¿Tú qué crees?

—Creo que eres un loco enfermo hijo de puta.

Andy suelta una carcajada al otro lado de la puerta.

—Tal vez. Pero tú eres la que pasó una temporada en el manicomio por intentar suicidarte y matar a tu hija. La policía te pilló in fraganti. Tú misma reconociste haberlo hecho. Y cuando subieron aquí a echar una ojeada, el cuarto tenía toda la pinta de un trastero.

—Todo era real —jadeo—. Era real desde el principio. Tú…

—Quería que comprendieras cuál es tu situación —dice en tono risueño. Está disfrutando con esto—. Que vieras lo que te pasaría si intentabas huir.

—Lo he entendido. —Me aclaro la garganta—. Te juro que no me iré. Pero déjame salir.

—Aún no. Primero debo escarmentarte por desperdiciar electricidad.

Estas palabras me provocan una angustiosa sensación de

déjà vu. Me entran ganas de vomitar. Me agacho hasta acabar de rodillas.

—Esto es lo que hay, Nina —dice—. Como soy muy buena persona, te ofrezco dos opciones. Puedes elegir entre la luz de esas bombillas o la oscuridad. La decisión está en tus manos.

—Andy, por favor…

—Buenas noches, Nina. Mañana seguimos hablando.

—¡Por favor, Andy, no me hagas esto!

Los ojos se me inundan de lágrimas mientras sus pisadas se alejan. Gritar no servirá de nada. Lo sé, porque hace un año sucedió exactamente lo mismo. Él me encerró aquí tal como ha hecho ahora.

Y, por alguna razón, he caído de nuevo en la trampa.

Me imagino que las cosas se desarrollarán como la otra vez. Que saldré de esta habitación débil y aturdida. Que él lo amañará todo de forma que parezca que intentaba hacerme daño a mí misma o, lo que es peor, a Cecelia. Todos se tragarán su versión sin pensarlo dos veces, como la última vez. Me imagino que volverán a arrancarme del lado de mi hija, justo cuando acabo de recuperarla. No puedo permitir que eso ocurra. De ninguna de las maneras.

Haré lo que sea.

Andy ha vuelto a dejarme tres botellines de agua en la nevera. Decido reservarlos para el día siguiente, pues no cuento con más y no tengo idea de cuánto tiempo estaré aquí dentro. Me los guardaré para cuando no sea capaz de soportar ni un minuto más, cuando tenga la garganta como una lija.

La cuestión de la luz me está desquiciando. Hay dos bombillas desnudas colgando del techo, ambas ultrabrillantes. Si enciendo el interruptor, un fulgor dolorosamente intenso inundará el cuarto. Pero, si lo mantengo apagado, reina una oscuridad absoluta. Se me ocurre la idea de empujar la cómoda hasta colocarla debajo de las bombillas. Luego me encaramo al mueble y desenrosco una de ellas. La iluminación resulta un poco más soportable con solo una bombilla, pero su intensidad aún me obliga a entornar los ojos.

Andy no regresa en toda la mañana. Me paso el día sentada en la habitación, preocupada por Cecelia, preguntándome qué diablos voy a hacer cuando salga, si es que salgo algún día. Pero esto no es un delirio, ni una alucinación. Me está pasando de verdad.

Tengo que recordarlo.

A la hora de dormir, por fin oigo unos pasos que se aproximan. He estado tumbada en la cama, habiendo optado por la negrura. De día, se colaban unos minúsculos rayos de sol que casi me permitían vislumbrar la silueta de los muebles. Sin embargo, ahora que el sol se ha puesto, vuelve a estar como boca de lobo.

—¿Nina?

Abro la boca, pero tengo la garganta demasiado seca para hablar. Me veo obligada a carraspear.

—Aquí estoy.

—Voy a dejarte salir.

Aguardo a que añada «aunque todavía no», pero no lo hace.

—Antes, sin embargo —dice—, vamos a establecer una serie de normas básicas.

—Lo que tú digas.

«Pero, por lo que más quieras, sácame de aquí».

—Para empezar, no debes contarle a nadie lo que ha sucedido en esta habitación —me indica con firmeza—. No se lo dirás a tus amigas, a tu médico, a nadie. Porque nadie te creerá, y, si lo comentas, lo interpretarán como un síntoma de que vuelves a sufrir delirios y la pobre Cecelia podría correr peligro.

Me quedo contemplando las tinieblas. Aunque sabía que diría eso, oírlo me llena de rabia. ¿Cómo puede esperar que no le hable a nadie de lo que acaba de hacerme?

—¿Lo has entendido, Nina?

—Sí —consigo responder.

—Bien. —Casi puedo ver su sonrisilla de satisfacción—. En

segundo lugar, si de vez en cuando resulta necesario imponerte un castigo, este se te administrará en esta habitación.

¿Está de broma?

—Ni hablar. Olvídalo.

—No estás en condiciones de negociar, Nina. —Suelta un resoplido—. Solo te estoy explicando cómo serán las cosas. Ahora eres mi esposa, y debes estar a la altura de expectativas muy concretas. En realidad, es por tu bien. Te he enseñado una valiosa lección sobre el despilfarro de electricidad, ¿no?

Pugno por respirar en la oscuridad. Siento que me ahogo.

—Hago esto por ti, Nina —continúa—. Piensa en las pésimas decisiones que tomaste en la vida antes de que apareciera yo. Tenías un trabajo sin futuro por el que cobrabas el salario mínimo. Te dejó preñada algún pobre diablo que ni siquiera se quedó a tu lado. Yo solo intento enseñarte a ser mejor persona.

—Ojalá no te hubiera conocido nunca —espeto.

—No es un comentario muy agradable. —Se ríe—. Supongo que no debería echártelo en cara. Pero me impresiona que hayas conseguido desenroscar una de esas bombillas. Ni siquiera me había planteado esa posibilidad.

—¿Me has…? ¿Cómo lo has…?

—Te vigilo, Nina. Te vigilo en todo momento. —Oigo su respiración al otro lado de la puerta—. Así va a ser nuestra vida de ahora en adelante. Seremos un matrimonio feliz, como todos los demás. Y tú serás la mejor esposa de todo el barrio. Me aseguraré de ello.

Me aprieto los globos oculares con los dedos para intentar acabar con el dolor de cabeza que me martillea las sienes.

—¿Lo has entendido, Nina?

Me arden los ojos, pero no puedo llorar. Estoy demasiado deshidratada; no brotan las lágrimas.

—¿¡Lo has entendido, Nina!?

46

Paso número seis: aprende a vivir con ello

Abro unos centímetros la ventanilla del Audi de Suzanne, de modo que el viento me alborota la clara cabellera mientras ella me lleva a casa desde el restaurante donde hemos almorzado juntas. Se suponía que íbamos a tratar temas relacionados con la AMPA, pero nos hemos distraído y entregado al cotilleo. Como para no cotillear. Hay demasiadas amas de casa aburridas en esta ciudad.

La gente cree que soy una de ellas.

Andy y yo llevamos siete años casados ya. Y él ha cumplido todas y cada una de sus promesas. En muchos sentidos, ha sido un marido estupendo. Me ha brindado sustento económico, ha representado una figura paterna para Cecelia, tiene un carácter tranquilo y agradable. A diferencia de muchos hombres de por aquí, no bebe más de la cuenta ni tontea con otras a mis espaldas. Es casi perfecto.

Y lo odio a muerte.

He hecho todo lo posible por salir de esta relación. He negociado con él. Le propuse que me dejara marcharme solo con Cecelia y con lo puesto, pero, por toda respuesta, él se rio. Dado mi historial de problemas psiquiátricos, le resultaría fácil convencer a la policía de que he secuestrado a Cece para hacerle daño otra vez. He intentado interpretar el papel de esposa perfecta con el fin de no darle excusas para encerrarme en el desván. Le he preparado cenas caseras deliciosas, he mantenido la casa impecable e incluso he fingido que no me repugna cuando nos acostamos. Pero él siempre encuentra algo, algún detalle que yo nunca habría imaginado que había hecho mal.

Al final, me di por vencida. ¿Para qué esforzarme en ser buena si eso ni siquiera influía en la frecuencia con la que él me llevaba ahí arriba? Mi nueva estrategia consistió en repelerlo. Empecé a portarme como una arpía, a echarle la bronca por cualquier cosilla que me irritara. Esto no le afectó; casi parecía disfrutar con mis insultos. Dejé de ir al gimnasio y comencé a comer lo que me daba la gana, pensando que, si no conseguía causarle repugnancia con mi actitud, tal vez lo lograría con mi aspecto. En una ocasión, me pilló saboreando una porción de tarta de chocolate y, como castigo, me subió a rastras al desván y me privó de comida durante dos días. Sin embargo, después de eso, ya no parecía importarle.

Intenté localizar a Kathleen, su exprometida, con la esperanza de que respaldara mi versión de los hechos para que pudiera acudir por fin a la policía sin que me tomaran por loca. Como tenía cierta idea de su aspecto y edad aproximada, creía que podría encontrarla. Pero ¿sabes cuántas personas de entre treinta y treinta y cinco años se llaman Kathleen? Un montón. Me fue imposible dar con ella. Renuncié a seguir intentándolo.

En promedio, él me encierra en el desván una vez cada dos meses. En cierta ocasión estuve seis meses seguidos sin subir ahí. No sé si es mejor o peor no saber cuándo va a ocurrir. Sería terrible conocer el día exacto y aguardarlo llena de pavor, pero también es terrible la incertidumbre respecto a si pasaré la noche en mi cama o en el incómodo catre. Además, claro está, nunca sé qué tormento me espera en ese cuarto porque nunca sé qué falta he cometido.

Y no se trata solo de mí. Si Cecelia hace algo inaceptable, soy yo quien recibe el castigo. Él ha comprado un armario entero de vestiditos de volantes que ella detesta porque le pican, pero sabe que, si no se los pone o los ensucia, su madre desaparecerá durante días (en los que él seguramente me obligará a desnudarme, para que aprenda que la ropa es un privilegio), así que prefiere obedecer.

Temo que algún día le dé por castigarla a ella, pero, mientras tanto, acepto mi suerte de buen grado si con eso le ahorro sufrimientos a mi hija.

Andy me ha dejado muy claro que, como intente alejarme de él, Cecelia pagará las consecuencias. Estuvo a punto de ahogarla. Su otro método favorito para mortificarme consiste en mantener un tarro de mantequilla de cacahuete en la despensa, pese a que sabe que ella es alérgica. Aunque lo he tirado a la basura decenas de veces, siempre reaparece, y a veces recibo un escarmiento por la transgresión. Por fortuna, no es una alergia que ponga en riesgo su vida; solo ocasiona que le salgan ronchas por todo el cuerpo. De tanto en tanto, él le echa un poco en la comida solo para darme alguna lección cuando, un rato después, aparece el sarpullido con su molesto picor.

Si supiera que no voy a ir a la cárcel, empuñaría un cuchillo carnicero y se lo clavaría en el cuello.

Sin embargo, Andy se ha prevenido contra esa eventualidad. Sabe que mi tentación de pagarle a alguien para que lo mate o de asesinarlo con mis propias manos puede volverse incontenible. Me ha comunicado que, en caso de fallecer él, sea cual sea la causa, su abogado enviará una carta a la policía informándole de mi conducta inestable y las amenazas homicidas que he lanzado contra él. Tampoco es que le haga mucha falta, dado mi historial psiquiátrico.

Así que me quedo con él. Y no lo liquido mientras duerme. Ni contrato a un asesino a sueldo. Pero eso no me impide fantasear. Cuando Cecelia sea mayor y ya no me necesite, tal vez consiga largarme. Entonces él ya no podrá seguir amenazándome. Una vez que ella esté a salvo, me da igual lo que me pase a mí.

—¡Bueno, ya estamos aquí! —anuncia Suzanne en tono

jovial cuando nos detenemos frente a la verja de nuestra casa. Tiene gracia recordar que, la primera vez que me encontré ante estas puertas, pensé en lo bonito que sería vivir en un hogar rodeado por una verja. Ahora lo veo como lo que es: una cárcel.

—Gracias por traerme —digo, aunque ella no me ha agradecido que le pagara el almuerzo.

—De nada —gorjea—. Esperemos que Andrew no tarde en volver a casa.

Tuerzo el gesto al percibir el deje de preocupación en su voz. Un día, hace unos años, cuando Suzanne y yo empezábamos a estar muy unidas, tomamos algunas copas de más en su casa y se lo confesé todo. Absolutamente todo. Le supliqué que me ayudara. Le dije que quería acudir a la policía, pero no podía sin alguien que me apoyara.

Conversamos durante horas. Suzanne me tomó de la mano y me juró que todo saldría bien. Rompí a llorar de alivio, pues creía que mi pesadilla por fin tocaba a su fin.

Pero, cuando llegué a casa, Andy estaba esperándome.

Al parecer, cada vez que yo entablaba una nueva amistad, Andy contactaba con esa persona, se sentaba a hablar con ella y la ponía en antecedentes sobre mis problemas mentales. Le contaba lo que yo había intentado hacer unos años antes y le pedía que, si veía algún motivo de preocupación, lo llamara de inmediato.

Sin yo saberlo, Suzanne se había escabullido un momento durante nuestra conversación con el pretexto de que tenía que ir al baño y había telefoneado a Andy. Le advirtió que yo había recaído en el delirio. Por eso, cuando llegué a casa, él estaba ahí para recibirme. Eso me valió otra estancia de dos meses en Clearview, donde descubrí que por lo menos uno de los directores jugaba al golf con el padre de Andrew.

Cuando salí, Suzanne se deshizo en disculpas. «Estaba muy preocupada por ti, Nina. Me alegro de que hayas recibido ayuda». La perdoné, por supuesto. Había sido víctima de un engaño, como yo. Pero nuestra relación ya nunca fue la misma. Y ya no pude volver a confiar en nadie.

—Entonces nos vemos el viernes, ¿no? —pregunta Suzanne—. En la obra del cole.

—Claro —contesto—. ¿A qué hora me has dicho que empieza?

Suzanne no me responde, distraída de pronto por algo que ha visto.

—¿Empieza a las siete? —insisto.

—Ajá —responde.

Miro por encima de su hombro para averiguar qué ha captado su atención. Cuando lo descubro, pongo los ojos en blanco. Es Enzo, el paisajista local que contratamos hace un par de meses para que se ocupara de nuestro jardín. Es bueno en su trabajo —siempre suda la camiseta sin poner excusas—, y he de reconocer que no está nada mal. Pero me parece una locura que siempre que alguien nos visita se le caiga la baba al verlo trabajar y de repente se acuerde de que necesita que le arreglen el jardín.

—Guau —jadea Suzanne—. Me habían dicho que tu jardinero estaba bueno, pero madre mía…

Pongo cara de exasperación.

—Solo cuida de nuestro jardín. Nada más. Ni siquiera habla inglés.

—Eso no supone un problema para mí —asegura Suzanne—. Maldita sea, a lo mejor hasta sería una ventaja.

No me deja tranquila hasta que le facilito el número de teléfono de Enzo. En el fondo, no me molesta. Parece un tipo bastante majo, y me alegro de conseguirle más trabajo, aunque solo sea por su físico y no por sus dotes de paisajista.

Cuando me apeo del coche y atravieso la verja, Enzo levanta la vista de su podadera y me saluda con un gesto de la mano.

—*Ciao, signora.*

Le devuelvo la sonrisa.

—*Ciao*, Enzo.

Me cae bien. Aunque no nos entendemos, parece buena persona. Se le nota. Planta flores preciosas por todo el jardín. Cece a veces lo observa y, cuando le hace preguntas sobre las flores, él las señala una a una con toda su paciencia y las va nombrando. Ella repite los nombres, y él asiente con una sonrisa. En algunas ocasiones, Cece se ofrece a echarle una mano, y entonces él se vuelve hacia mí y pregunta: «¿Va bien?». Cuando yo respondo afirmativamente, le encarga alguna tarea en el arriate, a pesar de que eso más bien entorpece su labor.

Tiene tatuajes en toda la parte superior de los brazos, aunque la camiseta se los tapa casi por completo. Una vez, cuando lo estaba mirando trabajar, vi que lleva en el bíceps un corazón con el nombre Antonia inscrito en él. Me llevó a preguntarme quién sería la tal Antonia. Estoy casi segura de que Enzo no está casado.

Hay algo en él que me intriga. Si al menos hablara mi idioma, creo que podría hacerle confidencias. Tal vez él es la única persona que me creería, que podría ayudarme de verdad.

Me quedo de pie, observando cómo poda nuestros setos. No he vuelto a trabajar desde el día que me mudé aquí; Andy no me deja. Lo echo de menos. Enzo me comprendería. Estoy segura. Lástima que no hable inglés. Aunque, en cierto modo, eso hace que me resulte más fácil abrirme a él. A veces me embarga la sensación de que, si no me desahogo, perderé la razón de verdad.

—Mi marido es un monstruo —digo en voz alta—. Me tortura. Me aprisiona en el desván.

A Enzo se le tensan los hombros. Baja la podadera con el ceño fruncido.

—*Signora...* Nina...

Se me hiela el estómago. ¿Por qué habré dicho eso? No debería haber pronunciado esas palabras. Pero sabía que no me entendería, y sentía la necesidad de confesárselo a alguien que no me delatara a Andy. Me parecía seguro decírselo a Enzo. Al fin y al cabo, no sabe inglés. Sin embargo, cuando lo miro a los ojos negros, percibo en ellos un brillo de comprensión.

—Olvídalo —me apresuro a añadir.

Da un paso hacia mí, y yo retrocedo, sacudiendo la cabeza. He cometido un grave error. Seguramente tendré que despedirlo.

Pero entonces parece hacerse cargo de la situación. Recoge su podadera y pone manos a la obra de nuevo.

Entro en casa a toda velocidad y cierro de un portazo. Junto a la ventana, hay un arreglo floral espectacular. Diría que contiene todos los colores del arcoíris. Andy lo trajo anoche de la oficina para darme una sorpresa y demostrarme lo buen marido que es cuando «me porto bien».

Dirijo la vista más allá de las flores y a través de la ventana al jardín delantero. Enzo sigue trabajando ahí fuera, con la afilada podadera entre las manos enguantadas. Sin embargo, hace una pausa y alza los ojos hacia la ventana. Nuestras miradas se encuentran por una fracción de segundo.

Hasta que desvío la vista.

47

Llevo unas veinte horas en el desván.

Andy me trajo aquí anoche, después de que Cecelia se fuera a la cama. He aprendido a no rechistar. Si protestara, me ganaría otra temporada en Clearview. O tal vez, cuando al día siguiente fuera a buscar a Cecelia al colegio, no la encontraría allí y me pasaría una semana sin verla por estar ella «fuera de la ciudad». Andy no quiere hacerle daño, pero no se lo pensaría dos veces si lo considerase necesario. Después de todo, si la policía no se hubiera presentado justo en el momento en que lo hizo, ella se habría ahogado en la bañera años atrás. Un día le saqué el tema, pero él simplemente me sonrió. «Fue una buena manera de enseñarte una lección, ¿a que sí?».

Andy quiere otro hijo. Otra personita a la que yo amaré y desearé proteger, y que él utilizará para controlarme durante varios años más. No puedo permitir que ocurra. Por eso voy en coche a una clínica en la ciudad, doy un nombre falso y les pago en efectivo para que me implanten un DIU. He ensayado la expresión de perplejidad que debo poner cuando mis test de embarazo salgan negativos.

Esta vez mi falta consistió en echar demasiado ambientador en nuestro dormitorio. Utilicé la misma cantidad de siempre, y, si no hubiera perfumado la habitación, él me habría encerrado en el desván con algo hediondo, como un pescado podrido. Ya sé cómo funciona su mente.

El caso es que anoche, por algún motivo, el olor del ambientador le pareció demasiado fuerte y le irritó los ojos. ¿Mi castigo? Rociarme a mí misma con gas pimienta.

Ni más ni menos.

Dejó el espray sobre la cómoda. «Apúntate a los ojos y presiona el pulsador».

«Ah, y mantén los ojos abiertos. Si no, no vale».

Así que lo he hecho. Me he rociado con espray de pimienta solo para salir de la puñetera habitación. ¿Alguna vez te han lanzado gas pimienta a la cara? No te lo recomiendo. Arde como un demonio, y los ojos se me arrasaron en lágrimas de inmediato. Sentí como si se me abrasara el rostro. Entonces empecé a moquear. Al cabo de unos segundos, noté que me goteaba dentro de la boca aquella sustancia, que producía un fuerte picor y tenía un sabor atroz. Durante varios minutos, me quedé sentada en la cama, luchando por respirar. Durante casi una hora, apenas pude abrir los ojos.

Desde luego ha sido mucho peor que oler un poco de ambientador.

Pero han pasado varias horas. Ahora puedo mantener los párpados abiertos. Aún noto como si tuviera el rostro quemado por el sol y mis ojos siguen hinchados, pero ya no siento que me voy a morir. Seguro que Andy querrá esperar a que recupere un aspecto más o menos normal antes de dejarme salir.

Lo que tal vez se traduzca en una noche de encierro más. Pero espero que no.

La ventana no está cubierta con tablas, como en otras ocasiones, así por lo menos entra algo de luz natural en la habitación. Es lo único que impide que pierda la cabeza del todo. Me acerco a la ventana y echo un vistazo al jardín de atrás, deseando estar ahí y no aquí dentro.

En ese momento reparo en que el jardín no está vacío.

Enzo está trabajando ahí fuera. Empiezo a retroceder, pero

él alza la vista hacia la ventana por casualidad justo en el momento en que yo me encuentro delante de ella. Se queda mirándome y, aun desde el segundo piso de la casa, alcanzo a ver como se le ensombrece la expresión. Tras quitarse los guantes a tirones, sale del jardín con grandes zancadas.

Ay, no. Esto no me gusta nada.

No sé qué piensa hacer Enzo. ¿Llamar a la policía? No sé si eso es conveniente o no. Andy siempre se las ha ingeniado para volver estas situaciones en mi contra. Siempre va un paso por delante. Hace como un año, empecé a acumular billetes en una bota que guardo en el armario, para contar con algunos ahorros cuando consiguiera huir de él. Sin embargo, un día el dinero desapareció, y al día siguiente Andy me obligó a subir al desván.

Cerca de un minuto después, alguien aporrea la puerta del desván. Reculo y me encojo contra la pared.

—¡Nina! —Es la voz de Enzo—. ¡Nina! ¡Sé que estás ahí dentro!

Me aclaro la garganta.

—¡Estoy bien!

Sacude el pomo con violencia.

—Si estás bien, abre la puerta y demuéstramelo.

En ese momento caigo en la cuenta de que Enzo se está expresando de forma bastante fluida. Me había dado la impresión de que entendía un poco el idioma y lo hablaba mucho menos, pero su inglés parece excelente ahora mismo. Ni siquiera se le nota mucho el acento italiano.

—Estoy…, estoy liada —replico en voz más alta de lo normal—. ¡Pero todo bien! Solo estoy trabajando un poco.

—Me dijiste que tu marido te tortura y te encierra en el desván.

Inspiro de golpe. Se lo dije porque creía que no me entendería. Pero queda claro que entendió cada palabra. Tengo que centrarme en el control de daños. No quiero hacer nada que enfurezca a Andy.

—¿Cómo has entrado en la casa, a todo esto?

Enzo emite un suspiro de exasperación.

—Dejáis la llave debajo de la maceta que está frente a la puerta principal. En fin, ¿dónde está la llave de esta habitación? Dímelo.

—Enzo...

—Que me lo digas.

Sí que sé dónde está esa llave. No me sirve de mucho saberlo cuando estoy aquí metida, pero podría indicárselo. Si quisiera.

—Sé que tu intención es buena, pero esto no me ayuda. Por favor, no te metas. Ya me dejará salir más tarde.

Se produce un largo silencio al otro lado de la puerta. Espero que esté sopesando si vale la pena inmiscuirse en la vida personal de una clienta. Ignoro cuál es su estatus migratorio, pero sé que no nació aquí. No me cabe duda de que Andy y su familia poseen suficiente dinero y poder para conseguir que lo deporten.

—Aparta —dice Enzo al fin—. Voy a echar la puerta abajo.

—¡No, no puedes! —Se me humedecen los ojos—. Oye, no lo entiendes. Si no me someto a su voluntad, le hará daño a Cecelia. Y me internará. No sería la primera vez.

—No. No son más que excusas.

—¡No son excusas! —Una única lágrima me resbala por la mejilla—. No te imaginas la cantidad de dinero que tiene. No sabes cómo podría perjudicarte. ¿Quieres que te deporten?

Enzo vuelve a quedarse callado.

—Esto no está bien. Te está haciendo daño.

—Estoy bien. Te lo juro.

Es casi cierto. Aún me arde la cara y me escuecen los ojos, pero Enzo no tiene por qué saberlo. Un día más y estaré bien del todo. Como si nada hubiera ocurrido. Entonces podré volver a mi desdichada vida normal.

—Quieres que me vaya —aventura.

No quiero que se vaya. Lo que más deseo en este mundo es que derribe la puerta, pero sé que Andy lo tergiversará todo. Dios sabe de qué nos acusará a los dos. Nunca lo habría creído capaz de ingresarme en un hospital psiquiátrico varias veces solo por intentar contar la verdad. No quiero arruinarle la vida a Enzo también. Además, Andy tenía motivos para querer que yo saliera del manicomio, mientras que a Enzo lo encerraría para siempre sin el menor reparo.

—Sí —respondo—. Por favor, vete.

Exhala un largo suspiro.

—Me iré. Pero, si no te veo mañana por la mañana, vendré y echaré abajo la puerta. Y llamaré a la policía.

—Me parece bien. —Ya solo me queda un minúsculo botellín de agua, por lo que, si Andy no me saca de aquí antes de mañana por la mañana, me encontraré en un estado bastante lamentable.

Aguardo a oír pisadas alejándose. Pero no las oigo. Él sigue ahí, detrás de la puerta.

—No mereces que te traten así —dice al fin.

Entonces sus pasos se apagan pasillo abajo mientras las lágrimas me ruedan por el rostro.

Andy me deja salir de la habitación esa noche. Cuando por fin me coloco frente a un espejo, me asusto al ver que tengo los ojos hinchados por el espray de pimienta y la cara de un rojo encendido, como si me hubiera escaldado. Sin embargo, a la mañana siguiente, mi aspecto vuelve a ser más o menos el de siempre. Tengo las mejillas rosadas, como si hubiera tomado el sol más de la cuenta el día anterior.

Enzo está atareado en el jardín delantero cuando Andy sale del garaje con el coche. Cece va sujeta al asiento de atrás con el cinturón de seguridad. Hoy va a llevarla al cole mientras yo me quedo descansando. Por lo general, después de dejarme salir del desván se porta muy bien conmigo durante varios días. Seguro que esta noche se presentará en casa con flores y a lo mejor incluso alguna joya para mí. Como si con eso pudiera compensar lo otro.

Desde la ventana lo veo cruzar la verja y enfilar la calle. Cuando el coche desaparece, advierto que Enzo me mira con fijeza. No es habitual que trabaje dos días seguidos en nuestro jardín. Está aquí por una razón que no tiene nada que ver con el estado de nuestros parterres.

Salgo por la puerta principal y me encamino hacia donde se halla Enzo, con su podadera. De pronto pienso en lo afilada que debe de estar. Si se la clavara a Andy en el pecho, ahí se acabaría todo. Por otro lado, no necesitaría la herramienta. Seguramente podría matar a Andy con sus propias manos.

—¿Lo ves? —Le sonrío de manera forzada—. Ya te dije que estaba bien.

No me devuelve la sonrisa.

—De verdad —insisto.

Tiene los ojos tan oscuros que no alcanzo a distinguir las pupilas.

—Dime la verdad.

—No te conviene saber la verdad.

—Dímela.

En los últimos cinco años, todas y cada una de las personas a las que les he contado los malos tratos a los que me somete Andy —los policías, los médicos, mi mejor amiga— me han tratado de loca. De víctima de un «trastorno delirante». Me han recluido por hablar de lo que me ha hecho. Pero hay un hombre que quiere conocer la verdad. Él me creerá.

Así que, de pie en mi jardín delantero en este precioso y soleado día, se lo confieso todo a Enzo. Le hablo de la habitación del desván, de algunos de los tormentos que Andy ha ideado para mí, de cómo me encontré a Cecelia inconsciente en la bañera. Aunque sucedió hace años, recuerdo su carita bajo el agua como si hubiera sido ayer. A medida que avanzo en mi relato, el semblante de Enzo se torna cada vez más sombrío.

Antes de que yo haya terminado, rompe a despotricar en italiano. No entiendo el idioma, pero reconozco una palabrota cuando la oigo. Aprieta la podadera hasta que se le ponen blancos los dedos.

—Lo mato —sisea—. Esta misma noche lo mataré.

Me pongo lívida. Me he quedado muy a gusto contándole todo lo que he pasado, pero ha sido un error. Está más que furioso.

—Enzo...

—¡Es un monstruo! —estalla—. ¿De verdad no quieres que lo mate?

Sí, quiero a Andy muerto. Pero no quiero tener que lidiar con las consecuencias, sobre todo con la carta que recibirá la policía en caso de que fallezca. Estoy deseando que se muera, pero no tanto como para pasarme el resto de mi vida entre rejas.

—No puedes hacer eso. —Sacudo la cabeza de forma enérgica—. Te meterían en la cárcel. Nos meterían a los dos. ¿Es eso lo que quieres?

Enzo mascula algo más en italiano.

—De acuerdo. Pues entonces déjalo.

—No puedo.

—Claro que puedes. Yo te ayudaré.

—¿Qué puedes hacer tú? —No es una pregunta del todo retórica. A lo mejor Enzo es inmensamente rico. A lo mejor tiene contactos en la mafia de los que no estoy enterada—. ¿Puedes conseguirme un billete de avión? ¿Un pasaporte falso? ¿Una nueva identidad?

—No, pero... —Se frota la barbilla—. Encontraré la manera. Conozco a algunas personas. Te ayudaré.

Me muero de ganas de creer que es verdad.

48

Paso número siete: intenta escapar

Una semana después, me reúno con Enzo para planearlo todo.

Tomamos muchas precauciones. De hecho, mientras estoy con unas invitadas de la AMPA, le echo una bronca exagerada por estropearme los geranios, solo para prevenir posibles chismorreos. Estoy casi segura de que Andy me ha colocado un dispositivo de rastreo en algún lugar del coche, así que no puedo ir a su casa conduciendo. En vez de ello, me acerco a un restaurante de comida rápida, dejo mi vehículo en el aparcamiento y subo al automóvil de Enzo a toda prisa para que nadie me vea.

No pienso correr riesgos.

Enzo vive en un pequeño piso alquilado en un sótano, pero con entrada particular. Me guía hasta su diminuta cocina, donde hay una mesa redonda y unas sillas desvencijadas: la mía emite un chirrido amenazador cuando me siento en ella. Me da no sé qué ver que su casa es mucho más humilde que la nuestra, aunque tengo la impresión de que no es el tipo de persona a la que le importen mucho esas cosas.

Enzo abre el frigorífico, saca una cerveza y la sostiene en alto.

—¿Quieres?

Estoy a punto de decirle que no, pero cambio de idea.

—Sí, gracias.

Regresa a la mesa con dos botellines de cerveza. Tras quitarles la chapa con un abridor, desliza uno hacia mí. Al rodear la botella con las manos, noto las frías gotas de condensación bajo los dedos.

—Gracias —repito.

Se encoge de hombros.

—No es una cerveza muy buena.

Hace crujir los nudillos. Cuando contrae los músculos de los brazos, me cuesta no fijarme en lo increíblemente sexy que es este hombre. Si mis vecinas se enteraran de que he estado en su apartamento, se morirían de celos. Se lo imaginarían arrancándome la ropa mientras charlamos y preparándose para hacerme suya, y seguramente se enfadarían con él por elegirme a mí en vez de a alguna de las mujeres de la manzana que son más atractivas que yo. «Con qué poco se conforma Enzo». No tienen ni idea. Es una visión tan alejada de la verdad que casi hace gracia. Pero no.

—Me daba mala espina —dice—. Tu marido… Ya me parecía que era una mala persona.

Tomo un largo trago de cerveza.

—Yo ni siquiera sabía que hablabas mi idioma.

Enzo suelta una carcajada. Hace ya dos años que trabaja en mi jardín, pero es la primera vez que lo oigo reírse.

—Fingir que no entiendo me hace la vida más fácil. De lo contrario, las amas de casa no me dejarían en paz. Lo captas, ¿no?

A pesar de todo, yo también me río. No le falta razón.

—¿Eres de Italia?

—De Sicilia.

—Bueno… —Hago girar la cerveza en el botellín—. ¿Y qué te trajo hasta aquí?

Se encorva al oír mi pregunta.

—No es una historia muy bonita.

—¿Y la mía sí?

Baja la vista hacia su botella de cerveza.

—El marido de mi hermana Antonia… era como el tuyo. Una mala persona. Una mala persona rica y poderosa que la abofeteaba para sentirse mejor. Yo le decía «déjalo»…, pero no había manera. Hasta que un día él la empujó escaleras abajo, la llevaron al hospital y ella ya no se despertó. —Se recoge la manga de la camiseta para mostrarme el tatuaje que ya había visto: un corazón que lleva inscrito el nombre de Antonia—. Es mi forma de recordarla.

—Ah. —Me llevo la mano a la boca—. Lo siento mucho.

La nuez le sube y le baja por el cuello.

—La justicia no actúa contra los hombres como él. No acabó en la cárcel. No recibió un castigo por asesinar a mi hermana. Así que decidí castigarlo yo mismo.

Me viene a la mente la mirada siniestra que asomó a sus ojos cuando le conté lo que me había hecho Andy. «Lo mataré».

—¿Lo…?

—No. —Hace crujir de nuevo los nudillos, y los chasquidos resuenan por el diminuto apartamento—. No llegué a ese extremo. Y me arrepiento, porque después de eso mi vida no valía nada. *Niente.* Tuve que gastar todo lo que tenía para largarme. —Bebe un trago de su botellín—. Si algún día regresara, me matarían antes de que saliera del aeropuerto.

No sé qué decir.

—¿Fue duro para ti marcharte?

—¿Será duro para ti marcharte de aquí?

Tras reflexionar un momento, niego con la cabeza. Quiero marcharme. Quiero poner la mayor distancia posible entre Andrew Winchester y yo. Si para eso tengo que irme a Siberia, lo haré.

—Necesitarás pasaportes para ti y para Cecelia. —Hace un gesto al aire como si tachara algo de una lista—. Un carnet de conducir. Partidas de nacimiento. Efectivo suficiente para sobrevivir hasta que encuentres trabajo. Y dos billetes de avión.

Se me acelera el pulso.

—O sea que necesito dinero…

—Tengo algunos ahorros que puedo darte —se ofrece.

—Enzo, de ninguna manera…

Interrumpe mi protesta agitando la mano.

—Pero no es suficiente. Necesitarás más. ¿Puedes conseguirlo?

Tengo que encontrar un modo.

Unos días más tarde, llevo a Cecelia al colegio en coche, como hago casi a diario. Lleva la dorada cabellera recogida hacia atrás en dos trenzas impecables y uno de esos vestidos de volantes de color claro que la hacen resaltar entre sus compañeras. Me da miedo que los otros críos se burlen de ella por esas prendas, que además le impiden jugar como ella querría. Pero, si no se las pone, Andy me castiga a mí por ello.

Cece tamborilea con los dedos en el cristal de la ventana de atrás con aire ausente mientras yo giro por la calle donde se encuentra la academia Windsor. Aunque no coge berrinches por ir a la escuela, me da la impresión de que no le gusta. Querría que tuviera más amiguitos. La apunto a muchas actividades para que se distraiga y conozca a más personas, pero eso no ayuda.

Por otro lado, ya nada de eso importa. Pronto todo va a cambiar.

Muy pronto.

Cuando paro el coche cerca de la entrada del colegio, Cece permanece en el asiento de atrás, con las rubias cejas juntas, sin decidirse a bajar.

—Me recogerás tú y no papá, ¿verdad?

Andy es el único padre que ha conocido. Y aunque ignora los castigos que él me impone, sabe que, cuando hago algo que no le gusta, desaparezco durante varios días seguidos. En esas ocasiones, es él quien la recoge del cole. Eso la asusta. Aunque no lo expresa en voz alta, lo odia.

—Te recogeré yo —le aseguro.

Se le relaja la carita. Me entran ganas de soltarle: «No te preocupes, cielo. Pronto nos iremos de aquí, y él no podrá volver a hacernos daño jamás». Pero no puedo todavía. No debo correr ningún riesgo hasta el día en que pase a buscarla y nos vayamos directas al aeropuerto.

Cuando Cecelia se apea, me doy la vuelta y pongo rumbo a casa. Me queda una semana aquí. Falta una semana para que haga las maletas y realice el trayecto de hora y media hasta el lugar donde estarán esperándome en una caja de seguridad mi pasaporte y carnet de conducir nuevos, junto con un buen fajo de billetes. Una vez en el aeropuerto, pagaré los pasajes en efectivo, pues la última vez que compré unos con antelación me encontré a Andy aguardándome en la puerta de embarque. Enzo me ha ayudado a minimizar las posibilidades de que Andy descubra mis planes. Por el momento, no sospecha nada.

O al menos eso es lo que creo hasta que entro en el salón y lo veo sentado a la mesa del comedor. Esperándome.

—Andy —digo con voz ahogada—. Eh…, hola.

—Hola, Nina.

Es entonces cuando reparo en los tres objetos dispuestos ante él. El pasaporte, el carnet de conducir y el fajo de billetes.

Ay, no.

—Dime, ¿qué te proponías hacer con esto? —Baja la vista y lee el nombre que figura en el carnet—. «Tracy Eaton».

Me cuesta respirar. Me tiemblan tanto las piernas que tengo que agarrarme a la pared para no desplomarme.

—¿De dónde has sacado eso?

Andy se levanta de la silla.

—¿Aún no has comprendido que no puedes ocultarme nada?

Retrocedo un paso.

—Andy…

—Nina —dice—. Ahora toca subir.

No. No pienso subir. No pienso romper la promesa que le he hecho a mi hija de ir a buscarla. No permitiré que me encierre ahí arriba durante días cuando yo creía que pronto estaría en camino hacia la libertad. Se acabó. No puedo seguir así.

Antes de que Andy pueda dar un paso hacia mí, salgo corriendo por la puerta principal y subo de nuevo a mi coche. Arranco tan deprisa que por poco me llevo por delante la puerta de la verja al salir.

No tengo idea de adónde me dirijo. Una parte de mí quiere ir directa al colegio de Cecelia para sacarla de clase y luego conducir hasta la frontera de Canadá. Pero no me resultará fácil escaparme de él sin el pasaporte y el carnet de conducir falsos. No me cabe duda de que ahora mismo estará llamando a la policía para contarles alguna historia sobre la recaída de su desquiciada esposa.

Solo hay una cosa buena en esta situación: no ha encontrado más que una de las cajas de seguridad. Lo de utilizar dos fue idea de Enzo. Andy ha descubierto la que contenía el pasaporte y el carnet de conducir, pero hay un segundo montón de dinero del que no sabe nada.

Sigo conduciendo hasta que llego al barrio de Enzo. Aparco a dos manzanas de su casa y recorro el resto del camino a pie. Está a punto de subir a su camioneta cuando echo a correr hacia él.

—¡Enzo!

Yergue la cabeza de golpe al oír mi voz. Se le pone la cara larga en cuanto ve la mía.

—¿Qué ha pasado?

—Ha encontrado una de las cajas de seguridad. —Hago una pausa para recuperar el aliento—. Se…, se ha ido todo al garete. No puedo irme.

Me desmorono. Antes de que empezara a hablar con Enzo, había asumido que esta sería mi vida, al menos hasta que Cecelia cumpliera los dieciocho años. Pero ahora no me veo capaz de soportarlo. No puedo vivir así. Simplemente, no puedo.

—Nina…

—¿Qué voy a hacer? —gimoteo.

Abre los brazos y me dejo caer en ellos. Deberíamos tener más cuidado. Alguien podría vernos. ¿Y si Andy creyera que estoy liada con Enzo?

No estamos liados, por cierto. Ni siquiera un poquito. Para él soy como Antonia, la hermana a quien no logró salvar. Nunca me ha tocado de una manera que no fuese fraternal. Ahora mismo, acostarnos es lo último que se nos pasaría por la cabeza. En estos momentos, solo puedo pensar que el futuro que se me antojaba al alcance de la mano se ha ido por el retrete. Me espera otra década de convivencia con ese monstruo.

—¿Qué voy a hacer? —repito.

—Muy sencillo —dice—. Pasamos al plan B.

Alzo el rostro surcado de lágrimas.

—¿Cuál es el plan B?

—Que yo mate al hijo de puta.

Me estremezco porque percibo en sus negros ojos que habla en serio.

—Enzo…

—Lo haré. —Se aparta de mí, con la mandíbula tensa—. Merece morir. Haré por ti lo que debería haber hecho por Antonia.

—¿Para que acabemos los dos en prisión?

—Tú no irás a prisión.

Le propino un manotazo en el brazo.

—Tampoco quiero que vayas tú.

—Entonces ¿qué propones?

De pronto, se me ocurre una idea. Es de una sencillez maravillosa. Y, aunque detesto a Andy, lo conozco muy bien. Esto dará resultado.

49

Paso número ocho: encuentra a una sustituta

No puedo elegir a cualquiera.

Para empezar, tiene que ser atractiva. Más atractiva que yo, lo que no resultará muy difícil, ya que en los últimos años me he abandonado mucho, a propósito. Tiene que ser más joven, lo suficiente para estar en condiciones de darle a Andy los hijos que tanto anhela. Tiene que sentarle bien el blanco. A él le encanta ese color.

Y, por encima de todo, tiene que estar desesperada.

Entonces conocí a Wilhelmina Calloway. Cumple con todos los requisitos. La ropa anodina que lleva a la entrevista no disimula lo joven y guapa que es. Está ansiosa por ganarse mi simpatía. Y, más tarde, cuando una sencilla indagación me lleva a descubrir que tiene antecedentes penales, caigo en la cuenta de que he dado con una mina de oro. He aquí una chica desesperada por conseguir un empleo decente y con un buen sueldo.

—Conmigo no cuentes —me dice Enzo cuando salgo al jardín trasero para preguntarle el nombre del detective privado que conoce—. Esto no está bien.

Hace unas semanas, cuando le expuse mi plan, no le entusiasmó. «¿Estás dispuesta a sacrificar a otra persona?». No lo entendió.

—Andy me controla porque tengo a Cece —le explico—. Esa chica no tiene hijos ni vínculos con nadie. Nada que él pueda utilizar para coaccionarla. Será libre de marcharse cuando quiera.

—Sabes que la cosa no funciona así —gruñe él.

—¿Me ayudarás o no?

Deja caer los hombros.

—Sí. Sabes que te ayudaré.

Así que contrato al investigador privado que me recomendó Enzo con parte del dinero que había escondido. El hombre me revela todo lo que necesito saber sobre Wilhelmina Calloway. Me cuenta que la despidieron de su último trabajo y que faltó poco para que la denunciaran a la policía. Me informa de que está viviendo en su coche. Y me proporciona otro dato que lo cambia todo. En cuanto cuelgo el teléfono después de hablar con el detective, llamo a Millie para ofrecerle el puesto.

Solo hay un problema: Andy.

No querrá que una desconocida viva en nuestra casa. Ha accedido de mala gana a que venga alguien a limpiar durante unas horas, pero de ahí no pasará. Nunca deja que nadie haga de canguro de Cecelia, excepto su madre. Pero entonces se produce una serie de acontecimientos de lo más oportuna. El padre de Andy se jubiló hace poco y sufrió una mala caída a causa de un resbalón en el hielo, por lo que tomaron la determinación de mudarse a Florida. Se notaba que a Evelyn no le seducía la idea, y decidieron conservar su antigua casa para venir en verano, pero casi todos sus amigos se habían trasladado ya a Florida. Además, el padre de Andy estaba deseando pasar sus años dorados jugando al golf todos los días con sus compinches.

Y todo esto se traduce en que necesitamos a alguien que nos ayude.

El punto más delicado es que el nuevo dormitorio de Millie estará en el desván. Eso no le hará ni pizca de gracia a Andy. Pero tiene que ser así. Es importante que la vea ahí arriba si quiero que empiece a considerarla como mi posible sustituta. Debo despertar en él esa tentación.

Preparo el terreno antes de soltarle la noticia. Me despierto todas las mañanas quejándome de migrañas que no me dejan cocinar o limpiar. Me esfuerzo al máximo por dejar la casa patas arriba. Si sigo así unos días más, acabará clausurada por insalubridad. Necesitamos urgentemente que alguien acuda en nuestro auxilio.

A pesar de todo, cuando Andy se entera de que he contratado a Millie, me acorrala contra mi coche. Clavándome los dedos en el bíceps, me propina un fuerte tirón.

—¿Qué coño crees que haces, Nina?

—Necesitamos ayuda. —Alzo la barbilla, desafiante—. Ahora que tu madre ya no está, nos hace falta alguien que cuide de Cece y nos eche una mano con la limpieza.

—Quieres que se instale en el desván —refunfuña—. Esa es «tu» habitación. Deberías asignarle el dormitorio de invitados.

—Entonces ¿dónde dormirán tus padres cuando vengan de visita? ¿En el desván? ¿En el sofá del salón?

Veo que se le mueve la mandíbula mientras cavila. Evelyn Winchester jamás se rebajaría a dormir en un sofá.

—Solo te pido que dejes que se quede un par de meses —insisto—, hasta que termine el año escolar. Entonces dispondré de más tiempo para limpiar, y tu madre regresará de Florida.

—Ni lo sueñes.

—Pues despídela, si quieres. —Lo miro, parpadeando—. No puedo impedírtelo.

—No dudes que lo haré.

Pero no la despide. Porque esa noche, cuando vuelve a casa, lo encuentra todo limpio por primera vez. Y ella le sirve una cena que no está quemada. Y es joven y bonita.

Así que Millie se queda en el desván.

Para que esto funcione, tienen que ocurrir tres cosas:

1. Que Millie y Andy sientan una atracción mutua.

2. Que Millie me aborrezca lo suficiente para acostarse con mi marido.

3. Que se les presente la oportunidad.

Lo de la atracción es lo más sencillo. Millie es preciosa —incluso más atractiva que yo cuando era más joven— y, aunque Andy está algo entrado en años en comparación con ella, sigue siendo arrebatadoramente apuesto. A veces Millie me mira como si no acabara de entender qué ve él en mí. Hago lo posible por seguir ganando peso. Como Andy ya no tiene la posibilidad de encerrarme en el desván, me atrevo a saltarme citas en la peluquería y dejarme crecer las raíces oscuras.

Y, sobre todo, trato a Millie como una mierda.

No me resulta fácil portarme así con ella. En el fondo, soy buena persona. O al menos lo era antes de que Andy me destrozara la vida. Ahora solo veo las cosas como medios para un fin. Tal vez Millie no se lo merezca, pero no aguanto más. Tengo que largarme.

Empieza a odiarme desde su primera mañana en casa. Esa tarde tengo una reunión de la AMPA, y, a primera hora, dirijo mis pasos hacia la cocina. La he dejado hecha una porquería las dos últimas semanas, y Millie se ha esmerado para limpiarla. Se ha dejado la piel. Todas las superficies están relucientes.

Me siento fatal por esto. De verdad.

Arraso con la cocina. Saco todos los platos y tazas que encuentro. Tiro al suelo ollas y sartenes. Millie llega justo en el momento en que me pongo con el frigorífico. Me crie colaborando en las labores domésticas, por lo que me produce dolor físico lanzar contra el suelo un cartón de leche para que se desparrame en todas direcciones. Pero me obligo a hacerlo. Un medio para un fin.

Cuando Millie entra en la cocina, me vuelvo hacia ella con mirada acusadora.

—¿Dónde están?

—¿De…, de qué hablas?

—¡De mis notas! —Me llevo la mano a la frente como si estuviera a punto de desmayarme de horror—. ¡He dejado todas mis notas para la reunión de la AMPA de esta tarde sobre la encimera! ¡Y ya no están! ¿Qué has hecho con ellas?

Es verdad que he tomado unas notas para la reunión, pero están guardadas a buen recaudo en mi ordenador. ¿Por qué iba a dejar mi única copia aquí, en un montón de hojas sobre la encimera de la cocina? Aunque no tiene pies ni cabeza, me reafirmo en que es así. Ella sabe que no dejé las notas ahí, pero no sabe que yo lo sé.

Grito lo bastante fuerte para captar la atención de Andy. Siente lástima por ella. La compadece porque estoy acusándola de algo que él sabe que no ha hecho. Experimenta atracción hacia ella porque la estoy convirtiendo en víctima.

Del mismo modo que yo fui la víctima cuando me gritaron por mancharme la blusa de leche hace ya tantos años.

—Lo siento mucho, Nina —tartamudea Millie—. Si hay algo que pueda hacer…

Bajo la vista hacia el estropicio que he causado en el suelo de la cocina.

—Puedes limpiar toda esta porquería que has dejado en mi cocina mientras yo soluciono el problema.

Y, en ese momento, sé que he cumplido mis tres objetivos. En primer lugar, la atracción mutua: ella con sus vaqueros ajustados y su belleza natural. En segundo, Millie me odia. En tercer lugar, al salir de la cocina hecha una furia, les brindo la oportunidad de quedarse un rato a solas.

Pero no basta. Tengo otro as en la manga.

Andy quiere un hijo.

Conmigo no lo tendrá. No mientras lleve el DIU bien colocado en el útero. Y Andy va a descubrir que soy estéril, pues el investigador privado con el que Enzo me puso en contacto ha conseguido unas fotos estupendas del especialista en fertilidad con una mujer que no es la misma con la que lleva veinticinco años casado. El buen médico solo tiene que informar a Andy de que es imposible que me quede embarazada para que esas fotografías acaben en la basura.

El día anterior a nuestra cita con el doctor Gelman, llamo a Evelyn a Florida. Como de costumbre, no parece muy feliz de oír mi voz.

—Hola, Nina —saluda con sequedad. La pregunta «¿qué quieres de mí?» queda implícita.

—Solo quería que fueras la primera en saber que tengo un retraso —digo—. ¡Creo que estoy embarazada!

—Ah… —Hace una pausa, debatiéndose entre la emoción por la noticia de que tendrá un nieto biológico y el disgusto de saber que yo seré la madre de ese nieto—. Fabuloso.

«Fabuloso». Seguro que piensa justo lo contrario.

—Espero que estés tomando multivitaminas prenatales —añade—. Y debes seguir un régimen muy estricto. No es bueno para el bebé que tomes muchas chucherías hipercalóricas, como sueles hacer. Aunque Andy es muy permisivo contigo en ese aspecto, más vale que te controles, por el bien del niño.

—Sí, por supuesto. —Esbozo una sonrisa, encantada porque sé que Evelyn nunca será la abuela de un hijo mío—. Por cierto, me preguntaba si… Sería estupendo que nos mandaras algunas de las pertenencias de Andy de cuando era pequeño. El otro día me comentaba que quería que el bebé heredara sus viejas mantitas y otras cosas por el estilo. ¿Crees que nos las podrías enviar?

—Sí. Llamaré a Roberto y le encargaré que os mande la caja.

—Fabuloso.

La revelación del doctor Gelman le cae a Andy como un jarro de agua fría. Observo su rostro cuando el médico le suelta el bombazo en su consulta. «Me temo que Nina jamás podrá llevar un embarazo a término». Los ojos se le llenan de lágrimas. Si se tratara de cualquier otra persona, quizá me daría pena.

Más tarde, por la noche, lo provoco para que nos enzarcemos en una discusión. Y no en una discusión cualquiera. Le recuerdo la razón por la que jamás engendrará un hijo conmigo.

—¡Todo es culpa mía! —Para que me salgan las lágrimas, recreo en mi mente la ocasión en que me encerró en el desván y puso la caldera a máxima potencia, hasta que empecé a arañarme la piel de calor—. Si estuvieras con una mujer más joven, podrías tener un hijo. ¡El problema soy yo!

Una mujer más joven, como Millie. Aunque no lo digo en voz alta, seguro que él lo piensa. La manera en que la mira lo delata.

—Nina. —Alarga el brazo para tocarme, y todavía percibo amor en sus ojos. Todavía. Lo aborrezco por quererme. ¿Por qué no eligió a otra persona?—. No digas eso. No es culpa tuya.

—¡Sí que lo es! —La rabia estalla en mi interior como un volcán, y, cuando me doy cuenta, he estampado el puño contra el espejo del tocador. El estrépito resuena en la habitación. No noto el dolor punzante en la mano sino hasta unos segundos después, y advierto que me gotea sangre de los nudillos.

—Madre de Dios. —Andy palidece—. Deja que te traiga unos clínex.

Se dirige al baño y vuelve con varios pañuelos de papel, pero yo me resisto a que me envuelva la mano en ellos, de modo que, cuando al fin lo consigue, tiene también los dedos todos manchados de sangre. Regresa al baño para lavarse, y en ese momento percibo un ruido al otro lado de la puerta. ¿Habrá oído Cecelia nuestra pelea? Detesto pensar que mi rabieta la ha asustado.

Al abrir la puerta, no es a mi hija a quien veo, sino a Millie. Y su expresión revela que ha oído hasta la última palabra de nuestro altercado. Cuando repara en la sangre de mis manos, abre unos ojos como platos.

Me toma por demente. La sensación empieza a resultar familiar.

Millie cree que estoy loca. Andy cree que soy demasiado mayor. Una vez conseguido esto, todo se reduce a una cuestión de oportunidad. No paro de hablar de *Showdown*, así que Andy querrá conseguirme entradas; le encanta tener detalles conmigo para alternarlos con los horrores a los que me somete. Pero será Millie, no yo, quien asista al espectáculo. Y después pasará la noche en la habitación de hotel. El plan se me antoja casi demasiado perfecto. Además, me proporciona la ocasión de llevarme a Cecelia al campamento, de modo que Andy no la tenga a mano para utilizarla contra mí.

Esa noche, cuando la aplicación de rastreo por GPS instalada en el teléfono de Millie me indica que está en Manhattan, sé que he ganado la partida. Después, me doy cuenta de cómo se miran. Ya está. Él se ha enamorado de ella. Ahora es problema suyo.

Soy libre.

50

Ya no se repetirá jamás. No volverá a subirme al desván. No volverá a advertir a todo el vecindario que estoy loca y que deben estar alerta a mi conducta. No volverá a encerrarme.

Por supuesto, aunque me ha echado de casa, no me quedaré del todo tranquila hasta que estemos divorciados. Pero no debo precipitarme. Tiene que ser él quien presente la demanda de divorcio. Como se huela siquiera que todo ha sido idea mía, se acabó.

Tendida en la cama *queen size* en mi habitación de hotel, planeo la siguiente jugada. Mañana iré en coche a recoger a Cecelia del campamento. Y luego nos iremos… a alguna parte. No sé adónde, pero necesito empezar de cero. Gracias a Dios, Andy no llegó a adoptarla. No tiene ningún derecho a reclamar su custodia. Puedo llevármela a donde me dé la gana. Ni siquiera tengo que preocuparme de fabricarnos identidades falsas, aunque desde luego recuperaré mi apellido de soltera. No quiero nada que me recuerde a ese hombre.

Alguien llama a la puerta de la habitación. Por un aterrador instante, pienso que debe de ser Andy. Lo imagino de pie frente a la puerta. «¿De verdad creías que sería tan fácil, Nina? Por favor. Al desván que vas».

—¿Quién es? —pregunto, recelosa.

—Soy Enzo.

Me invade una oleada de alivio. Al entreabrir la puerta, lo veo ahí, con una camiseta, unos vaqueros manchados de tierra y el entrecejo arrugado.

—¿Y bien? —dice.

—Ya está. Me ha echado.

Se le ilumina la expresión.

—¿Sí? ¿De verdad?

Me enjugo la humedad de los ojos con el dorso de la mano.

—De verdad.

—Es… increíble…

Respiro hondo.

—Tengo que darte las gracias. Sin ti, me habría sido del todo imposible…

Asiente despacio.

—Ha sido un placer ayudarte, Nina. Era mi obligación. Yo…

Nos quedamos callados un momento, mirándonos. De pronto, se inclina hacia delante y, un segundo después, está besándome.

No me lo esperaba. A ver, sí, me daba cuenta de que Enzo estaba bueno. Tengo ojos en la cara. Pero siempre nos manteníamos demasiado concentrados en el objetivo compartido de alejarme de Andy. Y lo cierto es que, después de tantos años de matrimonio con ese monstruo, creía estar muerta por dentro. Andy y yo aún nos acostábamos, porque él me lo exigía, pero era siempre un acto muy mecánico para mí, como lavar los platos o hacer la colada. No sentía nada. Ya no me parecía posible volver a concebir esa clase de sentimientos por nadie. Vivía por completo en modo de supervivencia.

Pero ahora que he conseguido sobrevivir, resulta que no estaba muerta por dentro, después de todo.

Soy yo quien arrastra a Enzo de la camiseta hacia la cama *queen size*, pero él es quien me desabrocha los botones de la blusa… salvo uno, que arranca de cuajo. Casi todo lo que pasa después es fruto de un esfuerzo conjunto.

Es precioso. No, mejor todavía: es alucinante. Me alucina estar con un hombre al que no desprecio con todas las fibras de mi ser. Con un hombre bueno y amable. Un hombre que me ha ayudado a salvar mi vida. Aunque solo sea durante una noche.

Y, madre mía, qué bien besa.

Cuando terminamos, los dos estamos sudorosos, acalorados y contentos. Enzo me rodea con el brazo y yo me acurruco contra él.

—¿Ha estado bien? —pregunta.

—Muuuy bien. —Hundo la mejilla en su pecho descubierto—. No tenía idea de que sentías eso por mí.

—Siempre lo he sentido —dice—. Desde la primera vez que te vi. Pero intento ser, ya sabes, un buen tío.

—Creía que me veías más como una hermana.

—¡Hermana! —exclama, horrorizado—. Como una hermana, no. De hermana, nada.

Se me escapa una carcajada al ver su expresión, pero la risa se extingue enseguida.

—Mañana me marcho de la ciudad. Eres consciente de eso, ¿verdad?

Se queda callado un largo rato. ¿Está pensando en pedirme que me quede? Le tengo mucho cariño, pero no puedo quedarme por él. Ni por él ni por ninguna otra persona. Él debería saberlo mejor que nadie.

A lo mejor se ofrece a marcharse conmigo. No sé cómo me sentiría si me lo propusiera. Me gusta mucho, pero necesito estar un tiempo sola después de todo esto. Tardaré mucho en poder volver a confiar de verdad en un hombre, aunque intuyo que, si hay alguien digno de confianza, ese es Enzo. Así me lo ha demostrado.

Pero no me pide que me quede ni se ofrece a irse conmigo. En cambio, dice algo que no me esperaba en absoluto.

—No podemos abandonarla, Nina.

—¿Perdona? —pregunto.

—A Millie. —Posa en mí sus ojos negros—. No podemos dejarla sola con él. No estaría bien. No lo permitiré.

—¿Que no lo permitirás? —repito con incredulidad, apartándome de él. Mi euforia poscoital se ha evaporado de golpe—. ¿Qué narices significa eso?

—Significa que... —Se le tensa la mandíbula—. Tú no te merecías esa vida, pero Millie tampoco.

—¡Es una criminal!

—Pero ¿tú te escuchas? Es un ser humano.

Me incorporo en la cama, sujetando las sábanas contra mi pecho desnudo. Enzo respira de forma agitada y se le marca una vena en el cuello. Entiendo que esté alterado, pero no sabe nada.

—Tenemos que decírselo —insiste.

—No, ni de coña.

—Yo se lo diré. —Le tiembla un músculo de la mandíbula—. Si no se lo dices tú, lo haré yo. La pondré sobre aviso.

Me asoman las lágrimas a los ojos.

—No serías capaz...

—Nina. —Sacude la cabeza—. Lo siento. No..., no quiero hacerte daño, pero esto no está bien. No podemos hacerle esto.

—No lo entiendes —digo.

—Claro que lo entiendo.

—No —replico—. No tienes ni idea.

TERCERA PARTE

51

MILLIE

Andrew? —llamo—. ¡Andrew!

Silencio.

Cierro los dedos en torno al frío metal del pomo una vez más e intento girarlo con todas mis fuerzas, esperando que las piezas del mecanismo simplemente se hayan atascado un poco. Nada. La puerta está cerrada con llave. Pero ¿cómo es posible?

Solo se me ocurre que, tal vez, cuando Andrew salió de la habitación para dormir en su propia cama (no lo culpo, pues si el catre resulta incómodo para una persona, para dos ya ni te cuento), echó llave a la puerta en un gesto automático, por la costumbre de cuando el cuarto era un trastero. Si estaba medio dormido, supongo que se trata de un error bastante razonable.

Lo que significa que tengo que telefonearlo para pedirle que me saque de este lugar. No me hace mucha ilusión despertarlo, pero es culpa suya que esté aquí encerrada, joder. No pienso quedarme toda la noche atrapada en este sitio, sobre todo porque tengo ganas de orinar.

Enciendo la luz, y es entonces cuando veo tres libros de texto en el suelo, justo en medio de mi habitación. Qué raro. Me agacho para leer los títulos en las tapas duras. *Guía de prisiones de Estados Unidos*, *La historia de la tortura* y un listín telefónico.

Estos libros no estaban aquí cuando me fui a la cama anoche.

¿Los habrá subido Andrew pensando que por la mañana yo dejaría esta habitación y él podría volver a convertirla en un trastero? Es la única explicación lógica.

Tras apartar los pesados volúmenes con el pie, busco mi teléfono sobre la cómoda, donde lo dejé cargándose anoche. O, al menos, eso creía. Ya no está ahí.

¿Qué demonios pasa?

Recojo los vaqueros que abandoné en el suelo y rebusco en los bolsillos. Ni rastro de mi móvil. ¿Dónde habrá ido a parar? Revuelvo los cajones de la cómoda en busca de ese pequeño rectángulo que se ha convertido en mi único medio de salir de aquí. Incluso arranco las mantas y las sábanas de la cama, por si se perdió allí durante nuestras actividades recreativas de anoche. Luego me pongo a cuatro patas para echar un vistazo por debajo de la cama.

Nada.

Debo de haberlo dejado abajo, aunque tengo el vago recuerdo de haberlo utilizado aquí mismo anoche. Supongo que no. Ya es mala suerte, haberme olvidado el teléfono abajo para después quedarme atrapada en este desván de mierda y encima con ganas de ir al baño.

Me recuesto de nuevo en la cama e intento no pensar en mi vejiga llena. Pero no sé cómo me las arreglaré para conciliar el sueño. Cuando Andrew venga por la mañana y me encuentre aquí, le voy a cantar las cuarenta por haberme encerrado sin querer.

—¿Millie? ¿Estás despierta?

Abro los ojos de golpe. No sé cómo, pero he logrado dormirme. Aún es muy temprano. La diminuta habitación está en penumbra, y solo unos pocos rayos de sol se cuelan por el ventanuco.

—Andrew. —Me incorporo en la cama, con una presión más que apremiante en la vejiga. Me levanto a toda prisa y me acerco a la puerta tambaleándome—. ¡Me dejaste encerrada anoche!

Se produce un prolongado silencio al otro lado de la puerta. Espero oír una disculpa, un tintineo de llaves mientras intenta dar con la que necesita para sacarme de aquí. Pero no oigo nada de eso. Está totalmente callado.

—Andrew —digo—, tienes la llave, ¿verdad?

—Sí, tengo la llave —confirma.

En ese momento, me asalta un mal presentimiento. Anoche, no paraba de repetir para mis adentros que había sido un accidente. Debía serlo. Pero ahora, de pronto, no las tengo todas conmigo. Al fin y al cabo, ¿qué probabilidades hay de que alguien encierre a su novia sin querer y tarde varias horas en darse cuenta?

—Andrew, ¿me abres la puerta, por favor?

—Millie. —Su voz suena extraña. Como la de un desconocido—. ¿Te acuerdas de que ayer estabas hojeando unos libros que extrajiste de mi estantería?

—Sí…

—Pues cogiste varios libros y luego los dejaste sin más sobre la mesa de centro. Esos libros eran míos, pero no los trataste muy bien, ¿verdad?

No sé de qué me habla. Sí, saqué unos libros de la librería. Tres, como máximo. Y a lo mejor me distraje y se me pasó devolverlos a su sitio. ¿De verdad es para tanto? ¿Por qué parece estar tan molesto?

—Lo…, lo siento —digo.

—Hummm. —Su voz sigue sonando rara—. Dices que lo sientes, pero esta es mi casa. No puedes hacer lo que te dé la gana sin atenerte a las consecuencias. Creía que serías más cuidadosa, teniendo en cuenta que eres una criada.

Me estremezco ante el desprecio que muestra hacia mi trabajo, pero estoy dispuesta a decir lo que haga falta para tranquilizarlo.

—Perdona. No pretendía causar un desorden. Iré a recogerlos ahora mismo.

—Demasiado tarde. Ya los he recogido yo.

—Oye, ¿me abres la puerta para que podamos hablar de ello?

—Abriré la puerta —dice—, pero antes debes hacer algo por mí.

—¿Qué?

—¿Ves los tres libros que te he dejado en el suelo del cuarto?

Los tres libros de texto que están en medio de la habitación y con los que estuve a punto de tropezar anoche siguen en el mismo sitio en que los dejó.

—Sí...

—Quiero que te tumbes en el suelo y los aguantes sobre el abdomen.

—¿Disculpa?

—Ya me has oído —dice—. Quiero que los mantengas en equilibrio sobre tu abdomen. Durante tres horas seguidas.

Contemplo la puerta, imaginándome las facciones crispadas de Andy.

—Estás de guasa, ¿no?

—Para nada.

No tengo idea de por qué está haciendo esto. Este no es el Andrew del que me enamoré. Es como si estuviera obligándome a participar en un juego muy retorcido. No sé si es consciente del mal rollo que me está dando.

—Oye, Andrew, no sé qué te traes entre manos o a qué quieres jugar, pero por lo menos déjame salir para que vaya al baño.

—¿Tengo que hacerte un dibujo? —Chasquea la lengua—. Dejaste mis libros tirados de cualquier manera en el salón, y yo tuve que ponerlos en su sitio. Así que ahora quiero que cojas esos libros y soportes su peso.

—No pienso hacer eso.

—Pues qué lástima, porque no vas a salir de ese cuarto hasta que obedezcas.

—Genial. Pues seguramente acabaré meándome encima.

—Hay un cubo en el armario, por si necesitas hacer tus necesidades.

Cuando me instalé aquí, reparé en el cubo azul que estaba en un rincón del armario. Simplemente lo dejé ahí y no volví a pensar en él. Echo un vistazo para comprobar que sigue en el mismo sitio. Mi vejiga sufre un espasmo, y cruzo las piernas.

—Andrew, lo digo en serio. De verdad que tengo que ir al baño.

—Acabo de darte la solución.

No se baja del burro. No entiendo qué ocurre aquí. La loca siempre había sido Nina. Andrew era el razonable, la persona que me salvó cuando ella me acusó de robarle la ropa.

¿Estarán mal de la cabeza los dos? ¿O están compinchados en esto?

—Vale. —Acabemos con esto de una vez. Me siento en el suelo y recojo uno de los libros para que lo oiga—. Ya está, tengo los libros apilados sobre la barriga. ¿Me dejas salir?

—No tienes los libros sobre la barriga.

—Sí que los tengo.

—No mientas.

Suelto un resoplido de exasperación.

—¿Cómo sabes si miento o no?

—Porque te veo.

Una sensación gélida me recorre el espinazo. ¿Puede verme? Desplazo la mirada de una pared a otra, buscando una cámara. ¿Cuánto rato lleva observándome? ¿Me ha espiado desde que me vine a vivir aquí?

—No la encontrarás —asegura—. Está bien escondida. Y no te preocupes, no te vigilo desde el principio. Solo desde hace unas semanas.

Me pongo de pie con dificultad.

—¿Qué coño te pasa? Vas a dejarme salir ahora mismo.

—Verás —dice Andrew sin inmutarse—, creo que no estás en situación de exigir nada.

Me abalanzo contra la puerta. Aporreo la madera, tan dura que se me quedan las manos rojas y doloridas.

—¡Te juro por Dios que más te vale dejarme salir! ¡Esto no tiene gracia!

—Eh. Eh. —La voz serena de Andrew interrumpe mis golpes

a la puerta—. Tranquilízate. Mira, voy a dejarte salir. Te lo prometo.

Dejo caer los brazos a mis costados. Noto un dolor punzante en los puños.

—Gracias.

—Pero todavía no.

Se me encienden las mejillas.

—Andrew...

—Ya te he dicho lo que tienes que hacer si quieres salir —añade—. Es un castigo más que justo por lo que hiciste.

Aprieto los labios, demasiado enfadada para responder.

—¿Quieres que te deje un rato sola para que te lo pienses, Millie? Vuelvo más tarde.

A decir verdad, sigo pensando que me está tomando el pelo hasta que oigo sus pasos alejarse por el pasillo.

52

MILLIE

Hace una hora que Andrew se ha ido.

He usado el cubo. No quiero hablar de ello. Pero llegué a un punto en que, si no lo usaba, habría acabado con orina escurriéndoseme por las piernas. Ha sido una experiencia interesante, por calificarla de alguna manera.

Una vez superado ese trámite, han empezado a gruñirme las tripas. He echado una ojeada dentro de la mininevera, donde suelo guardar yogures o cosas para picar. Por algún motivo, alguien la ha vaciado durante los últimos días. Solo quedaban tres botellines de agua. Me he bebido dos de un trago, pero me he arrepentido de inmediato. ¿Y si me retiene aquí varias horas más, o incluso días? Esa agua podría hacerme falta.

Tras ponerme los vaqueros y una camiseta limpia, examino el montón de libros en el suelo. Andrew ha dicho que, si los aguanto sobre el estómago durante tres horas, me dejará salir. No entiendo muy bien el objetivo de este juego tan ridículo, pero tal vez debería ceder. Entonces me sacará de aquí y podré largarme para siempre.

Me tiendo en el suelo sin moqueta. Estamos a principios de verano, por lo que hace un bochorno insoportable en el desván. Apoyo la cabeza en la dura superficie y cojo el libro sobre las prisiones. Es un grueso volumen que debe de pesar varios kilos. Me lo coloco con cuidado sobre el vientre.

Noto cierta presión, pero no resulta muy incómodo. Aunque, si lo hubiera hecho antes de utilizar el cubo, seguramente me habría orinado en los pantalones. Pero así no estoy tan mal. Entonces agarro el segundo libro.

Es el que trata sobre la tortura. Supongo que el título no es una mera coincidencia. O tal vez sí. Vete a saber.

Deposito el segundo libro sobre mi barriga. Esta vez el peso me molesta más. Son dos buenos tochos. Además, noto la presión del suelo contra las protuberancias de mis omóplatos y el cóccix. No es una sensación muy grata, pero me parece tolerable.

Sin embargo, él quería que sostuviera los tres libros.

Cojo el último: la guía de teléfonos. No solo es pesada, sino también voluminosa. Me cuesta levantarla con los otros dos libros encima de mí. Después de un par de intentos, consigo mantener el listín en equilibrio sobre el abdomen.

El peso de los tres ejemplares casi me deja sin aliento. Dos me resultaban soportables, pero tres son demasiados. Estoy muy muy incómoda. Me cuesta respirar a fondo, y el borde del libro inferior se me clava en las costillas.

No, no puedo hacerlo. Imposible.

Me quito los tres volúmenes de encima. Los hombros me suben y me bajan mientras resuello profundamente. Andy no puede pedirme que aguante los tres libros apilados sobre mí durante horas.

Me pongo de pie y echo a andar de un lado a otro de la habitación. No sé a qué está jugando Andy, pero no pienso seguirle el juego. O me deja salir de aquí, o busco el modo de salir por mí misma. Debe de haber una manera. Esto no es una celda.

Tal vez pueda desatornillar las bisagras de la puerta. O el pomo. Andrew tiene una caja de herramientas guardada abajo, en el garaje. Lo que daría ahora mismo por echarle el guante. Pero en los cajones de mi cómoda tengo un montón de cosas. A lo mejor hay algo que pueda utilizar como destornillador.

—¿Millie?

La voz de Andrew otra vez. Interrumpo mi búsqueda de herramientas para correr hasta la puerta.

—Me he puesto los libros encima. Por favor, déjame salir.

—Te he dicho tres horas. Solo los has aguantado durante cerca de un minuto.

Ya estoy hasta el moño de esta gilipollez.

—Que. Me. Dejes. Salir.

—¿O si no, qué? —Se ríe—. Ya te he dicho lo que debes hacer.

—No pienso hacerlo.

—Muy bien. Pues entonces te quedarás ahí encerrada.

Sacudo la cabeza.

—¿Así que me dejarás morir aquí dentro?

—No te vas a morir. Cuando se te acabe el agua, entrarás en razón.

Esta vez mis gritos apenas me dejan oír sus pisadas cuando se aleja.

Llevo dos horas y cincuenta minutos con los tres libros sobre el abdomen.

Andrew estaba en lo cierto. Una vez despachado el tercer botellín de agua, mi desesperación por salir del cuarto ha aumentado de forma considerable. Cuando he empezado a ver cascadas de agua danzando ante mis ojos, he comprendido que debía llevar a cabo la tarea que él me había encomendado. Por supuesto, no hay garantía de que me deje salir si lo hago, pero espero que sí.

Los libros me producen una incomodidad brutal. Mentiría si dijera lo contrario. Hay momentos en que pienso que no aguantaré un segundo más, que el peso me aplastará literalmente la pelvis, pero entonces respiro —en la medida en que me lo permiten estos estúpidos tochos— y sigo resistiendo. Ya falta poco.

Y cuando salga de aquí...

En cuanto se cumplen las tres horas, me quito los volúmenes de encima de un empujón. Experimento un alivio inmenso, pero, cuando intento incorporarme, el abdomen me duele tanto que me vienen lágrimas a los ojos. Me van a salir moretones. Aun así, me impulso hacia delante y aporreo la puerta.

—¡Lo he hecho! —grito—. ¡Ya está! ¡Déjame salir de aquí!

Como era de esperar, no viene. Tal vez él pueda verme, pero yo no tengo idea de dónde andará. ¿Está en casa? ¿En la oficina? Podría estar en cualquier parte. Si bien él conoce mi ubicación, yo no gozo del mismo privilegio.

Qué cabrón.

No es sino hasta una hora después que oigo pasos al otro lado de la puerta. Casi lloro de alivio. Nunca había sido claustrofóbica, pero esta experiencia me ha cambiado. No sé si seré capaz de subir a un ascensor después de esto.

—¿Millie?

—He hecho lo que querías, capullo —le espeto a la puerta—. Ahora, déjame salir.

—Hummm. —Su tono displicente me da ganas de rodearle el cuello con los dedos y apretar—. Me temo que no va a ser posible.

—¡Pero lo prometiste! Dijiste que si aguantaba los libros sobre la barriga durante tres horas, me dejarías salir.

—Así es. Pero el caso es que te los has quitado de encima un minuto antes de tiempo. Lamentablemente, tendrás que volver a empezar.

Se me desorbitan los ojos. Si alguna vez ha habido una ocasión en que he estado a punto de transformarme en el increíble Hulk y arrancar la puerta de los goznes, es esta.

—Tienes que estar de coña.

—Lo siento. Las normas son las normas.

—Pero… —barboteo—. Ya no me queda agua.

—Qué pena —contesta, y a continuación suspira—. La próxima vez, tendrás que aprender a racionarla.

—¿La próxima vez? —Le pego una patada a la puerta—. ¿Estás pirado? No va a haber una próxima vez.

—De hecho, yo creo que sí —replica con aire pensativo—. Estás en libertad condicional, ¿verdad? Si te llevaras algo de nuestra casa, creo que Nina me apoyaría en esto, ¿dónde crees que acabarías? ¡Basta con que te acusen de un delito menor para que vuelvas a la cárcel! En cambio, si te portas mal, solo tendrás que pasar un par de días en ese cuarto de vez en cuando. Yo diría que sales ganando con diferencia, ¿no te parece?

Vale, este sí que sería el momento en que me transformaría en el increíble Hulk.

—Bueno —concluye—. Yo en tu lugar me pondría a ello, porque pronto te va a dar mucha sed.

En esta ocasión aguanto tres horas y diez minutos, pues no quiero correr el más mínimo riesgo de que Andrew me obligue a hacerlo por tercera vez. Eso me mataría.

Siento como si alguien llevara varias horas propinándome puñetazos en el vientre. Me duele tanto que al principio no soy capaz de incorporarme. Me veo obligada a tumbarme de costado y hacer fuerza con los brazos para levantar la parte superior del cuerpo. Además, tengo dolor de cabeza por la falta de agua. Me arrastro hasta el catre y me aúpo a él para esperar sentada a que aparezca Andrew.

Transcurre otra media hora hasta que su voz vuelve a sonar tras la puerta.

—¿Millie?

—Lo he hecho —digo casi en un susurro. Ni siquiera puedo ponerme de pie.

—Te he visto. —Percibo un deje de condescendencia—. Excelente trabajo.

Y entonces percibo el sonido más bello que he oído nunca: el de la cerradura al abrirse. Me hace incluso más ilusión que cuando salí de la cárcel.

Andrew entra en la habitación con un vaso de agua en la mano. Me lo alarga y, por un instante, me asalta la sospecha de que le ha echado algún narcótico, pero ahora mismo me da igual. Me lo bebo de un trago. Hasta la última gota.

Andy se sienta a mi lado en el catre. Me encojo cuando me posa la mano en la parte baja de la espalda.

—¿Qué tal estás?

—Me duele la barriga.

Ladea la cabeza.

—Lo siento.

—¿De veras?

—Cuando haces algo malo, debes recibir una lección. Es la única manera de que aprendas. —Tuerce los labios—. Si lo hubieras hecho bien a la primera, no habría tenido que pedirte que lo repitieras.

Alzo la vista y estudio sus apuestas facciones. ¿Cómo he podido enamorarme de este hombre? Parecía simpático, normal y maravilloso. En ningún momento había dejado traslucir la clase de monstruo que es. Su objetivo no es casarse conmigo, sino convertirme en su prisionera.

—¿Cómo has podido saber exactamente el tiempo que he aguantado? —digo—. Es imposible que veas con tanta claridad lo que pasa aquí dentro.

—Al contrario. —Se saca el teléfono del bolsillo y abre una aplicación. En la pantalla aparece el interior de mi habitación, en color y con una gran nitidez. La imagen, de una definición asombrosa, nos muestra a los dos sentados en la cama. En ella, me veo pálida y encorvada, con el cabello seco y áspero—. ¿A que es una pasada? Parece una película.

Qué hijo de puta. Se ha pasado el día entero mirándome sufrir aquí dentro. Y tiene toda la intención de someterme a esto de nuevo. Con la salvedad de que, en la próxima ocasión, será durante más tiempo. Y a saber qué me hará entonces. Ya he estado recluida una vez. No permitiré que vuelva a ocurrir. Ni de coña.

Así que me llevo la mano al bolsillo de los vaqueros.

Y saco el espray de pimienta que he encontrado dentro del cubo.

53

NINA

C uando contraté a ese investigador privado para que hurgara en el pasado de Wilhelmina Calloway, descubrí algo muy interesante.

Había supuesto que Millie había acabado en la cárcel por algún delito relacionado con las drogas, o tal vez por un robo. Pero no. Millie Calloway estuvo presa por algo muy distinto. La condenaron por asesinato.

Contaba solo dieciséis años cuando la arrestaron e ingresó en prisión a los diecisiete, por lo que al detective le costó un poco recabar toda la información. Millie estaba en un internado. No, era algo más que un internado: un centro para adolescentes con problemas de disciplina.

Una noche, Millie se escabulló con una amiga para asistir a una fiesta en los dormitorios de los chicos. Estaba pasando por delante de una habitación cuando oyó los gritos de socorro de su amiga tras la puerta. Al entrar en el cuarto, que estaba a oscuras, advirtió que uno de sus compañeros de clase —un jugador de fútbol americano de noventa kilos— estaba forzando a su amiga.

Así que Millie agarró un pisapapeles que se encontró encima de una mesa y le golpeó la cabeza al muchacho con él. Varias veces. El tipo estaba muerto antes de llegar al hospital.

El detective había conseguido fotografías. El abogado de

Millie había alegado que intentaba defender a su amiga, que estaba siendo víctima de una agresión sexual. Sin embargo, al echar un vistazo a esas fotos, cuesta creer que su intención no fuera matarlo. El chico acabó con el cráneo reventado.

Al final, ella se declaró culpable del cargo menor de homicidio sin premeditación, atendiendo a su edad y las circunstancias. La familia del muchacho aceptó; querían vengar la muerte de su hijo, pero no que todo internet lo tildara de violador.

Millie aceptó el acuerdo porque habrían salido a la luz otros incidentes.

Cuando estaba en primaria, la expulsaron por pelearse con un niño de su clase que la había insultado; lo tiró de un empujón de las barras trepadoras del patio, y él se rompió el brazo.

En secundaria, le rajó los neumáticos al coche de su profesor de matemáticas por suspenderla. Poco después, la enviaron al internado.

Los incidentes continuaron incluso después de que cumpliera su sentencia. A Millie no la despidieron de su empleo de camarera por problemas económicos del establecimiento. La echaron después de que le arreara un puñetazo en la nariz a un compañero de trabajo.

Millie parece una chica encantadora. Así la ve Andrew. Él no ha escarbado en su pasado como yo. No sabe de lo que es capaz.

He aquí la verdad:

Al principio, yo quería contratar a una empleada con la esperanza de que acabara por sustituirme; de que, si Andrew se enamoraba de otra, por fin me dejaría marchar. Pero esa no es la razón por la que elegí a Millie. No fue por eso por lo que le entregué una copia de la llave de la habitación, o por lo que dejé un aerosol de pimienta en el cubo azul del armario.

La contraté para que lo matara.

Lo que pasa es que ella no lo sabe.

54

MILLIE

Andrew pega un alarido cuando el gas pimienta le alcanza los ojos.

La boquilla está a poco más de siete centímetros de su cara, así que el chorro le da de lleno. Entonces oprimo el pulsador por segunda vez, para administrarle otra dosis de propina. Mientras lo rocío, aparto la cabeza y cierro los párpados. Solo me faltaría que me entrara gas pimienta en los ojos, aunque es difícil que no me lleguen algunas gotas.

Cuando alzo la vista de nuevo, veo que se ha llevado las manos a la cara, que se le ha puesto al rojo vivo. El móvil se le ha caído al suelo, y me apresuro a recogerlo, con cuidado de no tocar nada más. Todo tiene que salir a la perfección en los próximos veinte segundos. Llevo seis horas planeando esto con tres libros apilados sobre la barriga.

Al enderezarme, aún tengo las piernas inestables, pero me sostienen. Andrew sigue retorciéndose en el catre y, antes de que recupere la vista, me escabullo de la habitación y cierro la puerta detrás de mí. Acto seguido, extraigo la llave que me facilitó Nina y la meto en la cerradura. Tras darle la vuelta, me la guardo en el bolsillo y retrocedo un paso.

—¡Millie! —chilla Andrew al otro lado de la puerta—. ¿De qué vas?

Bajo la mirada hacia la pantalla de su teléfono. Aunque me tiemblan los dedos, consigo abrir la configuración y desactivo el bloqueo de pantalla antes de que el móvil se bloquee de forma automática, lo que me permitirá usarlo en cualquier momento sin necesidad de introducir el pin.

—¡Millie!

Doy otro paso hacia atrás, como si él pudiera atravesar la puerta con la mano y agarrarme. Pero no puede. Estoy a salvo.

—Millie —repite, bajando la voz hasta un gruñido—. Déjame salir de aquí ahora mismo.

El corazón me late a toda prisa en el pecho. Me siento como cuando entré en aquel dormitorio hace años y me encontré a Kelsey gritándole «¡que me dejes!» al gilipollas de Duncan, el jugador de fútbol americano, que se reía como un borracho. Me quedé un segundo ahí, con el cuerpo paralizado mientras la rabia me ardía en el pecho. Él era mucho más corpulento que las dos; ni en sueños habría podido quitárselo de encima a Kelsey. El cuarto estaba a oscuras, así que exploré a tientas el escritorio hasta que toqué un pisapapeles, y entonces...

Nunca olvidaré ese día. La increíble sensación de atizarle en el cráneo con el pisapapeles a ese cabrón hasta que se quedó inmóvil. Casi valió la pena pasar todos esos años en chirona. Al fin y al cabo, vete tú a saber a cuántas chicas más salvé de él.

—Te dejaré salir —respondo—. Pero todavía no.

—Tienes que estar de broma. —Se palpa la indignación en sus palabras—. Esta es mi casa. No puedes tenerme prisionero aquí. Además, eres una criminal. Me basta con llamar a la policía para que acabes de nuevo en la cárcel.

—Ya —contesto—, pero ¿cómo vas a llamar a la policía si yo tengo tu teléfono?

Echo una ojeada a la pantalla de su móvil. Lo veo ahí, de pie, a todo color. Incluso alcanzo a apreciar lo enrojecido que tiene el rostro por el espray de pimienta y las lágrimas que le resbalan por las mejillas. Después de rebuscarse en los bolsillos, escruta el suelo con los ojos hinchados.

—Millie —dice en un tono pausado y comedido—. Quiero que me devuelvas mi teléfono.

Suelto una carcajada ronca.

—No me cabe la menor duda.

—Millie, devuélveme el teléfono ahora mismo.

—Hummm. Me parece que no estás en situación de exigir nada.

—¡Millie!

—Un segundo. —Me guardo su móvil en el bolsillo—. Voy a pillar algo de comer. No te preocupes, regreso enseguida.

—¡Millie!

Sigue llamándome a gritos mientras avanzo por el pasillo y bajo las escaleras ignorándole por completo. No podrá hacer nada mientras esté atrapado en ese cuarto. Y yo tengo que planear mi siguiente paso.

Lo primero que hago es justo lo que he dicho: voy a la cocina, donde me bebo dos vasos colmados de agua. A continuación, me preparo un sándwich de salchichón. No, no de «salpicón». Con gran cantidad de mayonesa y pan blanco. Una vez que me he llenado la tripa, me siento mucho mejor. Por fin puedo pensar con claridad.

Cojo el móvil de Andrew. Sigue en el desván, caminando de un lado a otro como animal enjaulado. No quiero ni imaginar lo que me haría si lo dejara. Solo de pensarlo, noto un sudor frío en el cogote. Mientras lo espío, en la pantalla aparece un mensaje de texto enviado por «Mamá».

¿Vas a presentarle los papeles de divorcio a Nina?

Echo un vistazo a algunos mensajes anteriores. Andrew le ha contado a su madre lo de su desavenencia con Nina. Tengo que contestarle algo, porque, si no recibe respuesta de su hijo, a lo mejor le da por venir..., y entonces se irá todo a la mierda. Nadie debe sospechar que le ha pasado algo a Andrew.

Sí. Ahora mismo estoy hablando con el abogado.

La contestación de la madre de Andrew llega casi al instante:

Me alegro. Nunca me ha caído bien. Me esforzaba por hacerlo lo mejor posible con Cecelia, pero Nina no le ha inculcado disciplina, y la chiquilla se ha convertido en una mocosa mimada.

Siento una punzada de empatía hacia Nina y Cecelia en el pecho. Ya es bastante triste que la madre de Andrew no haya apreciado nunca a su nuera, pero ¿que hable así de su propia nieta? Por otro lado, me pregunto qué entiende la madre de Andrew por «disciplina». Si se parece en algo al concepto de castigo que tiene su hijo, me alegro de que Nina no lo haya puesto en práctica.

Con las manos temblorosas, tecleo mi respuesta:

Por lo visto tenías razón respecto a Nina.

Ahora tengo que ocuparme de ese capullo.

Después de meterme de nuevo su móvil en el bolsillo, subo al primer piso y luego hasta el desván. Cuando llego a la última planta, las pisadas en el interior de la habitación cesan. Debe de haberme oído.

—Millie —dice.

—Aquí estoy —contesto con frialdad.

Se aclara la garganta.

—He aprendido la lección. Te pido perdón por lo que he hecho.

—Ah, ¿sí?

—Sí. He comprendido que estaba equivocado.

—Ya veo. Entonces ¿estás arrepentido?

Carraspea.

—Sí.

—Dilo.

Se queda callado unos instantes.

—¿Que diga qué?

—Que estás arrepentido de la cosa tan terrible que me has hecho.

Observo su expresión en la pantalla. No quiere reconocer que está arrepentido porque no lo está. Solo se arrepiente de haberme dado la oportunidad de volver las tornas.

—Lo siento —dice al fin—. Estaba totalmente equivocado. Te he hecho algo terrible, pero me arrepiento de ello y no volverá a suceder. —Tras una pausa, añade—: Y, ahora, ¿me dejarás salir?

—Sí, te dejaré salir.

—Gracias.

—Pero todavía no.

Inspira con brusquedad.

—Millie...

—Voy a dejarte salir. —Mi tono sereno contrasta con el martilleo que noto en el pecho—. Pero, antes, debes ser castigado por lo que me has hecho.

—No te embarques en este juego —gruñe—. No tienes lo que hay que tener.

No me hablaría así si supiera que maté a un hombre a golpes con un pisapapeles. Pero no tiene ni idea. Por otra parte, apostaría a que Nina sí que lo sabe.

—Quiero que te tumbes en el suelo y te pongas esos tres libros encima.

—Venga ya. Eso es ridículo.

—No te dejaré salir de ese cuarto hasta que lo hagas.

Andrew levanta la vista hacia la cámara. Siempre me había parecido que tenía unos ojos bonitos, pero ahora mismo destilan veneno al mirarme. Bueno, a mí no, me recuerdo a mí misma. Está mirando al objetivo.

—Está bien. Tú ganas.

Se acuesta en el suelo. Recoge uno por uno los volúmenes y se los apila sobre el abdomen, tal como he hecho yo unas horas antes. Sin embargo, él es más corpulento y fuerte que yo, por lo que el peso de los libros apenas parece incomodarlo, a pesar de que son tres.

—¿Satisfecha? —pregunta en voz muy alta.

—Más abajo —digo.

—¿Qué?

—Que te coloques los libros más abajo.

—No entiendo a qué te…

Apoyo la frente contra la puerta.

—Sabes exactamente a qué me refiero.

Incluso a través de la puerta, oigo su respiración agitada.

—Millie, no puedo…

—Si quieres salir de esa habitación, tendrás que hacerlo.

Bajo los ojos hacia la pantalla de su móvil y lo observo. Desplaza los libros por su vientre hasta que quedan justo encima de los genitales. Si antes no se le veía muy incómodo, la situación ha cambiado. Tiene el rostro petrificado en una mueca.

—La madre de Dios —jadea.

—Bien —digo—. Y ahora, quédate así durante tres horas.

55

MILLIE

Mientras veo la tele en el sofá y espero a que transcurran las tres horas, medito sobre Nina.

Desde el principio creí que la loca era ella. Ahora no sé qué pensar. Sin duda fue ella quien me dejó el espray de pimienta en el cuarto. Ya se olía lo que él iba a hacerme, lo que me lleva a suponer que también se lo ha hecho a ella. Tal vez muchas veces.

¿De verdad tuvo celos de mí alguna vez, o era puro teatro? No estoy muy segura. Una parte de mí quiere llamarla para averiguarlo, pero sospecho que no sería buena idea. Después de todo, Kelsey no volvió a dirigirme la palabra después de que yo matara a Duncan. No entiendo por qué, teniendo en cuenta que lo maté por ella. Él la estaba violando. Y, sin embargo, cuando volví a ver a mi ex mejor amiga, me miró como a una apestada.

Siempre fui una incomprendida. Cuando tuve problemas por acuchillarle los neumáticos al señor Cavanaugh, intenté explicarle a mi madre que él me había dicho que me suspendería en matemáticas a menos que yo dejara que me metiera mano. Nadie me creyó. Mi madre me mandó al internado porque no paraba de meterme en líos. La cosa no salió muy bien. Tras el incidente en el internado, se desentendieron de mí para siempre.

Entonces, cuando, después de salir de la prisión, conseguí por fin un empleo decente, tuve que lidiar con el tal Kyle, el barman, que me tocaba el culo siempre que se le presentaba la ocasión. Así que, un día, giré en redondo y le estampé el puño contra la nariz. No me denunció porque le daba vergüenza que una chica le hubiera partido la cara, pero me echaron a la calle. Poco después, estaba viviendo en mi coche.

No puedo fiarme de nadie salvo de mí misma.

Con un bostezo, apago el televisor. Ya han pasado las tres horas, y Andrew no se ha movido del suelo. Ha seguido las reglas al pie de la letra, aunque debe de estar pasándolo fatal. Subo las escaleras hasta el último piso con toda la pachorra del mundo. En cuanto llego, se quita los libros de los genitales de un empujón y se queda un rato hecho un ovillo en el suelo.

—¿Andrew? —digo.

—¿Qué?

—¿Cómo te encuentras?

—¿Cómo crees que me encuentro? —sisea—. Déjame salir, hija de puta.

Apenas queda rastro de la impasibilidad y la autosuficiencia con que me hablaba antes de que bajara al salón. Mejor. Me reclino contra la puerta y observo su rostro en la pantalla.

—No me gustan las palabrotas. Pensaba que, como me necesitas para que te ayude, serías un poco más amable conmigo.

—Que. Me. Dejes. Salir. —Se incorpora en el suelo, acunando la cabeza entre las manos—. Te juro por Dios, Millie, que si no me sacas de aquí ahora mismo te mataré.

Lo dice como si tal cosa: «Te mataré». Me quedo mirando la pantalla del teléfono, especulando sobre cuántas mujeres más han estado en esa habitación. Me pregunto si alguna habrá muerto ahí dentro.

No me parece en absoluto una hipótesis descabellada.

—Tranquilo —digo—. Te sacaré de ahí.

—Menos mal.

—Pero todavía no.

—Millie… —gime—. He hecho exactamente lo que me has pedido. Durante tres horas.

—¿Tres horas? —Alzo las cejas, aunque él no me ve—. Qué pena, me has entendido mal. De hecho, he dicho cinco horas. Así que me temo que tendrás que volver a empezar.

—Cinco… —Me encanta ver cómo palidece en la imagen a todo color—. No puedo hacer eso. No aguantaría cinco horas más. Tienes que dejarme salir de aquí. El juego ha terminado.

—No estamos negociando, Andrew —le digo con toda paciencia—. Si quieres salir de ese cuarto, tendrás que sostener esos libros sobre los cataplines durante las próximas cinco horas. Tú decides.

—Millie. Millie —dice con el aliento entrecortado—. Oye, siempre hay margen para la negociación. ¿Qué es lo que quieres? Te daré dinero. Te doy un millón de dólares ahora mismo si me dejas salir de esta habitación. ¿Qué te parece?

—No.

—Dos millones.

Le resulta fácil ofrecerme un dinero que no tiene la menor intención de darme.

—Va a ser que no. Bueno, me voy a la cama, pero a lo mejor te veo por la mañana.

—¡Millie, sé razonable! —Se le quiebra la voz—. Yo por lo menos te dejé algo de agua. ¿No puedes darme un poco de agua?

—Me temo que no —respondo—. A lo mejor la próxima vez que encierres a una chica deberías dejarle más agua en la habitación, para que sobre algo para ti.

Dicho esto, me alejo por el pasillo mientras él me llama a gritos. En cuanto entro en el dormitorio del piso de abajo, hago una búsqueda en Google: «¿Cuánto tiempo puede sobrevivir una persona sin agua?».

56

NINA

Cuando recojo a Cecelia del campamento, la veo más contenta de lo que la había visto en mucho tiempo. Está con los nuevos amigos que ha hecho, y su carita de pan resplandece. Tiene las mejillas y los hombros tostados por el sol, y un raspón en el codo con una tirita medio despegada. En vez de uno de esos espantosos vestidos de volantes que Andy siempre la obliga a ponerse, lleva un cómodo pantalón corto y una camiseta. Seré feliz si nunca vuelve a enfundarse un vestido.

—¡Hola, mamá! —Se me acerca dando botes, con la cola de caballo oscilando tras ella. Según Suzanne, cuando su retoño empezó a llamarla «mamá» en vez de «mami», sintió como si le clavara un puñal en el corazón. Pero a mí me alegra comprobar que Cece se está haciendo mayor, porque eso significa que pronto él no podrá ejercer ningún poder sobre ella. Sobre nosotras—. ¡Llegas pronto!

—Sí…

Su coronilla me llega ya al hombro. ¿Ha crecido durante su estancia aquí? Me rodea con sus delgados brazos y apoya la cabeza en mi hombro.

—¿Y ahora adónde vamos?

Sonrío. Cuando Cece estaba preparando su equipaje para el campamento, le indiqué que añadiera un par de mudas de más porque no sabía si volveríamos directas a casa o, por el contrario, iríamos a otro sitio desde el campamento. Por eso aún llevo algunas de sus bolsas en el maletero del coche.

No estaba segura de que esto fuera a materializarse. No sabía si todo saldría según los planes. Cada vez que lo pienso, se me arrasan los ojos en lágrimas. Somos libres.

—¿Adónde te gustaría ir? —pregunto.

Yergue la cabeza.

—¡A Disneylandia!

Podríamos dirigirnos a California. Me encantaría poner cinco mil kilómetros entre Andrew Winchester y yo. Por si acaso se le mete en la cabeza que tenemos que volver a estar juntos.

Por si acaso Millie no hace lo que espero que haga.

—¡Pues vamos allá! —exclamo.

A Cece se le ilumina el rostro y se pone a dar saltitos de gusto. Aún conserva esa alegría infantil, la capacidad de vivir el momento. Él no se la ha arrebatado por completo. Al menos, todavía no.

De pronto, deja de brincar y adopta una expresión muy seria.

—¿Y papá?

—Él no vendrá.

El alivio que se le dibuja en el semblante refleja el que yo siento. Él nunca le ha puesto un dedo encima, hasta donde yo sé, y lo he vigilado con atención. Si hubiera descubierto en mi hija un moretón sospechoso, por pequeño que fuera, le habría dado el visto bueno a Enzo para que lo matara. Pero nunca le he pillado ninguno. Aun así, ella sabía que algunas de sus faltas se traducían en castigos contra mí. Es una chica lista.

Por supuesto, como tenía que portarse de forma intachable delante de su padre, se desquitaba en su ausencia. No se fía mucho de ningún adulto aparte de mí, y a veces es una niña difícil. La han tachado de malcriada, pero no es culpa suya. Mi hija tiene buen corazón.

Cece corre hasta la cabaña para recoger su equipaje. Echo a

andar tras ella, pero en ese momento empieza a sonarme el teléfono en el bolso. Hurgo en el desordenado contenido hasta que encuentro el móvil. Es Enzo quien me llama.

Me debato entre contestar o no. Enzo me ayudó a salvar el pellejo, y no puedo negar que pasé una noche inolvidable con él. Pero estoy decidida a dejar atrás esa parte de mi vida. No sé cuál es el motivo de su llamada y no estoy muy segura de querer saberlo.

Por otro lado, lo menos que puedo hacer después de todo lo que ha hecho por mí es cogerle el teléfono.

—¿Hola? —Bajo la voz—. ¿Qué pasa?

—Tenemos que hablar, Nina —dice Enzo en un tono grave y serio.

A lo largo de mi vida, estas tres palabras nunca han antecedido a nada bueno.

—¿De qué? —pregunto.

—Tienes que regresar aquí y ayudar a Millie.

Suelto un resoplido.

—Ni loca.

—¿Ni loca? —Ya había oído a Enzo enfadado, pero nunca conmigo. Es la primera vez—. Nina, está en apuros, y tú la pusiste en esa situación.

—Claro, porque se acostó con mi marido. ¿Se supone que debo compadecerme de ella?

—¡Tú la incitaste!

—Mordió el anzuelo porque quiso. Nadie la obligó. De todos modos, estará bien. Andy dejó pasar muchos meses antes de hacerme nada. No empezó hasta después de que nos casáramos. —Me sorbo la nariz—. Le escribiré una carta cuando me concedan el divorcio, ¿vale? Le advertiré de la clase de persona que es antes de que se case con él.

Guarda silencio unos instantes.

—Hace tres días que Millie no sale de la casa.

Vuelvo la mirada con rapidez hacia la cabaña de Cecelia. Sigue dentro, recogiendo sus cosas y seguramente cotorreando con sus nuevos amigos. Desplazo la vista por los otros padres que han venido a buscar a sus hijos. Me aparto a un lado y bajo aún más la voz.

—¿Cómo que hace tres días que no sale?

—Estaba preocupado por ella, así que hice una marca roja en la rueda de su coche. Han pasado tres días, y la marca sigue exactamente en el mismo sitio. Hace tres días que no va a ningún sitio.

Suelto un bufido.

—Oye, Enzo, eso podría significar cualquier cosa. A lo mejor se han ido de viaje los dos juntos.

—No. He visto el coche de él en marcha.

Pongo cara de exasperación.

—Pues a lo mejor comparten vehículo. Tal vez ella no tiene ganas de conducir.

—La luz del desván está encendida.

—La… —Me aclaro la garganta, alejándome un paso más de los otros padres—. ¿Cómo lo sabes?

—He estado en el jardín trasero.

—¿Después de que Andy te despidiera?

—Tenía que echar un vistazo, ¿vale? Ahí arriba hay alguien.

Aprieto el teléfono con tanta fuerza que empiezo a notar un hormigueo en los dedos.

—¿Y qué? El desván era la habitación de ella. ¿Qué tiene de raro que esté ahí arriba?

—No lo sé. Dímelo tú.

Una sensación de mareo se apodera de mí. Cuando estaba trazando el plan para conseguir que Millie ocupara mi lugar y, más tarde, cuando quería que matara a ese cabrón, no calibré a fondo las consecuencias. Le dejé el espray pimienta y le di la llave de la habitación, suponiendo que se las apañaría con eso. Pero de pronto caigo en la cuenta de que tal vez cometí un terrible error. Me la imagino atrapada en el desván, padeciendo la tortura que se le haya ocurrido a Andy. Solo de pensarlo, me entran náuseas.

—¿Y tú qué? —inquiero—. ¿No puedes ir y averiguar si se encuentra bien?

—He llamado al timbre. No me ha abierto nadie.

—¿Y la llave de debajo del tiesto?

—No estaba.

—¿Y qué me dices de…?

—Nina —gruñe Enzo—, ¿me estás pidiendo que entre por la fuerza en esa casa? ¿Sabes lo que me pasaría si me pillaran? Tú tienes llave. Tienes todo el derecho a entrar ahí. Te acompañaré, pero no puedo ir solo.

—Pero…

—¡Déjate de excusas! —estalla—. Me parece increíble que permitas que ella sufra como sufriste tú.

Lanzo una última mirada a la cabaña de Cecelia, que sale justo en ese momento, con sus bolsas a cuestas.

—De acuerdo —digo—. Regresaré. Pero con una condición.

57

MILLIE

Cuando, a la mañana siguiente, me despierto en la habitación de invitados, lo primero que hago es buscar el teléfono de Andrew.

Abro la aplicación que tiene acceso a la cámara del desván. La imagen de la habitación aparece de inmediato. Contemplo la pantalla y se me hiela la sangre. En el cuarto reina una quietud absoluta. Andrew ya no está ahí.

Ha salido de la habitación.

Mi mano izquierda se cierra con fuerza sobre las mantas. De pronto, percibo un movimiento tras la ventana, y estoy a punto de sufrir un infarto hasta que advierto que se trata de un pájaro.

¿Dónde estará Andrew? ¿Cómo ha conseguido salir? ¿Había instalado ahí dentro un botón de seguridad o algún otro medio de escapar del que yo no sabía nada por si alguna vez se encontraba en esta situación? Lo dudo mucho. Ha estado varias horas seguidas con esos libros sobre la entrepierna. ¿Por qué iba a hacer una cosa así si tenía una forma de evadirse desde el primer momento?

Sea como sea, si ha salido del cuarto, seguro que está cabreado.

Tengo que largarme de esta casa. Ya mismo.

Bajo la vista hacia el teléfono. De repente, algo se mueve en la pantalla. Exhalo despacio. Resulta que Andrew sí está en la habitación. Está acostado en el catre, tapado con las mantas. No lo había visto porque permanecía muy quieto.

Rebobino el vídeo del interior de la habitación. Andrew aparece tendido en el suelo, con un gesto de dolor por el peso que sostiene. Cinco horas. Se ha pasado así cinco horas. Si he de cumplir mi parte del trato, debo dejarlo salir ahora.

Me preparo sin prisas. Me doy una larga ducha. Noto cómo la tensión en el cuello se disipa mientras el agua caliente se me escurre por el cuerpo. Sé qué debo hacer a continuación. Y estoy lista.

Me pongo una camiseta cómoda y unos vaqueros. Me recojo el cabello rubio trigueño en una cola de caballo y me guardo el móvil de Andrew en el bolsillo. A continuación, cojo algo que encontré ayer en el garaje y me lo escondo en el otro bolsillo.

Asciendo por los chirriantes escalones hasta el desván. He subido tantas veces que he notado que no todos los peldaños crujen; solo unos en concreto. El segundo hace mucho ruido, por ejemplo. Y también el de arriba de todo.

Cuando llego al desván, llamo a la puerta. Saco el móvil y echo una ojeada a la imagen en color de la habitación. Andrew sigue en la cama, inmóvil.

Noto una comezón de inquietud en la nuca. Andrew no ha bebido nada desde hace unas doce horas. Debe de estar bastante débil. Recuerdo cómo me sentía ayer cuando me moría de sed. ¿Y si está inconsciente? ¿Qué hago en ese caso?

Pero entonces Andrew se rebulle en el colchón. Lo observo mientras se incorpora y se frota los ojos con la base de las manos.

—Andrew —digo—. He vuelto.

Alza la vista y la clava en el objetivo de la cámara. Me recorre un escalofrío solo de imaginar lo que me haría si abriera esta puerta. Me agarraría de la cola de caballo y me arrastraría al interior. Me obligaría a hacer cosas terribles antes de dejarme salir. Si es que me deja salir algún día.

Se pone en pie con piernas vacilantes. Se acerca a la puerta y se deja caer contra ella.

—Hice lo que me pediste. Déjame salir.

Sí, claro.

—Verás —digo—, las imágenes de anoche no quedaron grabadas. Menuda faena, ¿verdad? Me temo que te va a tocar...

—No pienso volver a hacer eso. —Tiene el rostro de un color rosa vivo, y no es por el espray de pimienta—. Debes dejarme salir en este mismo instante, Millie. Lo digo muy en serio.

—Te dejaré salir. —Tras una pausa, añado—: Pero todavía no.

Andrew retrocede un paso, con la mirada clavada en la puerta. Da otro paso hacia atrás. Y luego otro. Y entonces arranca a correr.

Embiste la puerta con tanta fuerza que esta se estremece en sus bisagras. Pero sigue intacta.

Entonces él empieza a recular de nuevo. Mierda.

—Oye —digo—. Te dejaré salir. Solo tienes que hacer una cosa más.

—Que te den. No te creo.

Acomete la puerta de nuevo. Esta tiembla, pero no se rompe. La casa es relativamente nueva y está bien construida. Me pregunto si Andrew es capaz de echarla abajo. A lo mejor en su mejor momento y bien hidratado, podría. Pero no es el caso. Además, no resultaría fácil derribarla desde el interior, pues tiene los goznes por dentro.

A estas alturas, está resollando. Se reclina contra la puerta para intentar recuperar el aliento. Tiene el rostro incluso más colorado que antes. Me parece que no está en su mano tumbar la puerta.

—¿Qué quieres que haga? —consigue articular.

Me extraigo del bolsillo el objeto que saqué del garaje. Lo encontré en la caja de herramientas de Andrew. Son unos alicates. Los deslizo por el hueco de debajo de la puerta.

Al otro lado, él se agacha y los recoge. Les da vueltas entre los dedos. Frunce el ceño.

—No entiendo. ¿Qué quieres que haga?

—Bueno —digo—, cuesta mucho saber exactamente cuánto tiempo tuviste esos libros encima. Esto resultará más fácil. Será cosa de un momento.

—No te entiendo.

—Muy sencillo. Si quieres salir de la habitación, solo tienes que arrancarte un diente.

Me fijo en el rostro de Andrew a través de la pantalla. Tensando los labios en una mueca, arroja los alicates contra el suelo.

—Debes de estar de broma. De ninguna manera. No pienso hacer eso por nada del mundo.

—Creo que unas horas más sin agua te harán cambiar de opinión —señalo.

Vuelve a retroceder unos pasos. Está haciendo acopio de fuerzas. Corre hacia la puerta y arremete contra ella con todo su peso. Esta retiembla de nuevo, pero se mantiene firme. Veo que Andrew echa el puño hacia atrás y lo estampa contra la madera.

Suelta un aullido de dolor. La verdad es que habría salido mejor parado si simplemente se hubiera extraído un diente. En el bar donde trabajaba, un tío que estaba borracho le pegó un puñetazo a la pared y se rompió un hueso de la mano. No me extrañaría que a Andrew le haya pasado lo mismo.

—¡Sácame de aquí! —me chilla—. Sácame de esta puta habitación ahora mismo.

—Te dejaré salir. Ya sabes lo que tienes que hacer.

Se sujeta la mano derecha con la izquierda. Cae de rodillas, casi doblado en dos. Observo en la pantalla del teléfono que recoge los alicates con la mano izquierda. Contengo la respiración mientras se los acerca a la boca.

¿De verdad va a hacerlo? No aguanto más. Cierro los ojos, incapaz de seguir mirando.

Profiere un alarido de sufrimiento. Es el mismo sonido que emitió Duncan cuando le estrellé el pisapapeles en el cráneo. Cuando abro los ojos de golpe, Andrew sigue en pantalla. Aún está de rodillas. Miro cómo agacha la cabeza, berreando como un bebé.

Está al límite. No puede más. Está dispuesto a arrancarse los dientes con tal de salir de ese cuarto.

Ni se imagina que esto no ha hecho más que empezar.

58

NINA

Algo ha ido mal.

Lo intuyo en el instante en que paro el coche delante de la casa de Andrew. Algo terrible ha ocurrido ahí dentro. Es una sensación muy intensa.

He accedido a regresar aquí con una condición. Enzo debía quedarse con Cece y protegerla con su vida. No habría dejado mi hija al cuidado de nadie más. Conozco a muchas mujeres de esta ciudad, y todas y cada una de ellas se han dejado cautivar por el encanto de mi marido. No confiaría en que se resistieran a entregarle a Cece.

Pero, debido a eso, estoy sola.

Aunque estuve aquí por última vez hace una semana, siento como si hubiera transcurrido una eternidad. Aparco en la calle, frente a la verja, detrás del coche de Millie. Al agacharme junto al vehículo, veo la marca roja que dejó Enzo en el neumático. Sigue ahí, pero no tengo idea de si justo en el mismo sitio en que estaba ayer y anteayer.

—¿Nina? ¿Eres tú?

Es Suzanne. Me enderezo y me aparto del coche de Millie. Ella está de pie en la acera, con la cabeza ladeada en un gesto de perplejidad. Si en nuestro último encuentro estaba esquelética, ahora parece haber perdido aún más peso.

—¿Va todo bien, Nina? —pregunta.

Despliego una sonrisa forzada.

—Sí, claro. ¿Por qué lo preguntas?

—Se suponía que habíamos quedado para almorzar el otro día, pero no te presentaste. Por eso he pensado en pasarme para ver cómo estabas.

Cierto. Mis almuerzos semanales con Suzanne. Si hay algo que no echaré de menos de mi vida anterior, es eso.

—Lo siento. Supongo que no me acordé.

Suzanne frunce los labios. Nunca olvidaré que, cuando le confesé todo lo que me había hecho Andrew, ella asintió con aire comprensivo, para luego ir corriendo a delatarme. Decidió fiarse de él antes que de mí. Las traiciones como esa no se olvidan.

—Me han llegado rumores escandalosos —dice—. He oído que te habías mudado a otro sitio. Que habías dejado a Andy. O que él...

—¿Que él me dejó por la criada? —Al reparar en la expresión de Suzanne, descubro que he dado en el clavo. Somos la comidilla de todo el vecindario—. Pues me temo que no es verdad. Los mentideros se han vuelto a equivocar. Solo había ido a buscar a Cece al campamento en el que estaba, eso es todo.

—Ah. —Percibo un atisbo de desilusión en el rostro de Suzanne. Estaba deseando enterarse de un chisme jugoso—. Pues me alegro de oír eso. Estaba preocupada por ti.

—No hay absolutamente nada de que preocuparse. —Empiezan a dolerme las mejillas de tanto sonreír—. Bueno, ha sido un largo viaje, así que, si me disculpas...

Suzanne me sigue con la vista mientras enfilo el camino de acceso hacia mi puerta principal. Seguro que tiene un montón de preguntas en la cabeza. Por ejemplo, si he ido a recoger a Cecelia al campamento, ¿dónde está ella? ¿Y por qué he aparcado en la calle en vez de en el garaje? Pero no tengo tiempo para darle explicaciones a ese espanto de mujer.

Debo averiguar qué ha sido de Millie y Andy.

La planta baja de casa está a oscuras. Como la última vez

que estuve aquí Andy me pidió que me marchara, opto por tocar el timbre en vez de entrar directamente. Me quedo esperando a que alguien me abra.

Dos minutos después, sigo ahí, ante la puerta.

Al final, me saco el llavero del bolso. Es un gesto que he hecho cientos de veces: agarrar las llaves, encontrar la de cobre que lleva grabada la letra A y encajarla en la cerradura. La puerta de mi antiguo hogar gira sobre sus bisagras.

No me sorprende constatar que dentro reina la oscuridad y no se oye el menor ruido.

—¿Andy? —llamo.

Nadie responde.

Me dirijo a la puerta del garaje. La empujo para abrirla y veo que el BMW de Andy está ahí aparcado. Por supuesto, eso no implica que Andy y Millie no se hayan ido juntos de viaje. Pueden haber ido en taxi al aeropuerto de LaGuardia. Es lo que suele hacer él. Seguro que decidieron tomarse unas vacaciones improvisadas.

Aunque, en el fondo, sé que no ha sido así.

—¿Andy? —lo llamo de nuevo en voz más alta—. ¿Millie? Nada.

Me acerco a las escaleras. Alzo la vista hacia el primer piso para intentar percibir si algo se mueve ahí arriba. No vislumbro nada. Sin embargo, tengo la sensación de que hay alguien más aquí.

Empiezo a subir las escaleras. Me tiemblan tanto las piernas que hay una posibilidad real de que me fallen, pero no dejo de ascender. No me detengo hasta llegar a la primera planta.

—¿Andy? —Trago saliva—. Por favor…, si hay alguien en casa, que diga algo…

Como sigo sin obtener respuesta, inicio un recorrido por las habitaciones. El dormitorio principal: vacío. El cuarto de invitados: vacío. La habitación de Cece: vacía. La sala de proyección: también vacía.

Solo me queda un sitio por inspeccionar.

La puerta de las escaleras que conducen al desván está abier-

319

ta. La iluminación en esta parte de la casa siempre ha sido muy deficiente. Agarrándome de la barandilla, levanto la vista a lo alto de la escalera. Ahí hay alguien. No me cabe la menor duda.

Millie debe de estar atrapada en el cuarto. Seguro que Andy la ha encerrado ahí.

Pero entonces ¿dónde se habrá metido él? ¿Por qué está aquí su coche, y él no?

Las piernas a duras penas soportan mi peso mientras asciendo los catorce peldaños hasta el rellano del desván. Al final del pasillo está la habitación en la que pasé tantos días de pesadilla durante mi matrimonio. Dentro, la luz está encendida. Se escapa por debajo de la puerta.

—No desesperes, Millie —murmuro—. He venido a ayudarte.

Enzo tenía razón. No debería haberla abandonado aquí. Creía que ella era más fuerte que yo, pero me equivocaba. Cualquier cosa que le suceda pesará sobre mi conciencia. Espero que esté bien. Voy a sacarla de aquí.

Extraigo la llave del desván de mi bolso. Introduzco la llave en la cerradura y dejo que la puerta se abra.

59

NINA

Dios santo —susurro.

La luz del desván está encendida, como ya me había parecido. Las bombillas que cuelgan del techo parpadean. Hay que cambiarlas. Aun así, bajo su claridad alcanzo a ver a Andy.

O más bien lo que queda de él.

Durante un minuto largo, soy incapaz de hacer otra cosa que mirar. Entonces me inclino hacia delante y vomito. Menos mal que esta mañana estaba demasiado nerviosa para desayunar.

—Hola, Nina.

Por poco sufro un ataque al corazón cuando la voz suena a mi espalda. Estoy tan asqueada por la visión que tengo ante mí que ni siquiera he oído los pasos que se acercaban por la escalera. Me giro en redondo, y ahí está ella. Millie. Apuntándome a la cara con un espray de pimienta.

—Millie —jadeo.

Le tiemblan las manos y está muy pálida. Es como si me hubieran puesto un espejo delante. Sin embargo, hay fuego en su mirada.

—Baja el espray —le digo con toda la serenidad de que soy capaz. Ella no obedece—. No te haré daño… Te lo prometo. —Bajo la vista al cuerpo que yace en el suelo antes de volver a posarla en Millie—. ¿Cuánto tiempo lleva aquí?

—¿Cinco días? —dice con un timbre inexpresivo—. ¿Seis? He perdido la cuenta.

—Está muerto. —Se trata de una afirmación, aunque la entono más bien como una pregunta—. ¿Cuánto hace que está muerto?

Como Millie sigue amenazándome con el aerosol de autodefensa, no me atrevo a hacer movimientos bruscos. Sé de lo que esta chica es capaz.

—¿Crees que está muerto del todo? —inquiere.

—Puedo comprobarlo…, ¿si quieres?

Tras vacilar unos instantes, asiente.

Me aparto de ella con lentitud, pues no quiero que me rocíe; sé muy bien lo que se siente cuando te entra gas pimienta en los ojos. Me agacho junto al cuerpo de mi marido, que se encuentra tendido en el suelo. No tiene pinta de estar vivo. Tiene los párpados entornados, las mejillas hundidas y los labios entreabiertos. El pecho no se le mueve. Pero lo peor es la sangre seca que tiene en torno a la boca y en la camisa blanca. Alcanzo a ver entre sus labios que le faltan varios dientes. Reprimo una arcada.

Aun así, cuando le acerco la mano para comprobar si tiene pulso en el cuello, temo que me agarre de pronto la muñeca. Pero no lo hace. Permanece totalmente inmóvil. Al presionar la arteria con el dedo, no noto nada.

—Está muerto —confirmo.

Millie me mira en silencio unos segundos antes de bajar el espray. Se desploma en el catre, tapándose la cara con las manos. Es como si acabara de tomar conciencia de la magnitud de lo ocurrido. De lo que ha hecho.

—Dios mío. Ay, no…

—Millie…

—Sabes lo que esto significa. —Alza los ojos enrojecidos hacia mí. La ira se ha evaporado y ya solo queda el miedo—. Ya está. Volveré a la cárcel para el resto de mi vida.

Le resbalan las lágrimas por las mejillas y sacude los hombros en silencio; Cece también llora así cuando no quiere que nadie se dé cuenta. De pronto, Millie parece lastimosamente joven. No es más que una chica.

Es entonces cuando tomo una decisión.

Me siento a su lado en el catre y la abrazo por los hombros con cautela.

—No, no irás a la cárcel.

—Pero ¿qué dices, Nina? —Alza el rostro arrasado en lágrimas—. ¡Lo he matado! ¡Lo he encerrado en esta habitación durante una semana y lo he dejado morir! ¿Cómo no voy a acabar en la cárcel?

—Porque ni siquiera estabas aquí —respondo.

Se enjuga los ojos con el dorso de la mano.

—¿De qué hablas?

«Cece, cariño, te ruego que me perdones por lo que estoy a punto de hacer».

—Vas a marcharte. Le diré a la policía que he estado aquí toda la semana. Que te di la semana libre.

—Pero…

—Es la única manera —digo con aspereza—. Yo tengo posibilidades de librarme. Tú no. Yo… ya he estado hospitalizada por problemas de salud mental. En el peor de los casos… —respiro hondo—, me ingresarán de nuevo en el psiquiátrico.

Millie arruga el entrecejo, con la nariz rosada.

—Fuiste tú quien dejó aquí el espray de pimienta, ¿verdad?

Muevo la cabeza afirmativamente.

—Tenías la esperanza de que me lo cargara.

Vuelvo a asentir.

—¿Y por qué no lo mataste tú misma?

Ojalá hubiera una respuesta sencilla a esta pregunta. Me preocupaba que me pillaran. Me preocupaba ir a la cárcel. Me preocupaba lo que sería de mi hija sin mí.

Pero en realidad todo se reduce a que simplemente no era capaz. No tenía agallas para quitarle la vida. Así que, en vez de eso, hice algo terrible: intentar engañar a Millie para que lo matara ella.

Tal como ha ocurrido.

Y ahora es posible que pague por ello durante el resto de su vida si no actúo de alguna manera para ayudarla.

—Por favor, márchate mientras aún estás a tiempo, Millie. —Las lágrimas me arden en los ojos—. Vete antes de que cambie de idea.

No necesita que se lo diga dos veces. Se pone de pie a toda prisa y sale a paso veloz de la habitación. Sus pisadas se alejan escaleras abajo. Cuando la puerta principal se cierra de golpe, me quedo sola en la casa… con Andy, que contempla el techo con sus ojos sin vida. Se acabó. Esta vez de verdad. Ya solo me queda una cosa por hacer.

Cojo mi teléfono y llamo a la policía.

60

NINA

Si salgo de esta casa, será esposada. No veo manera de evitarlo. En mi sofá de piel, con las rodillas abrazadas, me pregunto si será la última vez que me siento aquí mientras aguardo a que el inspector baje de la planta superior. De forma impulsiva, cojo mi bolso, que está sobre la mesa de centro. Seguramente debería quedarme quieta y callada, como una buena niña sospechosa de asesinato, pero no puedo evitarlo. Saco mi teléfono y accedo a la lista de llamadas recientes. Selecciono el primer número de la lista.

—¿Nina? ¿Qué sucede? —El tono de Enzo rebosa inquietud—. ¿Qué está pasando ahí?

—La policía sigue en la casa —digo con la voz ahogada—. La cosa no…, no pinta bien. Para mí. Creen que…

No quiero pronunciar las palabras en alto. Creen que yo he matado a Andy. Y se equivocan de medio a medio. Falleció por deshidratación. Pero me consideran responsable.

Podría acabar con esto si delatara a Millie. Pero no lo haré.

—Declararé en tu defensa —dice—. Les contaré las cosas que te hacía. Te vi encerrada ahí arriba.

Habla en serio. Hará cuanto esté en su mano por ayudarme. Pero ¿qué valor le concederán al testimonio de un hombre al que casi con total seguridad señalarán como mi amante secreto? Ni siquiera podría negarlo. Es verdad que me acosté con Enzo.

—¿Cómo está Cece? —pregunto.

—Ella está bien.

Cierro los ojos e intento calmar la respiración.

—¿Está viendo la tele?

—¿La tele? No, no, no. Le enseño italiano. Se le da muy bien.

A pesar de la situación, se me escapa una carcajada, aunque bastante débil.

—¿Me la pasas un momento?

Tras una pausa, oigo a Cece al otro lado de la línea.

—*Ciao, mamma!*

Trago saliva.

—Hola, cariño. ¿Cómo estás?

—*Bene.* ¿Cuándo vendrás a recogerme?

—Pronto —miento—. Sigue practicando el italiano, que yo llegaré en cuanto pueda. —Respiro hondo—. Te…, te quiero.

—¡Yo también te quiero, mamá!

El inspector Connors está bajando las escaleras. Sus pasos retumban como disparos. Me apresuro a guardar el móvil en el bolso, que dejo caer sobre la mesa de centro. Por lo visto, ha examinado el cadáver de Andy con más detenimiento. Sin duda, tendrá una nueva batería de preguntas que hacerme. Se lo noto en la expresión cuando se sienta de nuevo delante de mí.

—Bueno —dice—. ¿Sabe algo acerca de las contusiones en el cuerpo de su marido?

—¿Contusiones? —pregunto con una extrañeza sincera. Sabía lo de los dientes arrancados, pero no he presionado a Millie para que me diera más detalles sobre lo sucedido en aquella habitación del desván.

—Tiene el bajo vientre cubierto de cardenales de un morado intenso —explica Connors—. Y también los… genitales. Los tiene casi negros.

—Ah…

—¿Cómo supone usted que se hizo esos cardenales?

Arqueo las cejas.

—¿Cree que yo le pegué una paliza? —La mera idea resulta ridícula. Andy me sacaba unos cuantos centímetros, y su cuerpo era puro músculo, a diferencia del mío.

—No tengo idea de qué ocurrió ahí arriba. —Me esfuerzo por no desviar la vista cuando me mira a los ojos—. Según su versión, su marido quedó atrapado en el desván por accidente y, por alguna razón, usted no reparó en su ausencia. ¿Es así?

—Creía que se había ido de viaje de negocios —aseguro—. Suele ir al aeropuerto en taxi.

—Durante ese tiempo usted no recibió mensajes de texto o llamadas de él, y sin embargo no estaba preocupada —señala él—. Por otro lado, de nuestras conversaciones con sus padres se desprende que él le había pedido a usted que se marchara de casa la semana pasada.

Esto no lo puedo desmentir.

—Sí, es correcto. Por eso no nos hablábamos.

—¿Y qué me dice de Wilhelmina Calloway? —Se saca una pequeña libreta del bolsillo y consulta sus notas—. Ella trabajaba para usted, ¿verdad?

Me encojo de hombros.

—Le di la semana libre. Como mi hija estaba de campamento, nos pareció que no requeriríamos de sus servicios. No la he visto en toda la semana.

No me cabe duda de que intentarán contactar con Millie, pero trato de mantenerla fuera de la lista de sospechosos en la medida de lo posible. Es lo menos que puedo hacer después de la mala pasada que le jugué.

—¿Me está diciendo que un hombre adulto se las arregló para quedar encerrado en el cuarto del desván sin su teléfono, a pesar de que la puerta solo se cierra por fuera? —Las cejas de Connors se elevan casi hasta el nacimiento del pelo—. ¿Y que mientras él estaba en el cuarto, decidió arrancarse cuatro dientes sin motivo aparente?

Bueno, dicho así…

—Señora Winchester —prosigue el inspector—. ¿De verdad

cree que su marido es el tipo de hombre que haría una cosa como esa?

Me reclino en el sofá para intentar disimular el temblor que se ha apoderado de mí.

—Tal vez. Usted no lo conocía.

—De hecho, eso no es del todo cierto —replica.

Alzo la vista de golpe.

—Perdón, ¿cómo dice?

Cielo santo. Esto no hace más que empeorar. El inspector, con su cabello cano, tiene la edad justa para ser otro de los compis de golf del padre de Andy, o algún otro beneficiario de la increíble generosidad de su familia. Noto un hormigueo en las muñecas, como si sintieran por anticipado el contacto de las esposas.

—No lo conocí en persona —continúa Connors—, pero mi hija, sí.

—¿Su… hija?

Hace un gesto afirmativo.

—Se llama Kathleen Connors. Desde luego, el mundo es un pañuelo: estuvo prometida con Andrew Winchester hace mucho tiempo.

Lo miro con fijeza, parpadeando. Kathleen. La prometida con la que Andrew rompió antes de iniciar la relación conmigo. La que intenté localizar tantas veces, sin éxito. Kathleen es la hija de este hombre. Pero ¿eso qué implica?

Baja tanto la voz que me cuesta entender sus palabras.

—La ruptura fue un duro golpe para ella. No quería hablar del asunto. Sigue sin querer. Después de eso, se mudó muy lejos e incluso se cambió el nombre. No ha vuelto a salir con un hombre desde entonces.

Se me acelera el corazón.

—Ah. Yo…

—Siempre me he preguntado qué le hizo exactamente a mi hija Andrew Winchester. —Aprieta los labios, que quedan reducidos a una fina línea—. El caso es que, cuando me destinaron aquí hace cerca de un año y empecé a indagar por ahí, me pareció interesante que usted afirmara que él la había encerrado varias veces en el desván, y que nadie pudiera verificar su historia. Aunque, en honor a la verdad, parece que nadie lo intentó de verdad. Los Winchester tenían mucha influencia por aquí antes de trasladarse a Florida, sobre todo entre algunos polis. —Tras una pausa, agrega—: Aunque no conmigo.

Tengo la boca demasiado seca para articular palabra. Me quedo mirándolo, boquiabierta.

—En mi opinión —prosigue—, ese desván no cumple con la normativa de seguridad. Parece demasiado fácil quedarse encerrado ahí. —Se echa hacia atrás y recupera el volumen de voz normal—. Es una lástima que eso le ocurriera a su marido. Estoy seguro de que mi colega de la oficina del forense estará de acuerdo conmigo. Debería servirnos de lección, ¿no?

—Sí —consigo murmurar al fin—. Debería servirnos de lección.

El inspector Connors posa en mí la mirada por última vez antes de subir de nuevo para reunirse con sus compañeros. Y entonces tomo conciencia de algo increíble.

No voy a salir esposada de aquí, a fin de cuentas.

61

NINA

Jamás creí que asistiría al velatorio de Andy.

De todos los finales que había imaginado para esta historia, el de su muerte me parecía el más improbable. Sabía en mi fuero interno que me faltaba el valor suficiente para acabar con él y tenía la impresión de que, aunque me atreviera a intentarlo, él nunca se moriría. Parecía inmortal. Incluso ahora, mientras contemplo su apuesto rostro en el ataúd de arce abierto, con los labios cerrados para disimular las mellas que le quedaron después de que Millie lo obligara a arrancarse cuatro dientes de las encías, estoy convencida de que abrirá los ojos de golpe para volver a la vida y pegarme un susto final.

«¿De verdad creías que había muerto? ¡Pues sorpresa, sorpresa! ¡Estoy vivo! Al desván que vas, Nina».

No. No volveré ahí. Nunca.

Nunca más.

—Nina. —Una mano se posa en mi hombro—. ¿Cómo lo llevas?

Alzo la vista. Es Suzanne. Mi antigua mejor amiga. La mujer que me depositó de inmediato en manos de Andy después de que yo le describiera la clase de monstruo que era.

—Voy tirando —respondo, apretando con fuerza los pañuelos desechables que sujeto en la mano, más que nada para guardar las apariencias. No he derramado más que una lágrima en todo el día, cuando he visto a Cecelia con el sencillo vestido negro que le compré para el entierro. Está sentada a mi lado con ese mismo vestido y la rubia cabellera despeinada. A Andy le habría dado un síncope.

—Qué tragedia tan espantosa. —Suzanne me toma la mano entre las suyas, y tengo que poner toda mi fuerza de voluntad para no retirarla—. Fue un accidente terrible.

Percibo empatía y compasión en sus ojos. Se alegra de que la víctima sea mi marido y no el suyo. «Pobre Nina, qué mala suerte tiene». Ni se lo imagina.

—Terrible —murmuro.

Tras dirigirle una última mirada a Andy, Suzanne se marcha. Deja atrás el féretro y sigue adelante con su vida. Sospecho que el funeral de mañana será una de las últimas ocasiones en que la veré. Y pensar esto no me entristece en absoluto.

Bajo la mirada hacia mis modestos zapatos de salón negros, empapándome en el silencio que reina en la sala del velatorio. Detesto hablar con los asistentes, aceptar sus condolencias, fingir que estoy destrozada por la muerte de ese malnacido. Estoy ansiosa por que se acabe esto para poder pasar página. Mañana será la última vez que tenga que interpretar el papel de viuda desconsolada.

Alzo la vista al oír pasos que se acercan a la puerta. Enzo proyecta una larga sombra desde el vano, y sus pisadas resuenan como disparos en la silenciosa sala. Lleva un traje oscuro y, si estaba guapo cuando trabajaba en mi jardín, está cien veces mejor con este atuendo. Clava los oscuros y llorosos ojos en los míos.

—Lo siento mucho —dice en voz baja—. No puedo.

Se me cae el alma al suelo. No me está expresando su pesar por Andy. Ninguno de los dos estamos apesadumbrados por eso. Está compungido porque ayer le pregunté si tal vez, cuando todo esto terminara, se iría a vivir conmigo a la costa oeste, en la otra punta del país, muy lejos de aquí. No esperaba que me contestara que sí, pero aun así su rechazo me pone triste. Este hombre me ayudó a salvar mi vida. Es mi héroe. Y Millie, mi heroína.

—Podrás empezar de cero. —Se le forma un pequeño surco entre las cejas—. Será mejor así.

—Sí —digo.

Tiene razón. Los dos compartimos demasiados recuerdos espeluznantes. Más vale que vuelva a empezar de cero. Pero eso no significa que no vaya a echarlo de menos. Y jamás en la vida olvidaré lo que hizo por mí.

—Asegúrate de que Millie esté bien, ¿vale? —le digo.

Asiente con la cabeza.

—Lo haré. Te lo prometo.

Alarga la mano para tocarme por última vez. Al igual que a Suzanne, seguramente nunca vuelva a verlo. Ya he puesto a la venta la casa en la que conviví con Andrew. Cece y yo nos alojamos en un hotel porque no soporto poner un pie ahí. Estoy segura al ochenta por ciento de que nuestro antiguo hogar está embrujado.

Me vuelvo hacia mi hija, que se remueve inquieta en su asiento, a pocos metros de mí. Anoche dormimos en el hotel, las dos en una cama *queen size*. Cece acurrucó su delgado cuerpecito contra el mío. Habríamos podido pedir una cama adicional, pero ella quiere estar cerca de mí. Aún no entiende muy bien qué le pasó al hombre al que llamaba padre ni me lo ha preguntado. Simplemente parece aliviada porque ya no está.

—Enzo —digo—, ¿podrías llevarte a Cece un momento? Lleva aquí mucho rato, y debe de estar muerta de hambre. Podrías llevarla a comer algo.

Él asiente y le tiende la mano a mi hija.

—Vamos, Cece. Vamos a por unos nuggets de pollo y unos batidos.

Sin pensarlo dos veces, Cecelia se levanta de un salto. Ha aguantado aquí sentada conmigo como una campeona, pero sigue siendo una niña pequeña. Debo pasar por esto sola.

Unos minutos después de que Enzo se haya marchado con Cece, las puertas de la sala de velatorios se abren de nuevo. Me echo a un lado de forma instintiva al ver de quién se trata.

Son los Winchester.

Contengo la respiración mientras Evelyn y Robert entran en la sala. No los había visto después del fallecimiento de Andy, pero sabía que este momento llegaría. Hace solo unas semanas que regresaron de Florida para pasar el verano aquí, pero Evelyn aún no nos ha visitado. Hablé con ella solo una vez, cuando llamó para preguntarme si necesitaba ayuda con los preparativos del entierro. Le contesté que no.

En realidad, no me hacía ilusión hablar con ella tras haber sido responsable de que su único hijo se fuera al otro mundo.

El inspector Connors ha mantenido todas sus promesas. Se dictaminó que la muerte de Andrew se había producido por accidente, y ni Millie ni yo hemos sido objeto de investigación. Según la versión oficial, Andy se quedó encerrado en el desván de forma fortuita cuando yo estaba fuera y pereció por deshidratación. Sin embargo, nada de eso explica los moretones ni que le faltaran cuatro dientes. El inspector Connors tiene amigos en la oficina del forense, pero los Winchester son una de las familias más poderosas e influyentes del estado.

¿Lo saben? ¿Tienen idea de que soy responsable de su muerte?

Evelyn y Robert cruzan la sala en dirección al féretro con paso decidido. Apenas conozco a Robert, que es apuesto como su hijo y hoy lleva un traje oscuro. Evelyn también va vestida de negro, lo que contrasta de forma acusada con el blanco de su cabello, y también con sus zapatos blancos. Mientras que Robert tiene los ojos hinchados, ella está impecable, como si acabara de recibir un tratamiento en un balneario.

Bajo la mirada a medida que se acercan a mí. Solo la levanto cuando Robert se aclara la garganta.

—Nina —dice con su voz profunda y áspera.

Trago saliva.

—Robert…

—Nina. —Carraspea—. Quiero que sepas…

«… que sabemos que mataste a nuestro hijo. Sabemos lo que hiciste, Nina, y no descansaremos hasta que te pudras en prisión para el resto de tus días».

—Quiero que sepas que siempre podrás contar con Evelyn y conmigo —asegura—. Sabemos que estás muy sola, así que, si necesitas cualquier cosa, si Cecelia y tú necesitáis algo, no tienes más que pedirlo.

—Gracias, Robert. —Los ojos se me humedecen solo un poco. Aunque tal vez Robert no era el mejor padre de todos los tiempos, siempre ha sido bastante amable. Según me contó Andy, no le dedicó mucho tiempo cuando era niño. Se pasaba casi todo el día trabajando mientras Evelyn se ocupaba de él—. Te lo agradezco.

Robert extiende el brazo y toca la mejilla de su hijo con delicadeza. Me pregunto si tenía alguna idea de lo inhumano que era Andy. Algo debía de olerse. O tal vez a Andy se le daba muy bien disimularlo. Al fin y al cabo, ni yo misma lo sospechaba hasta que me encontré arañando con las uñas la madera de la puerta del desván.

Robert se tapa la boca con la mano. Sacudiendo la cabeza, emite un gemido.

—Discúlpame —le dice a su esposa antes de salir a toda prisa de la sala, dejándome a solas con ella.

De todas las personas con las que no me apetecía quedarme a solas hoy, Evelyn encabeza la lista. Evelyn no es tonta. Seguramente estaba enterada de los problemas que atravesaba mi matrimonio. Al igual que Robert, tal vez ignoraba las cosas que me hacía Andrew, pero sin duda percibía la fricción entre nosotros.

Debía de intuir lo que yo sentía de verdad por él.

—Nina —dice con sequedad.

—Evelyn —respondo.

Baja la vista hacia el rostro de Andy. Intento descifrar su expresión, pero me cuesta. No sé si es por el bótox o si siempre ha tenido la misma cara.

—¿Sabes? He hablado de Andy con un viejo amigo de la comisaría —dice.

Se me contrae el estómago. Según el inspector Connors, el caso está cerrado. Andy siempre me amenazaba con una supuesta carta que sería remitida a la policía en caso de su muerte. Sin embargo, la dichosa carta no apareció, no sé si porque nunca existió o porque el inspector se deshizo de ella.

—Ah, ¿sí? —es lo único que consigo articular.

—Sí —masculla—. Me han descrito el aspecto que presentaba cuando lo encontraron. —Clava en mí sus sagaces ojos—. Me han dicho que le faltaban dientes.

Ay, madre. Lo sabe.

No hay duda de que lo sabe. Cualquiera que estuviera al tanto del estado en que se encontraba la boca de Andy cuando la policía lo descubrió tendría claro que su muerte no fue accidental. Nadie se arranca los dientes con unos alicates por voluntad propia.

Se acabó. Cuando salga del tanatorio, seguramente la policía estará esperándome. Me pondrán las esposas y me leerán mis derechos. Luego pasaré el resto de mis días en la cárcel.

Pero no pienso delatar a Millie. No se merece que la arrastre en mi caída. Me brindó la oportunidad ser libre. No la involucraré en esto.

—Evelyn —digo con voz ahogada—. Yo... no sé...

Posa la vista de nuevo en el rostro de su hijo, en sus largas pestañas, cerradas para siempre. Frunce los labios.

—Siempre le insistía en lo importante que es la higiene dental —declara—. Le recordaba que se lavara los dientes todas las noches y, cuando no obedecía, lo castigaba. Toda infracción de las normas conlleva un castigo.

¿Qué? Pero ¿qué está diciendo?

—Evelyn...

—Si no te cuidas los dientes —prosigue—, pierdes el derecho a tenerlos.

—¿Evelyn?

—Andy lo sabía. Sabía que esa era una norma muy importante para mí. —Alza los ojos—. Creía que lo había entendido cuando le saqué un diente de leche con unos alicates.

Me quedo mirándola, enmudecida de miedo. Temerosa de

las siguientes palabras que saldrán de su boca. Cuando por fin las pronuncia, me dejan sin aliento.

—Qué lástima que no aprendiera de su error —dice—. Me alegro de que aparecieras tú y le dieras una lección.

Me quedo boquiabierta mientras Evelyn arregla por última vez el cuello de la camisa blanca de su hijo. Luego se marcha del tanatorio, dejándome sola.

EPÍLOGO

MILLIE

Háblame de ti, Millie.

Estoy reclinada contra la encimera de mármol, frente a Lisa Killeffer. Está impecable esta mañana, con la negra y brillante cabellera recogida hacia atrás en un elaborado moño francés, y los botones de su blusa color crema de manga corta reluciendo bajo los tragaluces de lo que parece una cocina recién reformada.

Si consigo este empleo, será el primero que tenga en casi un año. He realizado algunos trabajillos desde los sucesos de la residencia Winchester, pero he vivido del sueldo de un año que Nina ingresó en mi cuenta poco después de que se dictaminara que la muerte de Andy había sido accidental.

Aún no entiendo cómo se las arregló para irse de rositas.

—Bueno… —empiezo—. Me crie en Brooklyn. He desempeñado muchos trabajos como empleada doméstica, como puede comprobar en mi currículum. Y adoro a los niños.

—¡Excelente!

Los labios de Lisa se despliegan en una sonrisa. Desde que he entrado ha mostrado un entusiasmo sorprendente, considerando que debe de haber decenas de candidatas al puesto de empleada interna. Y ni siquiera lo he solicitado yo. Fue Lisa quien me contactó a través de la página web donde publiqué un anuncio en el que ofrecía mis servicios como empleada doméstica y canguro.

El sueldo es genial, lo que no me extraña, pues la casa entera es un derroche de lujos. La cocina está equipada con electrodomésticos de última generación, y estoy casi segura de que los fogones pueden cocinar una cena casera por sí solos. Como me interesa mucho este trabajo, intento proyectar confianza. Pienso en el mensaje de texto que he recibido de Enzo esta mañana.

Buena suerte, Millie. Recuerda que ellos serán los afortunados por contar contigo.

Acto seguido, ha escrito:

Nos vemos esta noche, cuando te hayan dado el trabajo.

—¿Qué busca, exactamente? —le pregunto.

—Oh, lo normal. —Lisa se acoda sobre la encimera, junto a mí, y se da tironcitos del cuello de la blusa—. Busco a alguien que me ayude a tener la casa limpia. Que haga la colada. Que cocine platos sencillos de vez en cuando.

—Eso puedo hacerlo —aseguro, aunque mi situación apenas ha cambiado en un año. Sigo teniendo el problemilla de los antecedentes penales. No se borrarán jamás.

Con aire ausente, Lisa acerca las manos al taco de madera con varios cuchillos que está sobre la encimera. Sus dedos juguetean con el mango de uno de ellos y lo levanta solo un poco, de modo que la hoja destella bajo la luz que procede del techo. Cambio el peso de un pie a otro, incómoda.

—Nina Winchester me ha recomendado encarecidamente tus servicios —dice al fin.

Me quedo con la boca abierta. Eso no me lo esperaba en absoluto. Hace mucho que no sé nada de Nina. Se mudó a California con Cecelia poco después de que se cerrara el círculo de la muerte de Andrew. No está en las redes sociales, pero hace unos meses me mandó un selfi en el que aparecen Cecelia y ella en la playa, bronceadas y contentas, junto con unas palabras:

Gracias por esto.

Así que supongo que recomendarme como empleada es otra manera de mostrar su agradecimiento. Esto sin duda refuerza mi optimismo sobre las posibilidades de que Lisa me contrate.

—Me alegra mucho oír eso —digo—. Trabajar para Nina fue… una experiencia maravillosa.

Lisa asiente, sin dejar de toquetear el cuchillo.

—Estoy de acuerdo. Ella misma es maravillosa.

Me sonríe de nuevo, pero hay algo en su cara que me descoloca. Se tira de nuevo del cuello con la mano libre, y, al subir la tela de la manga, es cuando lo veo.

Unos moretones oscuros en la parte superior del brazo.

En forma de dedos.

Dirijo la vista a la nevera, situada detrás de ella. Sujeta a la puerta con un imán, hay una fotografía de Lisa con un hombre alto y fornido que mira fijamente a la cámara. Me imagino los dedos de ese hombre en torno al delgado brazo de Lisa, clavándose en la carne lo suficiente para dejar esas marcas de color morado intenso.

El corazón me late con tanta fuerza que me siento mareada. De pronto, lo pillo. Entiendo por qué Nina le habló tan bien de mí a esta mujer. Me conoce bien. Tal vez incluso mejor que yo misma.

—En fin. —Tras dejar que el cuchillo se deslice de nuevo dentro del taco de madera, Lisa se endereza, y posa en mí sus ansiosos y azules ojos—. ¿Podrás ayudarme, Millie?

—Sí —digo—. Creo que sí.

Carta de Freida

Queridos lectores:

Muchísimas gracias por leer *La empleada*. Espero que os haya entusiasmado. Si es así, os agradecería mucho que escribierais una reseña. Me gustaría mucho saber vuestra opinión, que además es muy valiosa para dar a conocer mis libros a nuevos lectores.

¡Me encanta recibir vuestros comentarios! Escribidme a fizzziatrist@gmail.com. ¡Y no os asustéis al recibir mi respuesta! También podéis poneros en contacto conmigo a través de mi página de Facebook.

Y visitar mi página web www.freidamcfadden.com

¡Para más información sobre mis libros, podéis seguirme en Amazon y también en Bookbub!

¡Gracias!

Freida

Agradecimientos

Quicro darle las gracias al equipo de Bookouture por apostar por mi manuscrito y presentar mi obra a su público. Un agradecimiento especial a Ellen Gleeson, mi editora. ¡Sus comentarios sobre mis libros son de lo más perspicaces! Gracias también a Kate y Nelle, mis lectoras beta. Gracias, Zack, por tus excelentes consejos. Como siempre, gracias a mis lectores, que tanto me apoyan: ¡me dedico a esto por vosotros! Y gracias, Val, por tu ojo clínico.